JN191144
勇者の旅の裏側で
BEHIND THE SCENES OF A HEROIC JOURNEY.
八月森 イラスト Nat.

短剣二刀流使い
ヴィド
「ほう。それで、我々に何をさせようと」
「勇者の旅の妨害」
〈剣帝〉を探す大男の剣士
ジャイール
凄腕の女剣士
アレニエ・リエス
「「はぁっ⁉」」
神殿総本山所属の神官
リュイス・フェルム

「みんなー！
早く早く！」
新勇者
アルメリナ・アスターシア
「あまり慌てると
怪我をしますよ、アルム」
勇者パーティーの槍使い
シエラ・ヘラルディナ
「さすがは勇者さま！」
勇者パーティーの神官
アニエス・フィエリエ
「まぁ、付き合ってやるさ。
仕事だからな」
勇者パーティーの魔術師
エカルラート・ヴゾー

アレニエがお得意様の露天商の少女
ユティル・フルニール
「やっぱあんた、『上』の人っぽくないな」
冒険者の宿〈剣の継承亭〉のマスター
オルフラン・オルディネール
「今の話は捨ておけん」

先代勇者パーティにして現司祭
クラルテ・ヴィスタリア
「なんのために足を運んだのか、察しがついているのではありませんか？」
「さあ。なんのことでしょう」
貴族主義の司祭
ヴィオレ・アレイシア
「お前……お前はっ！
魔族かっっっ!!」
先代勇者

（リュイスちゃん――？）
――アレニエさんっっっっっ!!!

勇者の命を狙う風の魔将
イフ
――なんだと？
《プロテクトバンカーっっっ――！》

# CONTENTS

BEHIND THE SCENES OF A HEROIC JOURNEY.

BEHIND THE SCENES OF A

# HEROIC JOURNEY.

# 勇者の旅の裏側で

八月森

イラストNat.

# 森の蜘蛛と、
# 流れを視る瞳と

BEHIND THE SCENES OF A HEROIC JOURNEY.

# プロローグ　一人、背を向けて

――中空に、剣が浮かび上がっていた。

神秘的な意匠のその両刃《りょうば》の長剣は、重さなど感じさせぬように地面から離れ、広場を睥睨《へいげい》している。

傍《そば》には王族や貴族と思われる身なりのいい人物と、高位の神官らしき者が並んでおり、その周囲には数人の若者が片膝をついた状態で平伏している。それらから少し距離を置いて大勢の群衆が、不安と期待の混ざった瞳で、その時を今か今かと待ち侘《わ》びていた。

わたしは群衆に紛れ、中心に浮かぶ剣に視線を注いでいた。

（女神が地上に最後に遺《のこ》した力、〈神剣・パルヴニール〉……）

それは魔王が目覚めるのに呼応してこの世界に顕現するという、神の剣。魔王の脅威から人類を救う、人々の希望。

その剣が今、平伏している若者の一人、オレンジ色の長髪をポニーテールに結わえた少女の元に引き寄せられるように移動し……その手に納まった。

ワァァァァ――！

群衆から歓声が上がる。少女が立ち上がり、神剣を恭しく頭上に掲げる。歓声がさらに響き渡る。

今この時、決定したのだ。神剣の新たな使い手――当代の勇者が。

（あれが……あの子が、新しい勇者……）

その顔を目に焼き付ける。そして踵《きびす》を返す。

これ以上ここにいては、自分が何をするか、自分でも分からない。万が一見つかってとーさんに迷惑をかけるような事態は避けたい。

熱狂が広がる群衆の波をかき分けて、わたしは新たな勇者に背を向け、この場を後にした。

# 1節　アレニエ・リエスという女

子供のころ、好きだった絵本がある。

題名はもう思い出せないけれど、内容は、勇者が仲間と共に旅をして魔王を倒しに行く、というありふれたものだった。

強くて優しい勇者は、弱い人や困っている人の味方。

神さまが造ったというすごい剣を手にし、仲間と一緒に旅をしながら、立ち寄った村や街の困りごとを解決していく。

みんなを襲う魔物を。人に似た姿の魔族を。黒い鎧《よろい》姿で風を操る魔将を。最後には、一番悪い魔王も倒して、たくさんの人を助ける勇者。

そんな、どこにでもあるようなそのお話が、わたしは好きだった。

うちに一冊だけあったその絵本を、何度も、何度も、擦り切れるくらい読み返した。時には、夢の中でその続きを見ることさえあった。

ずっと、ずっと、勇者に憧れていた。

――あの日、本物の勇者に会う、その時までは。

◇◇◇

――初めて彼女と出会った日のことを、私は鮮明に憶《おぼ》えている。


扉の前で静かに息をつく。

木造二階建ての大きな建物の前に私は立っていた。

家々に明かりが灯《とも》り、夕食時の雰囲気に包まれた、パルティール王国王都の下層。

その中で、最も腕利きが揃《そろ》うというこの店を紹介された私は、緊張と恐怖、そして少しの期待と共に、目の前の扉を開いた。

扉の隙間から漏れてくるのは、屋内の明かり。そして、活気のある酒場の喧騒《けんそう》。

「――全く、飲みすぎなんだよお前――」「見てないで貴方《あなた》も手伝――」

「――美味《うま》い！　依頼の後の酒は格別――」「――は昨日も旅先で飲ん――」

「――そういや本当らしいな。新しい勇――」「――。そろそろ出発するかもって――」

（この人たちが……）

この場にいるのは、報酬と引き換えに身体一つで様々な依頼――荷物運びから揉《も》め事解決、未開地の開拓に魔物退治まで――を請け負う人たち。危険を冒す者――冒険者。

ここは、彼らに依頼を振り分け、食事や宿を提供する、冒険者の宿と呼ばれる施設の一つ。〈剣の継承亭〉という名の店だった。

この店が建っている下層は、貧困層や犯罪者が逃げ込む先になっており、訳ありで腕の立つ冒険者が集まることで知られていた。

同時に、報酬次第でなんでもする。出会って五秒で行為に及ぶ。など、国内でも有数の治安の悪さを伝え聞く地域でもあり、店によっては窃盗や暗殺などを平気で斡旋《あっせん》するとも噂《うわさ》されている。私も、相当に覚悟して足を踏み入れたのだけど……

陽気に卓を囲む彼らの姿からは。噂に聞くような恐ろしげな様子は見られず、しばし予想と現実のギャップに困惑する。

「客か」

声を掛けてきたのは、受け付けカウンターの奥に立つ、眼鏡《めがね》を掛けた細身の男性だった。年齢は二十代ほどに見えるが、引き締まった体躯《たいく》や落ち着いた物腰からは、もっとずっと成熟した印象を受けた。彼が、このお店のマスターだろうか。

「は、はい、こんばんは！」

慌てて頭を下げつつ、挨拶を返す。

よく見れば、視線を向けているのは推定マスターだけではなかった。周囲の冒険者たちも、物珍しそうにこちらを見ている。

「その服……まさか、総本山の神官か？」

「『上』からわざわざ寄進でも集めに来たのか、嬢ちゃん」

「お前さんみたいのが下手にうろついてたら、身ぐるみ全部剝がれちまうぞ」

口々に言われ、改めて自分の姿を思い返す。

肩まで伸びた栗色《くりいろ》の髪は白のベールで覆われ、身体《からだ》は上等な生地で仕立てられた白いローブに包まれている。両腕には手甲を備え付けたグローブ。足元には旅用の頑丈なブーツ。背中にはナップザック。

首から下げる聖印は、環《わ》を模した羽の中央に剣を頂くデザイン。世界を創造した〈白の女神〉、アスタリアに仕える神官の証。

それらは上層の神官しか着用を許されていない、最上級の聖服だ。下層で見る機会は滅多にない。

視線にいたたまれなさを感じつつ、私は口を開く。

「あの……オルフラン・オルディネールさん、ですか？　ここの、マスターの」

「ああ」

「……はじめまして。私は、アスタリア神殿総本山に所属する、リュイス・フェルムといいます。彼女――クラルテ司祭の代理として、依頼を預かって参りました」

師事する司祭さまから託された手紙を、私はオルフランさんに手渡す。彼と司祭さまは古くからの知り合いらしい。

依頼の概要と紹介状が添えられたそれに無言で目を通すと、彼は次に私に目を向け、言葉少なに問い質《ただ》す。

「シスター。概要を見た限り、この依頼は相当に危険なものだ。……当てはあるのか？」

「……はい。ここになら、いらっしゃるのではないかと探しに来ました。『その剣に断てぬもの無く。その剣に触れる事叶《かな》わず』と謳《うた》われた、剣の帝王――〈剣帝〉さまを」

わずかに、周囲がザワついた気がした。

しかし、それが収まると周囲の客は、顔を見合わせ口々に言う。

「嬢ちゃん、気は確かか？　十年も前に勇者を放って姿を消した人間だぞ」

「ああ。そのせいで、先代勇者が死ぬ原因を作ったとも言われてる。一般的には罪人扱いだ」

「ひょっとして、『隠れて冒険者やってる』って噂か？　ガセだろ、あれ」

「仮に本当だとしても、なんの伝手《つて》もなしに依頼受けちゃくれねえだろ」

彼らの指摘は、私自身重々承知していた。剣を捨てたという噂はおろか、死亡説も少なくない、消息不明の人物なのだから。

それでも私は縋《すが》るようにマスターを見るが……

彼は、無言で首を横に振る。

「そう、ですか……」

やっぱりと思う気持ちもあったが、それ以上にショックが大きかった。私は、自分で思う以上に期待していたらしい。

「〈剣帝〉は紹介できんが、依頼をこなせそうな奴《やっ》をこっちで見繕うことはできる。異存がなければ、だが」

「……え、と……」

「あくまで自分で選ぶなら、この中から探してもいい。一応、うちは腕利きが揃っている」

「一応ってなんだよマスター」

客の一人から不満が飛ぶが、当の本人は素知らぬ顔だった。

実際、いつまでも落ち込んではいられない。司祭さまがここを紹介してくださったのはおそらく、見つからなかった場合に備えてでもあるのだ。

が、未熟な私には正直なところ、どうやって依頼に適した人を探せばいいのか、分からない。ならば自分で探すなどと意地を張らず、素直にマスターの厚意に甘えるべきだろうか……

と――

「……？」

途方に暮れていた私の目に飛び込んできたのは……窓際の丸テーブルで眠っている、一人の女性の姿だった。

年齢は、おそらく私より少し上くらい。十八、十九というところだろうか。

ショートカットの黒髪は癖毛なのか毛先が跳ねている。目は瞑《つむ》っていたが、それでも整った顔立ちが見て取れた。

身体を包む鎧と、腰の後ろに提げた剣からすると、おそらくは剣士なのだろう。二の腕や足が露出した動きやすそうな軽装の鎧は、全体が白く塗られている。ただ、なぜか左篭手《こて》の色だけは、黒だった。

綺麗《きれい》な人だと思った。

しかしそれだけならおそらく、ただの酒場の風景の一つでしかなかったように思う。目を引いたのは、むしろその周りだった。

ほぼ満席の店内で、彼女の周囲だけが、ぽっかりと空いている。

同じテーブルだけではなく周辺の席も、彼女の手が届く範囲には誰も座っていない。穏やかに眠る彼女を、遠巻きに警戒するように。

「……あの。彼女は――」

その光景が無性に気になり、マスターに尋ねようとしたところで……乱暴に入り口の扉を開ける音が店内に響き渡る。

振り向いた私の目に映ったのは……一言で言えば、筋肉の塊。私の倍はあろうかという長身の大男だった。

身の丈同様に巨大な剣を背負ったその塊、いや、大男が、少し窮屈そうに店内を覗《のぞ》き込む。その視線が、私のところでピタリと止まる。脳裏を過《よぎ》るあの噂。出会って五秒で――

「この辺じゃ珍しい格好のがいるじゃねえか。迷子か、嬢ちゃん？」

「い、いえ、その……」

「ハッハ！　そんなに怯《おび》えんなよ。取って食おうってわけじゃ――」

「宿か？　それとも依頼か？」

不意に、マスターが声を差し挟む。おかげで男の意識はそっちに移ったようだ。た、助かった……

「いや、どっちでもねえ。ちょいと聞きてえことがあるんだが……この店に、〈剣帝〉はいるか？」

（⁉）

この人も、〈剣帝〉を――？

驚く私を尻目に、大男はマスターと二、三言葉を交わし、すぐに落胆のため息をつく。

「……なんだよ、ここにもいねえのか」

肩を落とし嘆息するその姿は、よく見れば私の倍という程ではなかった。初遭遇の衝撃から、実際より大きく見えただけかもしれない。

「〈剣帝〉を探してどうするつもりだ？」

そう質問したのはマスターだ。日に二人も同じ質問をする人間が現れて、興味を惹《ひ》かれたのかもしれない。

「決まってんだろ。――こいつで勝負すんだよ」

問いに対し、男は背の大剣に軽く触れながら言い放つ。探す理由は全然同じじゃなかった。

「別に〈剣帝〉じゃなくてもいいんだぜ。お前らの中の誰かが相手してくれてもよ。この店にゃ、さぞかし腕利きが揃ってんだろ？」

大男は周りの客に向けても声を上げてみせる。その表情は不敵で、わざと挑発しているのが見て取れた。しかし……

「興味ねえ」

「よそでやれ」

「マスターにしばかれんぞ」

彼らは一様に大男の相手をしようとはせず、各々目の前の料理や連れ合いとの談笑に戻ってしまう。それ以外の客は、そもそも興味も示していない。毒気を抜かれたように当惑する大男だけが、その場に残される。

正直に言えば、意外だった。冒険者というのは、もっと血の気が多いものと思っていたから。

男はその後も諦めず喧嘩《けんか》を売る相手を探していたが……不意に、その動きが止まる。

「……なんだ？」

彼の視線は、今も静かに寝息を立てている、例の女性に向けられていた。

「なんで周りに誰も座ってねえんだ……？　しかし結構な上玉じゃねえか」

好奇心に惹かれたのか、男は女性の元へ近づいていく。止めたほうがいいのではと思いはしたが、身体は咄嗟《とっさ》に動いてくれない。

「おい」

そこで声を上げたのは、それまで静観していたマスターだった。自身の不甲斐《ふがい》なさに打ちのめされつつも、事態の好転に安堵《あんど》する。

「そいつには手を出さんほうがいい」

しかし彼の口から出た言葉に、私は違和感を覚えた。どちらかというと、襲われようとしている女性より、襲おうとしている男の身を案じているような……？

当の本人は、その違和感には気づかなかったらしい。嘲るように声を返す。

「ハッ、手を出すとどうなるってんだ？」

「ろくな目に遭わん」

「……あ？」

その言葉は予想外だったのか、男は怪訝《けげん》な顔をする。

見れば、客の多くもマスターの言葉に同調するように頷《うなず》いている。中にはあからさまに哀れみの目を向ける者さえいた。

周囲の反応に困惑し、しかし次にはそれを振り切るように嘲笑を返しながら、男はなおも女性に手を伸ばす。

「つくづく情けねえ連中だぜ。眠ってる女一人にビビりやがっ」

ゴキンっ

「ゴキン？」……なんの音？

音の発生源は、眠る女性……に向けて伸ばされた、大男の右手だった。その人差し指が、あらぬ方向を向いている。

「……ああああぁぁぁあ⁉」

気づけば男の手には件《くだん》の女性の腕が伸びており、その指の関節を外していた。

いつの間に起きていたのかと驚き、慌てて女性のほうに視線を向け、さらに驚く。信じられないことに彼女は、その状態でもまだ眠っていた。

「ぐあああ⁉　てめぇ、放せっ⁉」

男は罵声を上げながら絡みついたその腕を強引に引きはがす。そこまでされてようやく女性が目を覚ましたようだ。

「ん……んん？」

小さく声を上げ、彼女はゆっくりとまぶたを開けた。

眠たげに開かれた瞳は髪と同じ黒色。目尻の下がった優しそうなその目は、まだ焦点が合っておらず、ぼーっとした様子で辺りを見ている。

「ふあ……ん……んん～～」

彼女は大きくあくびをしてから、腕を上げて伸びをする。先刻まで眠っていた身体は、あちこちからパキパキと音が鳴っていた。

「てめえぇ……」

「ん？」

そこに、大男が立ちはだかる。自力で嵌《は》め直したのか、指はひとまず通常の角度に戻っていた。

「ふざけた真似《まね》しやがって……ただじゃおかねえぞ」

「……あー……」

彼女からすれば、『寝起きに見知らぬ男が片手を押さえながら怒りを露《あら》わにしている』、という訳の分からない状況のはずだが、何があったのか、なんとなく察したような顔をしている。

「えーと、ごめんね。わたし、寝相悪いみたいで」

「ふざけんな⁉　どんな寝相だてめえっ⁉」

若干私もそう思います。

「この……どいつもこいつも、虚仮にしやがって……」

それまで誰にも相手にされなかった鬱憤も溜《た》まっていたのだろう。男はとうとう背負っていた大剣に手をかける……って、こんな人が大勢いる場所であんなものを振り回されたら……！

「あのー、指折っちゃったのは悪かったと思うけど、店の中で武器振り回すのはやめてくれないかな？」

「あぁ⁉　こんなちんけな店、どうなろうと知ったことか！」

――瞬間。女性の瞳に、剣呑《けんのん》な光が宿った気がした。

が、また一瞬後には、先刻までの柔らかい印象に戻っている。……気のせいだったのだろうか。

「……まぁ、この際やるのは構わないんだけど、とりあえず外に出ない？　中で暴れると怒られるしね？」

「知らねぇっつってんだろうが！　なんならこんな店ぶち壊してやらぁ！」

「…………」

女性の表情が笑顔のまま、けれどかすかに強張《こわば》った状態で固まった（ように見えた）。周囲の誰かが、「やべぇ」と呟《つぶや》くのが聞こえた。

小さくため息をついた女性は、テーブルを支えにゆっくり立ち上がると同時にいつの間にか伸ばされた右手の掌底が、男の顎を捉えていた。

（……⁉）

「……あ？」

反応できずに顎を撃ち抜かれた男は、脳を揺らされたせいだろう、足元をふらつかせる。

女性はさらに男の膝裏を蹴り踏み、無理やり両膝を地面に触れさせ――

一時的に身長が縮んだ相手に、今度は高く振り上げた女性の右膝がめり込んだ――と思った時には、大男の巨軀《きょく》は隣の席まで吹き飛ばされていた。同時に、轟音《ごうおん》。巻き込まれたテーブルや椅子の破砕音。

筋骨隆々の巨体の重量と、それを吹き飛ばした蹴りの勢いとで、衝突箇所は大変な惨状になっていた。

残骸に埋もれ、完全に意識を失った男を、その原因である彼女はどこか満足そうに眺めている。

そこに周囲の客が、料理の皿や中身の入った杯を手に（上手《うま》く避難していたらしい。さすが腕利きの冒険者、と変なところで感心する）女性に抗議するが、彼女は意にも介さない。その様子を目にして、私の胸はドキドキと高鳴って――

「ろくな目に遭わなかったろう」

「わっ⁉」

声の主は、それまで静観していたマスターだった。

「腕はいいが揉め事が絶えなくてな。大抵一人で仕事をしている」

マスターの簡潔な紹介は、私から彼女への熱視線を察してだろうか。

揉め事が絶えないというのは気になるが、今はそれを超える興味に惹かれている。それに誰とも組まずに行動してるのなら、私にとっては好都合だ。

説明は今ので終わりらしく、彼は次いで彼女に声を掛ける。二、三言葉を交わした後に……

「――まあいいや。なんか疲れたし、もう寝る」

「さっきまで寝てただろう」

「途中で起こされて消化不良。だから寝直してくるね。おやすみ、とーさん」

（とーさん……お父さん？　親子？　でも、親子にしては年齢が……？）

そんなことを考えている間に女性は階段を上り、二階へ姿を消すところだった。

「！　待ってください！」

私は半ば反射的に駆け出していた。

〈剣帝〉が見つからなかったことも忘れ――いや、だからこそ彼女の存在が鮮烈に目に焼き付けられ、私に一つの確信を抱かせたのだ。

（彼女なら……！）

その確信が、衝撃が、私を突き動かす。勢いに押されるように女性を追いかけ、階段を駆け上がり、廊下を駆け抜け……

「すみません！　待ってください！」

廊下の最奥の部屋、その扉を開けようとしていた彼女を慌てて呼び止め、走り寄る。

「？　……総本山の、神官？」

こちらの風貌に警戒心を滲《にじ》ませる彼女に、私は息を整えながら顔を上げ……彼女にだけ聞こえるよう声を抑えつつ、懇願した。

「お願いします！　私と一緒に……勇者さまを助けてください！」

「…………はい？」

これが、私――リュイス・フェルムと、彼女――アレニエ・リエスとの、出会いだった。

# 勇者の旅の用語集

## ・勇者

神剣に選ばれて魔王を討伐する者。また、そうしてパルティール王国に正式に勇者として認められた存在。

王国はその身を護《まも》るため、護衛（守護者と呼ばれる）をつけるのが慣例になっている。が、討伐を成功させた勇者一行には莫大《ばくだい》な報奨や地位が与えられるため、その選定には裏で政治的な思惑が絡むことになる。また、魔王を殺す可能性の高い勇者は、常に魔物側から狙われる存在ともなる。仮に現勇者が殺される事態に陥った場合、神剣は新たな勇者を選ぶことになる。

## ・パルティール王国

初代勇者がオーブ山を中心に建国したと言われる世界最古の国。大陸最大版図を誇る巨大国家。この土地には「魔物を拒む結界が張られている」というおとぎ話が存在しており、現実として力の強い魔物（及び魔族）の活動は確認されていない。

基本的に平穏な国だが、過去には『パルティールの惨劇』と呼ばれた魔物の大侵攻を受けた例もある。

## ・冒険者

報酬と引き換えに身体一つで様々な依頼を請け負う者たち。危険を伴う仕事が多いため、危険を冒す者＝冒険者と呼ばれる。

国家間を自由に移動できる権利を有している反面、法に触れる行為が発覚した場合、一般人より厳しい処罰を課される。

## ・冒険者の宿

冒険者に依頼を振り分け、食事や宿を提供する施設。多くの場合、互助組織である冒険者ギルドに加盟しており、冒険者の宿同士で情報交換なども行われている。単にギルドと言う場合、その土地の冒険者の宿を指すこともある。

中にはギルドに加盟せず、非合法な依頼を斡旋する店も存在する。

## ・剣帝

無名の冒険者だったところから守護者に抜擢《ばってき》されるまでになった、近代の英雄。しかし十年前の魔王討伐の旅の途上で突然行方《ゆくえ》を晦《くら》ませ、消息を絶っている。先代勇者が命を落とす遠因になったとも言われており、世間的には罪人とされているが、その武勇の確かさも語り継がれており、評価は定まっていない。生存説、死亡説、隠遁説など、様々な噂が囁《ささや》かれている。

# 2節　リュイスの依頼

「うわあ……」

廊下で立ち話も何だということで彼女の部屋に招かれた私は、ランプの炎に照らされた室内を目にし、思わず声を漏らした。

広さからすると、元はおそらく二人用の部屋なのだろう。ベッドが二つと、机や椅子、クローゼット等の備え付けの家具が配置されている。

そしてそれらの隙間を縫うように、元々は無かったであろう品々が、そこかしこに積まれていた。

無造作に木箱に入れられた金貨（！）や銀貨、銅貨の山。

小型の調理器具や食器類。作業用のナイフやロープ、火口箱《ほくちばこ》。その他、正体も判然としないあれやこれ――

ある程度用途ごとに分けているようだが、その後は大雑把に積み上げただけ、という印象だった。日々の生活動線以外は、足の踏み場もほとんどない。

「ここ、宿の一室ですよね……？」

あまり詳しくはないが、少なくとも一般的な宿でこんなに私物を溢《あふ》れさせていたら、お店側から怒られるんじゃないだろうか。

「最初に無理言ってこの部屋もらったんだ。とーさんにはよく片付けろって言われる」

そういえば、彼女は推定この宿の娘さんだった。ある程度の融通は利くのだろう。

「この椅子使って」

「ありがとうございます」

礼を言い、荷物を置き、差し出された椅子に座らせてもらう。彼女自身は、入り口から手前のベッドに腰を下ろした。

「そうだ、まだ名乗ってなかったよね。わたしはアレニエ・リエス。この店で冒険者をしてます」

簡単な自己紹介と共に、彼女――アレニエ・リエスは、ぺこりと頭を下げる。

丁寧、というよりは、私の緊張を解《ほぐ》すためにおどけてくれているように感じる。

ただ、そのせいだろうか。彼女が浮かべた柔らかい印象のその笑顔は、けれどなぜか少しだけ、ぎこちないように感じられた。

「アレニエさん、ですね。よろしくお願いします。私は、アスタリア神殿総本山に所属するリュイス・フェルムと――」

アレニエ・リエス……変わった名前だと思う。

この国の言葉（言語は共通語が用いられているが、人名や地名はその土地ごとの言葉で名付けられていた）で蜘蛛《くも》を意味する『アレニエ』もそうだが、『リエス』という姓に至っては聞いたこともない。他国のものだろうか。

「リュイスちゃんか。いい名前だね」

「あ、ありがとうございます」

経験のない呼ばれ方に照れを感じるも、嫌な気はしない。

そうして頬に熱を灯《とも》している私の様子に、彼女がぽつりと呟《つぶや》く。

「なんかリュイスちゃんて、『上』の神官ぽくないね」

「……そ、そうですか？」

『上』とは、下層の人間が上層を指す呼び名で、総本山も上層に位置するのだけど……もしかして、その総本山に所属するには不足した、偽物の神官だと疑われて――

「あぁ、ごめん。悪い意味じゃないんだ。神官が嘘《うそ》を言うとも思わないし。ただ、珍しいなと思って。『上』の人って大体みんな偉そうで感じ悪いからさ」

杞憂《きゆう》だったことに安堵《あんど》するも、その後の発言には口を噤《つぐ》む。正直、否定も肯定もしづらい。

「それで、早速本題なんだけど。勇――」

「――その、すみません。先ほどは先走ってしまいましたが、実はあれは今回の依頼の機密に関わることでして……」

「機密？　ってことは、あんまり突っ込んだとこまで聞いちゃうと断れない感じ？」

「はい……」

「その手の依頼かぁ。……ちなみに報酬は？」

「え、と、このくらい、なんですが」

こちらが提示した金額に、彼女は目を丸くする。

「そんなに？　総本山からの依頼にしても、ずいぶんな額だけど……なんか色々裏がありそうだなぁ。どうしようかな……」

あぁ……早くも警戒されている。

内容。報酬。危険度。そして自身の腕。

それらと命を天秤《てんびん》にかけ、釣り合うかどうか判断するのだから、受諾に慎重になるのは当然だ。

報酬次第でなんでも――という噂《うわさ》もあったが、実際の判断基準は人によって違う。少なくとも目の前の彼女は、金銭だけで動くタイプではないのだろう。

けれど、私は……

「……いえ、すみません。やっぱり、私が話せることはお話しします」

私は、どうしても彼女にこの依頼を受けてほしい。先刻の衝撃を、自身の直感を信じたい。けれど無理やり巻き込むのではなく、誠実にお願いしたい。

そのために今できるのは――

「それを聞いたうえで、断っていただいてもかまいません。知ってしまったからと、強制するような真似《まね》はしないと約束します。ですから……判断は、その後でお願いできないでしょうか」

「ずいぶんわたしを高く買ってくれてるみたいだけど……本当にいいの？」

その問いに、少し決心が揺らぐ。機密を明かしたうえで断られれば、当然その責は私が負わねばならないのだから。

それでも――

「――はい。……けれど、できるなら……」

「他言無用、だね。分かってる。神殿を敵に回すのは、面倒だしね」

罰も甘んじて受けるつもりだったけど……良かった、話の分かる人で。

「それでは、改めて依頼の概要を説明します。アレニエさんには私と共に、ラヤの森と呼ばれる場所まで旅をしていただきたいのです」

「ラヤの森……確か、人間と魔物の領土の境界線の一つ、だっけ。まだ入り口だし、そんなに危ない魔物はいないって聞いたことあるよ。でも、そんな場所で……？」

コクリと、首肯する。

「勇者を助ける、か。普通なら、勇者がみんなを助けるものだよね。なんでそんなことになってるのかは……」

「はい。順を追って説明します。発端は先日、神剣の顕現が確認され、新たな勇者さまが選ばれたことでした」


この世界は、〈黒の邪神〉アスティマが生み出した魔物の脅威に、常に晒《さら》されている。

中でもそれらを統率する魔王は、そこに在るだけで魔物を増殖させ、活発化させると言われる、非常に危険な存在だ。

〈白の女神〉アスタリアが授けた神剣と、それを振るう勇者のみが、強大な力を持つ魔王を唯一討ち果たすことができる。が……

魔王は、神剣でも完全には滅ぼし切れない、不滅の存在だった。


「噂には聞いてたし、上層に忍び込んで顔だけは見てきたよ、新しい勇者」

簡単に言っているけど、下層の人間が許可なく中層以上に上るのは禁じられている。見咎《みとが》められずに忍び込めるのは、相応の実力者だけだ。

「でも、神剣は、魔王の目覚めに呼応する。それが現れたってことは、同時に魔王も蘇《よみがえ》ったってことだよね。前回の討伐からまだ十年しか経《た》ってないよ？　普通なら、百年は蘇らないんじゃなかった？」

「はい。ですから人々は、前例のない事態に騒然となったそうです。そしてただちに〈選定の儀〉に則《のっと》り、神剣の主《あるじ》となる新たな勇者さまと、その護衛——守護者を選び出しました。ですが、その手で世界を救うはずの勇者一行は……魔王の討伐どころかその居城にも辿《たど》り着けず、旅の最中に訪れたラヤの森で命を落とす、と判明したのです」

「判明……って、どうやって？　……というか、まだ旅立ってもいない、よね？」

その問いに答える前に、私はあえて質問を返した。

「アレニエさんは、〈流視《りゅうし》〉という名を聞いたことはありますか？」

彼女は無言で首を横に振る。

「〈流視〉は、『物事の流れを視認できる』という、特殊な力を持つ瞳です。その目に映る光景が川の流れのように感じられることから、河川の女神の加護とも言われています」

「あぁ、神の加護ってやつか。信徒の祈りに気をよくした神さまが、気紛《きまぐ》れに力を貸してくれるんだよね」

「概《おおむ》ね間違ってませんが……気紛れ……コホン。とにかく、今言った〈流視〉もその一つとされていて……現在、その持ち主が一人だけ、総本山に在籍しているんです」

「総本山に……ふむ。で、流れを視認、っていうと？」

「例えば、人が身体を動かす際の力の流れ。あるいは、肉眼では視認できない魔力の流れなど。そうした、通常目には映らない〝流れるもの〟を、その瞳は視覚として捉えることができます。物事の一連の流れを把握できれば、その先を――未来をも、疑似的に予見することさえ可能になります」

「それは……結構、とんでもない力じゃない？　一応、相手の動きを予測ってだけなら、鍛錬や経験次第である程度できるようになるけど……」

「はい。〈流視〉は、その鍛え上げられた観察眼と同等か、それ以上のことを、たった一目見るだけで鮮明に可能にしてしまいます」

「……ほんとに、とんでもないね」

実際、目の前の相手に注力できる一対一の戦闘などでは、その瞳は多大な効果を発揮してくれるだろう。

「とはいえ、普段の〈流視〉が見通せるのは、持ち主の目に映る範囲だけ。予測できるのも、数秒先が精々です」

「数秒？　でも、じゃあ勇者の未来は、どうやって……」

「問題は、その瞳が時折ひとりでに開き、普段は見ることのできない大きな流れを見せることにあります。そして今回見えたのが、新たに選ばれたばかりの勇者さまの生涯――命の流れ。それが、無残に奪われる様でした」

「……魔王が〝居る〟だけで、魔物が湧いて出るんじゃなかった？」

「はい……そう伝わっています」

「勇者が死んだら……まずいよね？」

「とってもまずいです」

対処できずに魔物が増え続けた場合、大陸全土を戦火が覆い、遠く離れたこの国まで被害が及ぶ可能性すらある。

「魔物の増殖を防ぐ最善の策はもちろん、原因である魔王を討ち倒すこと。そして伝承通りなら、その命に届くのは女神から授けられた神剣のみです。けれど……」

「その神剣を振るう勇者さまが、旅立つ前から最期を予言されてる。で、その現場が依頼の目的地、ってことか。……魔王殺しの神剣持ってても、勝てなかったんだ？」

「私が偉そうに言える立場ではありませんが……此度《こたび》の勇者さまはまだ年若く、実戦経験も浅いそうです。神剣を使いこなす前に襲撃されたのだとしたら……」

「魔王以外に負けても仕方ないと。なるほどねー……その、〈流視〉っていう目に映ったことは、これから確実に起こるの？」

「放っておけば、ほぼ確実に。ですが……」

正にそれが、今回の依頼の主眼だった。

「見えるのはあくまで、〝今〟がそのまま進んだ流れでしかないそうです。それなら、その流れを変えてしまえば――」

「未来も変えられる、ってこと？　そういう力技ありなんだ」

力技と言われると否定できませんが。

「事情を聞いた司祭さまは、流れの元凶を取り除くのが最も効果的、と判断されました。それによって、勇者さまの死も覆せるはずだと」

「司祭？」

「あ、私が師事するクラルテ・ウィスタリア司祭です。この依頼は、彼女の代理として私が預かってきたものでして」

「クラルテ……あの人か」

「ご存じなんですか？」

「一応ね。たまーにだけど、うちに飲みに来るから。……弟子なんて取れたんだねぇ、あの人」

そうか、司祭さまとマスターが顔見知りなら、娘である彼女とも面識があっておかしくないんだ。……後半は聞き流しておこう。

「で、えーと。流れの元凶っていうと、勇者をこれから殺しに来る相手、ってことだよね。やっぱり、魔物？　それとも人型――魔族とか、半魔、とか？」

「いいえ……あ、いいえ、間違ってはいないんですが……」

人型の魔物を魔族。魔族と人間の交わりで稀《まれ》に生まれるものを半魔と呼ぶが、どちらも私は曖昧に否定する。

「襲ってきたのは、一体だけ。見た目は人型で、漆黒の鎧《よろい》で全身を覆った騎士のような姿だったそうです。ただ、その身から穢《けが》れを放ち、強力な風の魔術を詠唱もせず操っていた、と……」

「全身真っ黒鎧《くろよろい》に風の魔術、ね。人型で詠唱なしなら、やっぱり魔族かな。……なんだろ、ちょっと特徴に聞き覚えが……昔読んだ絵本にそんな感じの魔族がいたような……いや、魔族の将軍、だったっけ？　確か名前は……」

「私も以前、物語で聞いたことがあります。……おそらく、〈暴風《ぼうふう》〉です」

# 勇者の旅の用語集

## ・〈白の女神〉アスタリア

この世界の主神。天の星々、大地、水、植物、動物、人、火、の七つの創造物を創り出した。世界の法則や法術の仕組みもアスタリアが生み出したもの。全ての善いものの創造神。

〈黒の邪神〉アスティマとの争いで互いに肉体を破壊し合ったが、最後の力で神剣を遺《のこ》し、その後はオーブ山の山頂で眠りについていると言われる。

## ・〈黒の邪神〉アスティマ

アスタリアと対立する邪悪な神。アスタリアの生み出した世界を欲し、奪うため、七つの創造物を物質的に穢し、魔物や魔族などの悪しき生物、死や冬といった悪しき概念を生み出したとされる。

〈白の女神〉アスタリアと相打ちになり、残された力で自身の代行者となる魔王を生み出した後、北方の大地の奥底で眠りについていると言われる。

## ・魔王

アスティマが自身の代行者として地上に遺した魔物の王。神剣以外では殺すことができないうえ、それも一時的なものであり、おおよそ百年の眠りの後に何度でも蘇る不滅の存在。

今回はなぜかたったの十年で復活しており、理由は分かっていない。

## ・神剣・パルヴニール

魔王の脅威に対抗するため、アスタリアが最後の力を振り絞って生み出した剣。不滅の魔王を唯一、一時的にでも殺すことのできる武器。

魔王の討伐に力を使い果たすことで消滅し、魔王が目覚めるのに呼応して再びこの世界に顕現する。神剣の顕現＝魔王が蘇った証ともなるため、双方の陣営にとって互いの復活は周知の事実となる。

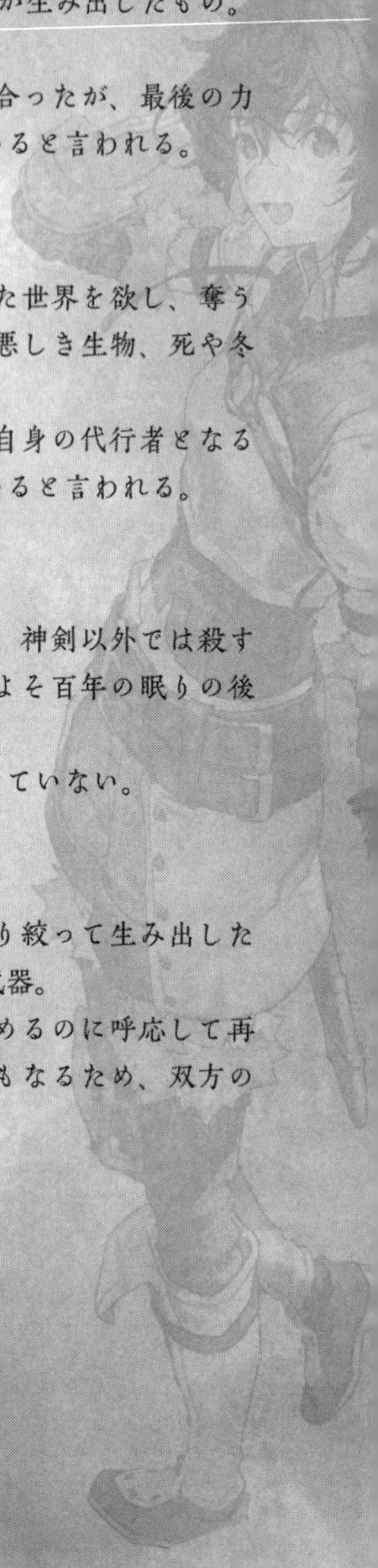

# 勇者の旅の用語集

## ・人類

アスタリアが生み出した被造物の一つ、人型の種族の総称。人種族とも。

痩身で耳の長いエルフ族や、背が低く筋肉質なドワーフ族、それらの中間で最も数の多い人間族など、様々な種族が存在する。単に「人間」と言う場合、人類全般を指すこともある。

## ・魔物

アスティマが生み出した悪しき生命。穢れが寄り集まったものとも言われる。

アスタリアの被造物を攻撃することを本能に刻まれているため、言葉が通じるものであっても意思疎通はできない。人種族にとって共通の、明確な敵性存在。

## ・魔族

主に人型の魔物の総称。魔物とは別個の種族という説もある。

多くの魔物と同じく、本能的にアスタリアの被造物に敵意を抱くうえ、魔術を詠唱なしで行使できるという特徴まで持つ危険な相手。

## ・半魔

人と魔族の間に生まれることがある、両方の特徴を備えた存在。多くの場合、魔族に無理やり慰み者にされた人種族の女性から生まれる。

両者の特徴を持つゆえに、どちらからも半端者と蔑まれ、あるいは恐れられ、忌み嫌われてしまう。

# 3節　疑問、あれこれ

「そっか……風の魔将――〈暴風《ぼうふう》〉のイフ！」

　彼女は得心がいったというように大きく声を上げる。

「どうりで聞いたことあるわけだ。初代勇者と戦った伝説も残ってる、多分、魔王を除けば一番有名な魔族だよね。だから物語で城を護《まも》る魔将の役には、イフの名前が使われることが一番多いとかちょっと待って」

　疑問が解消され晴れやかに開かれていたその口が、ピタリと止まる。

「〈暴風〉の、イフ？」

「はい」

「一息で千の軍勢を薙《な》ぎ払う、なんて噂《うわさ》もある、あの？」

「……そうです」

「……なんで？」

「えぇと……」

　あまりに端的な疑問だったので返答に困ってしまう。

「や、ごめん。おねーさんもちょっと混乱してて。でもさ。さっきも言ったけど、ラヤの森って、魔物の領土としては比較的安全な場所のはずでしょ？　なのに、そこに〈暴風〉なんてとびきり危ない魔将が、勇者を襲いにやって来る……って、話だよね？」

私が無言で肯定の意を示すと、彼女は困惑を隠さず問いかける。

「その……本気で言ってる？　リュイスちゃんが、じゃなくて、総本山が」

「残念ながら、本気です。それが実際に起こってしまうと、そしてあまり猶予もないと判断したからこそ、総本山はこの依頼の打診を決定したのですから」

「……まぁ、そっか。少なくとも、それを理由に神殿が動くくらいには、その〈流視《りゅうし》〉っていうのは信用できるってことなんだね」

彼女はまだ半信半疑という様子だったが……それでも、国内外に強い影響を持つ世界最大の神殿が、実際にその重い腰を上げたという事実に、ある程度の理解を得てくれたようだった。

「分かった。でもそれが全部本当だっていうなら、聞きたいこと、いっぱいあるんだけど」

「もちろん、私で答えられることなら、全てお話しするつもりです」

「ありがと。じゃあ、えーと……そもそもなんだけど、イフって今でも生きてるの？　それこそ、おとぎ話でしか聞かないような大昔の魔族だったよね。もう何代も前の勇者に倒された、って話も」

それは当然の疑問だと思うし、私も初めは同じ疑問を抱いた。

「討伐された、という伝承は確かにあります。けれど、その後に目撃されたという記述や証言も、何件も残っていて……中には、『魔王と同じく不死である』という噂までありました。少なくとも先代の勇者さまは遭遇しなかったそうですが……」

「……生きてたとしても、おかしくない、ってことかな」

一つ頷《うなず》くと、彼女はあまり思い悩まず話を進める。

「じゃあ、次。魔将って、魔王を護るのが最優先だからあまり城から離れないし、姿を見せるとしても城の近くの『終わらない戦場』くらい、って聞いてたんだけど……それが、『戦場』も飛び越えて、一人で『森』に？」

「それについては、魔王討伐の進路として最も多く選ばれてきたのが『森』だから、かもしれません」

「たくさん、選ばれてきたから？　他の場所より危険が少ないから？」

「はい。少なくとも、『戦場』を突き進むより安全なのは間違いありません。だからこそ、新たな勇者さまもこれから向かうのかもしれませんし……だからこそ、魔物側も網を張っているのかもしれません」

余談だが、先代の勇者は『戦場』から魔王の城に向かい、無数の魔物を屠《ほふ》りながら正面から踏破したと伝わっているが、理由は分かっていない。

「偶然出くわしたんじゃなくて、勇者が通りそうな場所を狙って待ち構えてた、ってこと？　そう言われると、無くはないか、な――……？」

言葉の途中で、彼女は不意に動きを止め、こちらに視線を向ける。

「あのさ。さっき聞いた条件だと、リュイスちゃんも同行するって話だったよね。でも、一緒に『森』に行くってことは……」

「……いずれ、魔将と相対することになります。重々、承知しています」

半人前の私にとって、それが、極めて危険な旅だということも――

「……」

ふと気づけば、アレニエさんがわずかに目を細めながら、こちらを注視していた。

「……？　あ、あの……？」

「……や、なんでもない」

しかしそれもわずかな間で、彼女はすぐに元の柔らかい表情を浮かべてから、小さく嘆息する。

「つまりそれが、隠さなきゃいけなかった理由なんだね」

「はい。魔将の接近。勇者さまの死。どちらも、軽々しく公にはできません。知れば人々は怯《おび》え、混乱し、悪魔の囁《ささや》きに耳を傾けてしまうでしょう」

「神殿の教義はともかく、言いたいことは分かるよ。ただでさえ人間は力で魔物に負けてるのに、余計な不安が広がって統率が取れなくなればなおさら勝てなくなる。下手すれば暴動とか起きるかもね」

彼女は一拍置いて言葉を続ける。

「でもさ。結局、倒さなきゃいけないのは変わらないんだよね？　騎士団大勢連れてくとか、勇者の護衛を増やすとかして正面から討伐すれば、わざわざ隠さなくていい気がするんだけど」

実はその案は、神殿でも議題に上ったのだけど……

「それにはいくつか問題があって……まず今回の相手は、先ほどアレニエさんも口にした通り、千の軍勢を一息で薙ぎ払うとも言われる〈暴風〉です。ある程度以上の実力者を集めなければ、いたずらに被害を増やすだけになりかねません」

「それはまあ、そっか。そこらの騎士や冒険者じゃ力不足と」

「はい。次に、護衛――守護者を増やすのは、おそらく王都の貴族たちが納得しません」

「へ？　なんで貴族？」

「勇者や守護者にはほとんどの場合、貴族の後ろ盾がありますから」

「あー……報酬の、おこぼれ目当てだっけ。自分たちの息のかかった人間だけが活躍して報酬独占できなきゃ意味がないと」

「その……言い方はともかく、その通りです。それに、時間も足りません」

「時間？」

「勇者さまは、近日中に王都を発《た》つ予定です。その前に、魔将と戦える程の腕の持ち主を、大勢探すような余裕は……」

「……そんなに、差し迫ってたんだ？　うーん……じゃあ、勇者だけに事情を説明して、どこかに匿《かくま》うとかは？」

「その……前提として、勇者さまを留《とど》めておくことができないんです。魔王を放置したままでは、魔物が増えていく一方ですから」

「……そうでした」

「それに公にできないのは、〈流視〉も同様です。〈流視〉は、今回の件を抜きにしても機密扱いで、神殿でも知っている人間は限られているんです」

「ふーん……？　勇者にも言えない、ってこと？」

「はい。悪用されないため、そして持ち主を守るため、総本山はその身柄を預かり秘匿しています。私がこの依頼を預かる際も、情報を明かす相手はできるだけ少なく、そして慎重に見定めるよう厳命されました」

「……まぁ、めんどくさい状況だってのは、なんとなく分かったよ」

ここまでの話が一言で済まされてしまった。

「じゃあ、最後にもう一つだけ。代理って言ってたけど、あの人が自分で出ないのはどうして？　リュイスちゃんには悪いけど、そっちのほうが成功する確率は高いよね？」

「……実力に関しては、仰《おっしゃ》る通りです。ただ、今回は目標の討伐と同時に、秘匿性が重視されます。司祭位の者が直接動けば、それだけ事態の重さを喧伝《けんでん》していることになりかねません。その点で言えば私は、駆け出しを脱したばかりの、一神官にすぎませんから」

「変装させてコッソリじゃダメだったんだ？」

「それも含めて、周りに止められました。司祭位というのを差し引いても、あの方は……少々、人目を惹《ひ》くといいますか……」

「あぁ……あの人目立つもんね」

口は濁したが、同様に司祭さまを知る彼女には、言わんとしていることが伝わったのだろう。

「それに、普段のお勤めに次の司教選挙も重なって業務が山積みですし、昔と違い、今は責任のある立場ですから。あまり危険に身を置かないように、とも」

「なるほどねー……でも、その危険な任務に、よく自分の弟子を送り出したね」

わずかに、身体を強張《こわば》らせる。

「……その……今回の任務は、私から志願したんです」

「……そうなの？」

「はい……先ほど言ったように私は未熟で、あの場所には不相応ですが……この任を、勇者さまを救うという善行を為《な》せれば、周囲の人々にも、認めてもら――」

不意に、我に返る。

口を滑らせすぎたかもしれない。私の事情など、初対面の彼女は興味ないだろうに。

「……ひとまず、私ができる説明はしたつもりです」

心を落ち着かせるように、小さく息を吐く。

「説明したうえで、それでもなお疑わしい依頼だというのは、口にした私自身理解しています。ですが、予見が真実だった場合……」

「その場合、人類は新しい勇者が見つかるまで、魔王に対抗する手段を失う。勇者不在の隙にこの王都まで攻め込まれた魔物の大侵攻、『パルティールの惨劇』の再来、ってわけだ」

頷き、顔を上げる。

「先ほどの騒動で、実力は拝見させていただきました。貴女《あなた》は普段、一人で行動しているとも聞いています」

私は彼女の瞳を正面から見つめ、懇願する。

「アレニエさん。改めてお願いします。……一緒に、勇者さまを助けてください」

少数で秘密裏に、迅速に目的地に向かい、神剣の助けなしに魔将を討伐する。

それはある意味、守護者として魔王に挑むより困難かもしれず、条件を満たす人物が容易に見つからないのは探す前から明白だった。

だからなのだろう。真っ先に思い浮かんだ人物が、行方不明の剣の帝王だったのは。結果は、知っての通りだけれど……

しかし、その後目の当たりにした彼女の衝撃は、失意の私を立ち直らせるには十分過ぎるものだった。彼女なら、この依頼を達成し勇者を救うことも、不可能ではないように思える。

だから後の問題は……当の本人が、引き受けてくれるかどうか、だ。

彼女は目線を下げ、一言も発さず黙考していたが……しばらくして、その口を開いた。

# 勇者の旅の用語集

## ・魔将

魔族の中でも特に力のある個体が選ばれ、上に立つ将軍として任命されたもの。通常の魔族以上に危険な存在。

倒され、代替わりすることもあるそうだが、以前の個体が再び観測される例もあるという。

## ・神々

破壊されたアスタリアの身体の欠片《かけら》から生まれ、権能の一部を受け継いだ存在。彼らもまた悪魔との争いで肉体を失い、世界に物質的に干渉する術《すべ》を失っている（神の奇跡の消失）。現在は偏在する意識のみの存在となり、稀《まれ》に人々の精神に囁きかけたり、加護を与えたりすることが主な役割となっている。

## ・悪魔

破壊されたアスティマの身体の欠片から生まれた悪しき存在。

神々と同様、争いで肉体を失っており、世界に物質的に干渉することは叶《かな》わない。アスタリア教の教えでは、人々が負の感情を抱くのは悪魔が精神に囁きかけているためと教えられるが、それ以上の実害はなく、実在を疑う者も増えているのが現状となっている。

## ・加護

神々が稀に人々に与えることがある特殊な能力。

肉体を失った神々が世界に干渉できる数少ない手段の一つ。

## ・パルティールの惨劇

魔物の被害が少ないはずのパルティールで起こった、不可解な魔物の大侵攻。

多数の人的被害を出し、生きた聖典（当時は数人の神官が口頭伝承で継承していた）である神官にも犠牲者が出たことで、部分的に聖典が途絶える事態にまで陥っている。

多大な被害を受けた元の王都（現在の下層）から、新しい王都（現在の中層・上層）へ都市機能を移設する要因にもなった。

# 幕間1　ある大男の怒髪天

「クソっ！」

怒りを抑えきれず、飲み干した杯を叩《たた》きつける。

木の杯は衝撃で砕け、辺りに破片を撒《ま》き散らす。が、今はどうでもいい。

あの後、気が付いたら俺は〈剣の継承亭〉から離れた路上に寝かされていた。

全身が、特に側頭部がひどく痛んだ。何があったかを思い出したのはしばらく経《た》ってからだった。

怒りと羞恥で頭が沸騰しそうだったが、その度に蹴られた部分がズキズキと痛み、苛《さいな》んでくる。

それがまた、怒りを倍増させていた。

馴染《なじ》みの冒険者の宿、〈赤錆《あかさ》びた短剣亭〉に辿《たど》りついたのは深夜のこと。とりあえずは飲んで鬱憤を晴らすつもりだった。

だが憂さを晴らすために飲んでいるはずなのに、飲めば飲むほど苛立《いらだ》ちが増していく。それもこれも……

「どうした、えらく荒れてるな」

顔馴染みの冒険者が声を掛けてくる。

フードを目深に被《かぶ》った痩せぎすの男で、俺と同じ裏家業を主にこなす類だ。下層には（特に今いる北地区には）こういうのが多い。

「今日は例の店に行くと息巻いていたはずだが……返り討ちにでもあったか？」

そのものずばり言い当てられ、さらにイライラは増していく。

「まさか、図星か？　クックっ……あんなに自信満々だったというのにな」

「ぅるせぇ！　あんなもんは負けたうちに入らねえ！」

　クソっ、どいつもこいつも癇《かん》に障りやがる。

「まともにやってりゃ俺が負けるわけねえんだ！　それをあの女ぁ……狸《たぬき》寝入りで騙《だま》し討ちなんぞしやがって……！」

「……女？　狸寝入り？　……まさか、白い鎧《よろい》に、黒い左篭手《こて》の女か？」

「あ？　あぁ……言われてみりゃそんな格好だったかもしれねぇが……知ってんのか？」

「……ああ。そいつはおそらく〈黒腕《こくわん》〉、アレニエ・リエスだ」

「〈黒腕〉……アレニエ……」

「〈剣の継承亭〉所属の冒険者で、白い鎧姿に黒い左篭手が特徴の女剣士だ。その類稀《たぐいまれ》な腕前と同時に、言動からくる悪評も多い。有名な女だぞ？」

「……聞いた憶《おぼ》えも、なくはねぇんだが……」

「まぁ、お前は〈剣帝〉の情報しか興味がなかったろうからな。耳に入ったとしてもそのまま抜けていったのだろう」

「うるせぇ」

　……そもそも、情報収集自体が苦手だ。

「〈黒腕〉の名は下層だけではなく、中層にまで広まっているらしい。基本的にはあの店に腰を落ち着けているが、気紛《きまぐ》れによそに出向いては揉《も》め事を起こしているとか、寝ているところを迂闊《うかつ》に近づくと手足を折られるとか、そんな噂《うわさ》ばかりが絶えない」

　ろくな話が出てこねぇ。

「ちなみにあの女、本当に寝たままで折ってくるらしい」

「んなもんどっちでもいいんだよ！」

とにかく俺はあの女が気に入らない。なんならすぐにでも報復に……！

「ふむ。なら、他の連中にも声を掛けてみるか？　〈黒腕〉に恨みを持つ者は少なくない。探せばすぐに集まるだろう」

「お前が、わざわざ他の奴《やつ》まで集めて、ただ働きするってのか？　明日は星でも落ちるんじゃねえか？」

「なに。噂の〈黒腕〉がどの程度のものか、以前から興味があったからな。首尾よく討てれば名も売れる。この店を指名する依頼も増えるだろう。それに先刻、別件で急ぎの依頼が入って人数を集めるつもりだったのでな。ちょうど良かったのさ」

「要は、ついでにその依頼を手伝えってことか？」

わずかな間、考える。

普段なら、徒党を組んで女を襲いに行くなんて話は、おそらく断っていた。

だが今は、如何《いかん》せん頭に血が上っていたし酒も入っていた。正直このイライラを解消できればなんでもよかった。

「ふん、いいだろ。乗ったぜ」

これであの女を叩きのめせば溜飲《りゅういん》も下がるだろう。

わずかにだが気分も回復し、支払いを済ませて帰ろうと懐から財布（ただの布袋だが）を取りだした俺は――

「…………クソがぁっ⁉」

ご丁寧にも、中身だけが綺麗《きれい》に抜かれていたそれを、地面に叩きつけた。

# 4節　一夜過ぎて

目が覚めた。

窓から入る陽《ひ》の光が、否応《いやおう》なく朝であることを告げてくる。

しばらくまぶたと格闘し、なんとか目を開くものの、そこに映る部屋の光景は見知ったものではなかった。

「そうだ……アレニエさんの部屋に泊まったんだった……」

私はまだぼんやりとする頭で、昨夜のやり取りを振り返る。


結論から先に言えば、アレニエさんは私の依頼を快く引き受けてくれた。

＊＊＊

「そう、だね。いいよ。引き受けても」

「！　本当、ですか……⁉」

「うん。ただ、これだけは最初に断っておきたいんだけど……実際に魔将まで辿《たど》り着いても、わたしの手には負えないと思ったら、その時は迷わず逃げるよ。顔も知らない他人とか。世界とか。そんなもののために命まで懸けたくないからね」

「はい、それで構いません。私も、無為に死者を出したくはありませんから」

「よかった。それと、報酬のことなんだけど」

「……なんでしょう？」

にわかに、嫌な予感がする。

「相手がほんとに魔将だっていうなら……報酬のほうも、もう一声欲しいなぁ」

「う……」

彼女は笑顔でこちらを覗《のぞ》き込むように視線を向けてくる。

一応こうした反応も想定して、十分な額を用意したのだけど……生きて帰れるかも分からない仕事なのだから、より多くの対価を望む気持ちも理解できる。命の値段だ。

しかしこれ以上を捻出するなら、あとは私の給金ぐらいしか渡せるものが……いや、彼女がそれで引き受けてくれるなら、私が身を切るくらい――

「すみません。今は、これ以上用意できなくて……けれど私に払える範囲でなら、後でなんでも支払いますから……！」

「え、ほんと？」

こちらの台詞《せりふ》が終わるか終わらないかのうちに、アレニエさんが嬉《うれ》しそうに確認を取ってくる。……あれ？　私、もしかして迂闊《うかつ》なこと言った……？

「そっか、なんでもかぁ。何がいいかなー」

「あの……できれば、加減していただけると……」

「そんなに怯《おび》えなくても、そこまで無茶なお願いはしないよ。というか、お金は別にいいんだ」

「……お金は、いい？」

報酬が足りないという話では……？

「うん。だからその代わりに……──リュイスちゃんが、欲しいな」

…………

「…………はい？」

今、なんと？

「追加の報酬として、リュイスちゃんが欲しいな」

「……。……？　……──～～私!?」

私が報酬!?

「そそ、それって、どう、いう……!?　こ……こ……」

恋人的な？　それとも、肉欲的な……か、身体目当て？　出会って五秒の噂《うわさ》は、女性も──!?

「んー、つまり──」

彼女は静かに立ち上がり、私が戸惑っている間にするりと身体を引き寄せると、流れるようにベッドに押し倒した。二人分の体重を受け止めた木製の寝台が軋《きし》み、ギシリと音を鳴らす。

「──こういう、感じ？」

為《な》す術《すべ》なく寝かされた私に、アレニエさんが覆い被《かぶ》さる。

引き締まった、けれど少し丸みを残した彼女の下半身が、私の身体を上から押さえつける。

視線が交わる。間近で見る彼女の黒瞳に。笑みを形作る艶やかな唇に。明かりを反射する黒髪に。

吸い込まれてしまいそうな錯覚に陥る。

「わたしは、悪ーい下層の冒険者だよ？　こういう目に遭うかもって、少しも考えてなかった？」

優しくも妖しい彼女の笑顔と、触れた個所からほのかに感じる体温が、思考を鈍らせてゆく。

経験のない事態に動悸《どうき》が収まらない。汗が衣服を張りつかせるのを感じた。ああ……きっと今、私の顔は真っ赤だ……

「……私を、抱くのが……報酬、って、ことですか……?」

同性でも肌を重ねる場合があるのは知っている。神殿で〝そういう〟関係の同僚を目にしたこともある。

けれど私たちは出会ったばかりで、お互いを全く知らない。

思慕も情愛もなく、ただの代価として身体を差し出す行為は、仮にも神官である身としては避けるべきだ。そう、思いつつも……

圧し掛かられ、動けないのを差し引いても、無理やり振り払おうという気には、なぜかなれない。

それに、要求が私というのは想定外だが、身を切る覚悟自体は先刻固めたばかりだ。〝私の身体くらい〟で追加の報酬になるのなら……

「いや、せっかく知り合えたから友達になって欲しいな、って思ったんだけど」

………

「…………とも、だち?」

「ともだち」

目を瞬《またた》かせる私の耳元に顔を寄せ、彼女は少し楽しそうな声音で囁《ささや》く。

「……何を想像してたのかな、リュイスちゃん」

彼女の言葉に、今度は羞恥で、かぁぁぁっ、と頬が熱くなっていく。

(……もしかして……からかわれた、だけ……?)

耳まで赤くする私を、彼女は楽しそうに眺める。

「ごめんごめん。反応が可愛《かわい》かったから、つい」

「うう……」

少し恨みがましい視線を向けてみるも、当の本人に堪《こた》えた様子は全くない。

彼女は上体を起こし、私の身体を解放すると、そのまま隣に腰を下ろす。

「ちなみにリュイスちゃん、今日の宿って取ってる？」

「へ？」

頬の熱も冷めぬ間に、予想外の質問が飛んできた。

身体を起こし、思考を苦労して切り替えつつ、慌てて返答する。

「え、と……依頼を受けてくれる冒険者を探し出せたら、その宿で一泊しようと思っていたんですが…………あっ」

依頼の手続きも報酬を預けることもせず、勢いのままに彼女を追いかけて来たのを思い出す。当然、宿など取っていない。

彼女は私の様子から、大体のところを察したらしい。

「じゃあ、ちょうどいいからここに泊まっていってよ。宿代も浮くし」

「そんな、そこまでお世話になるわけには……あ、いえ、それより依頼は……」

「心配しなくても、ちゃんと引き受けるよ。追加の報酬、くれるんだよね？」

彼女は言いながら、片手を差し出してくる。

先刻の勘違いを思い出し、再び顔が赤らむのを感じる一方で――

（友達……私に……？）

馴染《なじ》みのない響きを噛《か》みしめる。羞恥とは別の理由で、頬が紅潮していた。

わずかに逡巡《しゅんじゅん》した後、赤みが増した顔を隠すように俯《うつむ》きながら、私は控えめに彼女の手を握った。

「その……私なんかで、良ければ……よろしくお願いします」

「うん。交渉成立だね」

私の手を握り返し頷《うなず》くアレニエさんの表情は、心なしか満足そうに見えた。


――――


聖服を脱ぎ、下着姿になった私は、薦められたベッドで横になっていた。

隣では、アレニエさんが既にすやすやと穏やかな寝息を立てている。

鎧《よろい》や衣服を脱ぎ、私と同じように下着姿になっている彼女だが……なぜか、左手の黒い篭手《こて》だけは外す様子がなかった。

（魔具……かな）

魔具は、条件を満たすことで疑似的に魔術を扱う、あるいはその行使を補佐する道具の総称。効果や価値は制作者の腕で上下し、質の高い品は他者から狙われる例もあるらしいけれど……

身につけたまま就寝するという人は、少なくとも私は知らない。訝《いぶか》しく思い、尋《たず》ねてみたが。

「内緒です」

と、笑顔で、しかしはっきりと拒絶の意志を示され、それ以上聞くのは憚《はばか》られた。

気にはなるが、誰だって人に言えない、言いたくないことぐらいあるだろう。

そして今はそれ以上に、ベッドに入る前に目にした彼女の下着姿が脳裏に焼き付いていた。押し倒された際の胸の鼓動が、にわかに蘇《よみがえ》る。

（……私、女の人を好きだったのかな……）


神殿では、男女の交際を制限していない。むしろ善行の一つと見做《みな》され推奨されている。

性交の結果として子を授かるなら、それは新たに神を信仰する信徒が、魔物と戦う戦士が増えるのにも繋《つな》がるからだ。もちろん、節度は保たなければいけないが。

そして、その本分を忘れない限りにおいて……女性同士での交遊も、ある程度黙認されていた。

創設者が女性だったこと（〈白き星の乙女〉と呼ばれた神官だった）。

性差における神との親和性（女神であるからか、アスタリアの法術は女性のほうが適性が高い）。

などの事情から、総本山は女性の比率が非常に高く、異性と出会う機会には恵まれない場所となっており……そういった環境で女性同士の関係が深まるのは、ある意味で自然な流れと言える、かもしれない。

ただ、私はそういったものにあまり興味がなく、縁もなく、余裕もなかった。

各人に個室が割り当てられているため、他人の素肌を見る機会も少ない。誰かと共に眠るのも幼少の頃以来だ。

だから……分からなかった。

この鼓動が、慣れない状況に戸惑っているだけなのか、それとも……今まで、気づかなかっただけ、なのかは。

とはいえ、そんなことを考えていたのも最初だけで、やがて訪れた睡魔によって、いつの間にか私は眠りについていた——

＊＊＊

隣を見れば、アレニエさんの姿は既になかった。もう起きて部屋を出たらしい。私も、いい加減きちんと起きなければ。

着替えを済ませ、ベッドを整えた私は、彼女と合流すべく部屋を後にした。

# 5節　露天商の少女

「それじゃ、とーさん」

「ああ。……気をつけろ」

「うん。気をつけて行ってくる」


そのやり取りはなんでもないようでもあり、複雑な想《おも》いが込められてるようでもあった。

手早く依頼の手続きと旅支度を整え、店に別れを告げた私たちは、城門までの道すがらで旅に必要な備品を買い足すため、下層南地区の商店街へ足を運んでいた。


パルティール王国の王都グランディールは、〈神眠る〉オーブ山の麓に建てられた積層都市。貴族や富裕層が暮らす上層、一般市民が暮らす中層、貧困層や犯罪者が暮らす下層の三階層に分かれており、ここはその下層にあたる。

上の二層からは劣悪な環境だと蔑まれているが、実際に見た感じ、噂《うわさ》に聞いた程ではないように思う。建物は古いがしっかりと補修されているし、路面の土も綺麗《きれい》に均《なら》されている。活気のある商店街の様子からは、伝えられていた治安の悪さもあまり感じない。

とはいえアレニエさんによれば、今いる南地区は比較的安全な地域とのことだ。

少し場所を移せば、私が聞いた噂通りの下層の様子が見られるという。できれば近づくのは遠慮したい。

「えーと、スローイングダガー十本に、銀の短剣も一本だけだけど買えた。あとは――」

「――よう、アレニエ」

不意に掛けられた淡泊な呼びかけは、若い女性のものだった。

声のしたほうを向くと、木箱に布を敷いた簡素な陳列棚で露店を開く、一人の少女の姿がある。

私と同じくらいか、あるいはもっと若いかもしれない。

綺麗な水色の長髪を大きな帽子で覆い、上半身は動きやすそうな薄着、下半身は膝丈程のダボっとしたズボンを穿《は》いている。

彼女は大きな瞳をほとんど半眼にしながら、こちらに視線を向けていた。名前を呼んでいたし、アレニエさんの知り合いだろうか。

「ユティル。よかった、帰ってたんだ」

「ああ。少し前にな。……珍しいな。あんたが誰かと連れ歩いてるなんて。しかもその聖服、総本山のだよな。『上』のヤツと一緒だなんて、ますます珍しい」

「その総本山から依頼を受けて、今から出発するところ。この子はその依頼人」

「へぇ……」

彼女――ユティルさんが、私を値踏みするような目で見る。その視線に身を硬くしながら、頭を下げつつ挨拶すると……

「は、はじめまして。リュイス・フェルムといいます」

彼女は、細めていた目を丸くする。

「……あんた、本当に総本山の神官か?」

「え？　はい、一応……あの、どこか、疑わしいところがありましたか……？」

「いや、疑わしいというか……あそこの連中が、あたしらに頭下げるわけないだろ」

「……えーと……」

そう言われましても。

「頭だけじゃない。口調も態度も、そこらの神官より丁寧なくらいだ。あんた、本当に『上』の人間か？」

普通に挨拶しただけで驚かれる現状に、上層の人間の素行を垣間見てしまう。

「ね。変わってるでしょ、リュイスちゃん」

なぜかアレニエさんが得意気だった。

「正直わたしも最初は疑ったけど、本物みたいだよ。ちゃんと紹介状もあるし、そもそもあの人の弟子らしいしね」

「あぁ、あの司祭さんの……弟子とか取れたのかあの人」

「やー、びっくりだよね」

外でどう見られてるんでしょうか司祭さま。

「この子はユティル。ふらっと旅に出ては変な物仕入れて、こうやって露店開いてるの」

「その〝変な物〟を主に買ってるのはあんただろ」

文句を言いつつ、彼女は改めて私に向き直る。

「ユティル・フルニールだ。さっきは悪かった。『上』の連中にはいい印象がないから、つい警戒しちまって」

「いえ、気にしないでください」

上層には下層を見下す人間が多い。彼女の反応はもっともだ。

「ありがと。やっぱあんた、『上』の人っぽくないな」

彼女は先刻までの警戒心を詫《わ》びるように、快活に笑いながら礼を言う。

「それで？　『よかった』ってことは、あたしの店に来るつもりだったんだろ？」

「うん。何か新しいのあるかと思って」

「あぁ、あるぜ。この煙を噴き出す魔具とかどうだ？」

彼女は露天に並べた品の中から謎の球体（手の平ほどの大きさだった）を摑《つか》み、アレニエさんの目の前に掲げる。

「通常の魔具は持ち主が自分の魔力を込めなきゃいけないが、こいつは強い衝撃を与えるとそこらに漂ってる魔力で勝手に起動してくれる。〝持ってない〟あんたでも気軽に使えるよ。あと、同じ仕組みで普通に爆発するやつ」

普通に爆発。

「いいね、便利そう。二つずつ買うよ」

「おう、買え買え。神官の姉ちゃんもどうだい？　さっきのお詫びにまけとくよ？」

「え、いいなー。わたしもまけてよ」

「あんたは依頼で稼いでんだろ。普通に買え」

目の前で交わされるその遠慮のないやり取りに、思わず笑みがこぼれてしまう。

私は彼女の厚意に素直に甘え、アレニエさんと一緒に露店を覗《のぞ》かせてもらうことにした。


―――

「――……それじゃあ、アレニエさんはお店のマスターに剣を教わったんですね」

買い物を終え、城門までの道を歩きながら、私は彼女と少しでも距離を縮めるべく、会話を試みていた。

「うん。ああ見えてとーさん、元冒険者だからね」

「えーと……どちらかというと見たままな気がしますけど」

「そう?」

彼の、見た目の年齢にそぐわない落ち着きや威圧感を思い出す。元冒険者と聞いて、むしろ得心がいったくらいだ。

「わたしは、もう何年も見慣れてるからかな。今みたいにお店に立ってる姿のほうがしっくりくるんだよね」

そういうものかもしれない。

「この街は、もう長いんですか?」

「住み始めたのは、十年くらい前かな。まあ、それだけ住んでれば地元かもしれないけど」

「じゃあ、元々は別の国の出身なんですね。……実は、アレニエさんのリエスという姓、この国ではあまり聞かないな、と思って気になっていて……」

「あー……そうだね。かーさんがずっと北のほうの出身で、その辺りの姓らしいから、この国で聞く機会はないと思うよ」

憶《おぼ》えがないはずだ。私は国外に出たことがないし、接した経験があるのも近隣国の人ばかりだった。

「上の名前も気になる?」

コクリと頷《うなず》く。

「別に大した由来はないんだけどね。うちのかーさん、蜘蛛《くも》が好きだったたんだって」

「それは……その、珍しい方ですね」

「ね」

一般的には苦手な人のほうが多いと思うけど、感性は人それぞれか。

「いろんな国の蜘蛛の呼び方調べて、この国の『アレニエ』が一番響きが良かったから、これに決めたんだって」

「本当に好きなんですね……そのお母さんも、お店で一緒に住んでいるんですか？」

こちらの拙い会話に乗ってくれたのが嬉《うれ》しくて、私は話題をさらに膨らませようと話を続けた。

そういえば昨夜は見かけなかった――

「ん？　いないよ？　わたしの両親もう死んでるから」

――そして膨らませた話題とわずかな嬉しさは、彼女の言葉で即座に萎《しぼ》んでしまう。

もう、亡くなって、る……？

でも、両親どちらもって……？　お店の、マスターは……？

「とーさんは、わたしが物心つく前に。かーさんは、わたしが子供の頃に。その後、今のとーさんに拾われて、この街に来たんだ」

「そう、だったん、ですか……」

やってしまった……他人に簡単に触れられたくないだろう部分に、不用意に……

「その……すみません！　不快に思われたなら……！」

「いや、そんなことないけど。それより、こっちこそごめんね。昔の話だし、あんまり気にしないで」

彼女は微笑《ほほえ》みながら、こちらを気遣ってすらくれる。

けれど浮かべた笑顔は、ぎこちないと感じた昨夜と同じ……いや、昨夜よりも一層作り物めいた、仮面、のように見えて……

「………私は……私も……両親はもう、いないんです。幼い頃に死別して、その後、司祭さまに拾っていただいて――」

彼女が被《かぶ》るその仮面に、無性に胸の奥が締めつけられるように感じて、知らず私は口を開いていた。

「――……そっか。だからリュイスちゃん、『上』の人っぽくなかったんだね」

納得したように呟《つぶや》き、柔らかく微笑むアレニエさん。

けれど今度のそれは、先刻までの仮初めのものとは、かすかに違うように感じられて――

内から溢《あふ》れる衝動に押され、何を言うべきか分からないまま口を開きかけ……ちゃんとした言葉になる前に、彼女に遮られる。

「ごめん、ちょっと待ってね。あ、後ろ振り向かないで歩き続けて」

「……？」

「さっきから、誰かに見られてるし、尾行されてるみたい」

「え、え？　私たちを尾行なんて、一体誰が……」

「えーと……多分わたし目当てだから、先に謝っとくね」

「……はい？」

「ほら、わたしあちこちで色々やらかしてるから。昨日みたいな感じで。だからそうやって買った恨みの一つじゃないかな」

そう言われ、つい納得しかけてしまう。マスターが、「揉《も》め事が絶えない」と言っていたのも思い出した。

「たまにあるんだよね、こういうの。ちょっと久しぶり」

いつ襲撃されるかも分からないのに、アレニエさんは気楽に言う。さっきまでの気まずい空気は、もうどこかに霧散してしまっていた。

「さすがに街中で仕掛けてはこない、かな。ほんとは馬屋で馬を借りるつもりだったけど、被害が出ちゃうと面倒だね。念のため、徒歩で様子見よっか」

本当にこの人で良かったのだろうか、と、今になって若干の不安を覚えつつ、私たちは街を出るべく歩みを進めた。

# 勇者の旅の用語集

## ・オーブ山

大陸南西部にそびえる霊峰。主神である〈白の女神〉アスタリアが山頂で眠っていると言われており、〈神眠る〉オーブ山と呼ばれ、信仰の対象になっている。世界各地から神官が巡礼に訪れる聖地。

## ・王都グランディール

パルティール王国の王都。オーブ山の麓に建てられた積層都市。

王族・貴族や富裕層が暮らす上層。一般市民が暮らす中層。貧困層や犯罪者が暮らす下層の三階層に分かれている。

中層・上層の住人たちは下層民を見下し、下層民は彼ら（特に上層の人間）を『上』の住人と呼んで敵視している。

# 6節 背中合わせに手を合わせ

私たちは出国手続きを済ませ、下層の城門から王都を発《た》った。

出がけに衛兵に聞いた噂《うわさ》では、勇者一行も間もなく出立するとのことだった（ここではなく、中層の城門に向かったらしいが）。

旅立った彼らは各国を経由しながら『森』を目指し、そこで……その命を落とす。

私たちは、なんとしてもそれより前に辿《たど》りつかなければならない。

しかし……その前に、片付けるべき問題が残っている。気を張り詰めながら、街道を進んでいく。

まだ日中なのもあり、初めは私たちと同じような旅人も散見されたが、彼らの多くは馬や馬車で移動しており、徒歩の私たちは取り残されていく。

やがて王都から離れ、他の旅人も見えなくなったところで、アレニエさんと二人、背中合わせで警戒する。

程なくして、細身の男がどこからか気配もなく現れた。フードを目深に被っており、表情はよく見えない。

そしてなんらかの合図があったのか、王国側から次々と、馬に乗った人影がこちらに向かってくる。

一人、二人、三人、四人……

「……あれ、思ったより多い？」

アレニエさんのそんな呟《つぶや》きが聞こえた。その間にも人数は増えていく。

次々と現れた襲撃者は、総勢で八人。

配置は、王都側に六人、街道側に二人。これは王都に逃がさないようにするためだろう。距離を空け、こちらをグルリと囲んでいる。

そしてそのうちの一人は、昨夜〈剣の継承亭〉にやって来た、あの大男だった。

「……誰だっけ？」

ええっ⁉

「ほら、昨日来たあの人ですよ！　アレニエさんが蹴り飛ばした！」

「え？　……あ～うん、憶《おぼ》えてる憶えてる。なんとなく」

昨日の今日なのにアレニエさんは憶えてなかったらしい。あぁ、ほら。あの人見るからに怒ってるし。

「てめぇ、よくもそこまでおちょくれるもんだな……！」

「いやー、寝起きでまだぼんやりしてたから、顔まではちゃんと憶えてなくて」

むしろ寝起きでどうしてあんな動きできるんですかアレニエさん……

「少し落ち着け。お前の悪い癖だ」

今にも飛び掛かってきそうな大男だったが、仲間の一人、最初に現れたフードを被《かぶ》った細身の男が、それを制止する。

「今回は腕試しじゃない。なんのために人数を集めたと思ってる。一人だけ先走るな」

「……ああ。ああ、そうだな」

諭され、大男はいくらか冷静になったようだった。他の襲撃者から数歩下がった位置まで下がり、待機する。

「まあそういうわけだ。こいつらは君を倒すために集めた。恨みを持つのが半分、名を上げたい者が半分というところか」

既に勝利を確信しているからか、男はご丁寧にも狙う理由を説明してくれる。

「神官のお嬢さんもいるとは思わなかったが、運が無かったと諦めて…………君は……もしや、リュイス・フェルム、か？」

「え？」

どうして、私の名前を……

「これは僥倖《ぎょうこう》だ。まさか標的が二人揃《そろ》って行動しているとはな。柄にもなく、巡り合わせに感謝したくなる」

標的は……二人？　アレニエさんだけじゃなく、私も……？

「〈黒腕《こくわん》〉ほどの手練《てだ》れを討ち取ったとなれば、裏稼業での我々の名も高まる。神官のお嬢さんも、生死は問わずに連れて来いという話だ。それに生け捕りにできれば、別の楽しみもある。幸い、君らは共に器量がいい」

フードの男は平然とそんな台詞を口にし、周りの男たちも好色そうな笑みを浮かべている。

狙われる恐怖も、下劣さに対する憤りもある。が、今は私なんかを狙う理由が何より気にかかっていた。フードの男を問い詰めようと――

「一応聞いておきたいんだけど」

――する前に、彼女が言葉を挟む。

「ここで引く気はないかな」

「……まさかとは思うが、命乞いか？」

「ううん、その逆。死にたくない人は、今すぐここで回れ右してほしいな、って」

アレニエさん……？

「……驚いたな。この状況でそんな台詞が吐けることもそうだが……悪名高い〈黒腕〉が、まさか他人の命を気に掛けるとは」

「いや、あなたたちの命には欠片《かけら》も興味ないんだけど」

さらりと酷《ひど》いことを言うその表情を、ちらりと覗《のぞ》き見る。

彼女はいつもの笑顔に少し困ったような色を滲《にじ》ませていたが……不意に、その表情が消える。

――背筋が粟立《あわだ》つ。

「わたし一応、必要がないならなるべく殺さないようにしてるんだ。けど、それでも襲ってくる相手には、遠慮しないことにもしてる。〝斬る〟って決めたら、ほんとに斬るよ。だからそれが嫌な人は……こんなところで『橋』に送られるなんて馬鹿らしい、って少しでも思うなら。このまま、何もしないで帰ってくれないかな」

それは、普段と変わらない穏やかな口調。

けれど、普段とは違う底冷えするような声音。

男たちも何かを感じたのか、先刻まで浮かべていた笑みが消えていた。しかしいち早く気を取り直したフードの男が、仲間に声を掛ける。

「いくら腕に覚えがあっても、この人数差だ。しかも向こうには、経験の乏しい神官のお嬢さんもいる。臆することはない」

私の経験の浅さを見抜かれている。事実、実戦はこれが初めてだった。

武器を持った相手と向かい合うのは想像以上に恐怖が伴う。訓練は積んできたけれど、その成果をきちんと出せるかも分からない。今も、足がすくんでいる。

「……やっぱり、引かないか」

アレニエさんが小さくため息をつく。

先刻の発言は、この場を切り抜けるための、ただの駆け引きだったのだろうか。

けれどあの時の彼女からは、口先だけに留《とど》まらない冷酷さが感じられた。殺人という禁忌を、本当に躊躇《ためら》っていないような……

いや、それよりも。仮にアレニエさんが全力で戦ったとして、それでこの人数差がなんとかなるのだろうか。確かに彼女は腕利きの冒険者だが、相手もそうなのだ。

しかもこちらには、私というお荷物までついている。フードの男が言う通り、勝ち目自体が薄いように思える。思わず足を引いてしまう――

「リュイスちゃん」

先刻より近づいた背中越しに、彼女の声が耳に届く。

「突破口作るから、そこから逃げて。思ったより数が多いし、わたし、守りながら戦うの苦手で」

というのは、普段一人で行動しているからだろうか。

確かに、包囲を突破して私一人が逃げることは可能かもしれない。

けれど、その後は？　彼女だけが取り囲まれて、嬲《なぶ》り殺しにされるのでは？

それにその場合、彼女も相手も、お互いに殺すことを厭《いと》わないのだろう。こんな状況で何を言っているなと自分でも思うが、私はできるならどちらにも、死者を出してほしくない。

なら、どうすればいいか、もう答えは出ている。怯《おび》える自分を心の中で殴り倒し、背後の彼女に返答する。

「……後ろの二人は、私が相手をします。すぐに倒して、アレニエさんに加勢します。それなら、相手を殺さずに、無力化できませんか？」

言いながら、しかし私の手は震えていた。

「あぁ、そっか。死体を作っちゃったら穢《けが》れが生まれるし、病毒の元になる。特に神官は穢れを嫌ってるものね。目の前で生まれるのは避けたいか」

「それも、確かにあるんですが……」

生物の死体から発生する黒い霧のようなもの――穢れは、放っておけば周囲に様々な悪影響を及ぼすため、人々――特に、邪神の被造物を嫌悪する神官から忌避されている。その穢れを浄化できるのもまた神官なのだが……

「でも、この状況で誰も殺さないのは難しいかなぁ。下手するとこっちが死んじゃうし」

「それも、分かっています……だとしても、私は――」

言った通りにできるかは分からない。下手をすれば彼らの慰み者に、あるいは物言わぬ死体になってしまうかもしれない。

それでも、他人が……彼女が死ぬことに比べれば、断然マシだ。

「私が、止めます。止めてみせます。少なくとも、アレニエさんのところには死んでも通しません。だから……」

しばしの沈黙。

そして不意に、震える私の手を、温かい何かが包み込んだ。

「……！」

ほのかな温《ぬく》もりを感じるそれが――アレニエさんの手が。私の恐怖を解きほぐすように指を絡めてくる。

「意気込みは嬉《うれ》しいけど、『死んでも』は無し。いい？」

そう言って彼女はこちらに振り向き、優しく微笑《ほほえ》む。

「それだけ約束してくれるなら、ちょっと頑張ってみるよ。……後ろ、任せていいかな」

「……はい！」

返答に満足げに頷《うなず》き、彼女は指を解《ほど》く。震えは、いつの間にか治まっていた。

命も危うい状況だというのに、私は彼女に背中を任されたことに、自分でも不思議に思う程の嬉しさを感じていた。

寄りかかっていた身体《からだ》を離し、弱気を追いやるように息を吐き出す。

すくんでいた足に力を込め、私は自分から一歩を踏み出した。

# 勇者の旅の用語集

## ・穢れ

主に生物の死体から発生する黒い霧のようなもの。アスティマの悪しき魔力だとする説もある。

生物が触れると病毒の元になり、土地に侵食すると枯れる原因になる。

そのため、多くの街では穢れを発生させるような行い（特に殺人）は重罪として取り締まられる。

時間経過で風化し、毒性が薄れたものは汚れや菌（作中世界ではまだその概念がないが）などの弱い穢れとして世界中に拡散している。

また、魔物や魔族はアスティマの魔力によって構成されているため、彼らの発する魔力を穢れと呼ぶ場合もある。

# 7節　プロテクション・アーツ

私の相手は二人。

向かって右に、鎧《よろい》を着込み斧槍《おのやり》（ハルバード）を持つ戦士。左には、短剣を握った盗賊風の男。

彼らをここから先に通さないのが私の役目だ。

「なんだ？　俺らの相手は神官の姉ちゃんか？」

「〈黒腕《こくわん》〉に泣きつかなくて大丈夫か、お嬢ちゃん」

分かっていたが、相当に侮られている。が、私はそれらをあえて聞き流し、彼らに問いかけた。

「アレニエさんも言っていましたが、ここで引く気はありませんか？」

「ないな」

「〈黒腕〉を討ち取れるうえに、お前さんみたいな上玉までおまけについてくるんだ。見逃すわけないだろ」

「……そうですか」

やはり、聞く耳は持たないみたいだ。仕方なく私は両の手を組み、祈りを捧《ささ》げる。

「《……どうか私に与えてください、アスタリアよ。天則を通して星の導きを。諸悪を打倒する正心を。攻の章、第――》」

「させるかよ！」

法術を唱え始めた私に、そうはさせじと男たちが向かってくる。

詠唱を始めれば、相手が阻止しようとしてくるのは予想できていた。

私を非力な神官だと侮っているのも、彼らの態度から容易に察せられる。

だから、隙をつくなら今しかない。


即座に詠唱を破棄し、構えを取る。

掴《つか》みかかってくる戦士風の男の手を掻《か》い潜《くぐ》り、身体《からだ》の動きで生み出した力――『気』を拳まで伝え、男の顔面に叩《たた》きつける！

「がっ⁉」

当たった――が、浅い。わずかにだが、打点をずらされたようだ。

男は仰《の》け反《ぞ》り、たたらを踏む。鼻からは赤い飛沫《しぶき》が噴き出るが、意識を刈り取るには至らない。

できれば、ここで一人減らしておきたかったのだけど。

「このガキっ！」

獲物が噛《か》みついたことに逆上し、盗賊風の男が手にした短剣を突き出してくる。

私は左手を突き出し、心中で祈りを――同時に魔力を捧げ、最も使い慣れた法術を唱える。

「《守の章、第一節。護《まも》りの盾……プロテクション！》」

その名を唱えると共に、両手の先にそれぞれ、光で編まれた盾が顕現する。

バチィっ！

男が繰り出した短剣は弾《はじ》かれたような音を響かせながら、光の盾に切っ先を阻まれる。

即座に、左手を後方に払う。その手を起点に生み出された盾も同期し、同じ動きを見せる。

受け止めた短剣を、それを握ったままの男の右手を受け流し、身体を開かせ懐に潜り込み……

無防備なその身体に、すかさず両拳の盾を押し当て、体重を乗せ、思い切り踏み込む！

「ぐぼぁっ……⁉」

ダンっ！という強く地面を踏みしめる音と共に、目の前の襲撃者が吹き飛んでいく。

苦悶《くもん》の声を上げ、手にした短剣を放り出した男は、仰向《あおむ》けに倒れ、そのまま動かなくなった。


これは、クラルテ司祭が編み出した神殿式格闘術《プロテクション・アーツ》。

《護りの盾》で攻撃を防ぎ、『気』を練った体術で敵を制する、神官のための武術。

《盾》と『気』。その二つさえ修得できれば、私のように低位の法術しか扱えなくとも、戦う術《すべ》を得ることができる。


これで一人。とりあえずは倒せたことに胸を撫《な》で下ろす。

が、それも束の間。予想以上に早く回復したもう一人の襲撃者、その振り上げた斧槍が、視界に入り込んできた。

受けるかかわすか一瞬迷う。が、すぐに思い直す。この質量と勢いは受けきれない！

咄嗟《とっさ》に横に跳んだ私の眼前を、大上段から振り下ろされた鋼鉄の塊が通過していった。

耳に響く轟音《ごうおん》。肌で感じる風圧。――もし、受け止めていたら。

あり得たかもしれない未来、明確な殺意に、身体を強張《こわば》らせる。

初撃がかわされても、相手は手を緩めなかった。斬撃から刺突に切り替え、攻撃を継続してくる。

両手に纏《まと》わせたままの盾を切っ先の側面に当て、受け流す。が。

男が柄の中ほどを支点に、右手で握った石突きをかき回すように動かすと、斧槍の先端も連動して回転し、受け流したはずの切っ先が私の顔を薙《な》ぎ払うように襲い来る。

「っ！」

背を反らしながらなんとか腕を引き戻し、盾を前方に掲げて弾き返す。

しかし男は、弾かれた武器の勢いまでも利用し振りかぶり、再び全力の一撃を繰り出す！

「っ――《プロテクション！》」

少しでも威力を減殺させるべく、眼前の空間にもう一枚盾を張る。その後は、全身を投げ出すようにしてその場を飛び退《の》くことしかできなかった。

一瞬だけ、光の盾が斧槍を受け止め……しかし次には易々と破壊され、光の粒子になって散っていく。刃先が地面を抉《えぐ》り、爆発したように土砂が飛散する。逃げるのが遅れていれば、私の血肉がそこに加わっていただろう。

いくら重量のある武器とはいえ、神の盾は容易に破れるものじゃない。それをこうまで簡単に為《な》してしまえるのは、相手も攻撃に『気』を込めているからだ。

当たり前だ。武術は私だけのものじゃない。ある程度以上の実力の持ち主なら、それを使えることは予想して然《しか》るべきだった。

「はぁ……！　はぁ……！」

受け身を取り、片膝立ちの姿勢で男に向き直るが、すぐには立ち上がれない。

繰り返される死の恐怖に、足が震えている。心臓が早鐘を打ち続けている。

それは相手にしてみれば止《とど》めを刺すのに十分な隙だったはずだが、追撃はなかった。

「フンっ、やるじゃねえか姉ちゃん」

地面からゆっくりと武器を引き抜いた男は、鼻から血を流したまま笑みを浮かべる。しかし笑っているのは口元だけだった。

額には青筋が浮かび、見開いた瞳が、先刻までの攻撃が、雄弁に殺気を訴えかけてくる。

私の人生で初めて、私一人にだけ向けられる、純粋な殺意。

怖い——怖い——正直に言えば、逃げ出したい程に。

だけど、そんなことできない。

私はアレニエさんと約束したのだ。彼女の元へは通さない、と。

男の視線を受け止め、震える足を力尽くで立ち上がらせる。

「格闘術を使う神官とは珍しい。〈聖拳〉の真似事《まねごと》か？　だがまだ未熟だな。俺を一撃で落とせなかったのがいい証拠だ」

「……そんなことは、承知の上です」

男への初撃が浅かったのは相手の反応以前に、おそらく私の動きが固かったせいだ。

覚悟を決めたつもりでも、まだ足りなかった。実戦への恐怖や迷いが、身体に表れていた。

克服するには、おそらく経験を積むしかない。そしてそれは、すぐにどうこうできるものじゃない。

だから今、私が思うべきは、目の前の相手を倒すこと。そして彼女に言われたように、死なないことだけだ。

余計な思考は邪魔にしかならない。覚悟が足りないなら改めて固めろ。再び拳を握り、私は飛び出した。

「懐に潜り込むつもりか⁉　バカがっ！　その前に真っ二つよ！」

男は即座に武器を構え直し、迎撃のために振りかぶる。

相手の言葉通り、このままでは潜り込む前にこちらが斬られてしまうし、あの斬撃の前では盾も意味を為さないだろう。だが。

「《プロテクション！》」

駆けながら祈りを捧げ、前方の空間に盾を生み出す。振り下ろされる斧槍の刃先……その下の、柄の部分に。

「んなっ⁉」

力も速さも乗りきっていないタイミング。しかも切っ先を当てることもできない斧槍は、盾を砕くどころか、打ちつけた反動で後方に弾かれる。

駆け抜け、懐に潜り込む。

ここは相手の武器の内側。そして拳の間合い。長物での迎撃は間に合わない。

だが男は、あろうことか即座に武器を手放し両腕を交差させ、首から上を守る姿勢を取る。

「こうしちまえば打つ手がねえだろ！　一撃防げば俺の勝ちだ！」

一瞬で判断し武器を手放せるのは、それこそ経験の賜物《たまもの》だろう。篭手《こて》を填《は》めた両腕に遮られては、顔を狙うのは難しい。

しかしこちらも、初撃が入った頭部を反射的に守ろうとするのは、予測していた。だから狙いは最初からその下方。鎧に包まれた胴体部分だ。

「《プロ！　テク！　ションっ！》」

再三、光の盾を。今度は範囲を狭め、硬度を凝縮させたものを三つ、重ねて右手に発現させる。輝き連なる神の盾が、右拳を光で包み込む。

同時に全身の『気』を集め、拳に、その先の盾に乗せ……男の腹部に、全力で撃ち放つ！

ズドンンンっ！

「ガっ……！！？？」

それは、予想外の衝撃だったはずだ。疑問と苦悶《くもん》の声が男の喉から漏れる。

光の拳は強く鎧を打ちつけ、その奥の胴体にまで衝撃を届かせた。そのまま、さらに向こうまで打ち抜くように力を込め、叫ぶ。

「《プロテクトバンカー！》」

掛け声と共に、『気』を乗せた光の盾が零距離から射出され――

三――連なる三枚の盾が、男の身体を後方に吹き飛ばし。

二――先端の二枚が、最後尾の盾を踏み台にさらに加速し、追撃。

一――そして撃ち出された最後の一枚が、吹き飛ぶ男をさらに超える勢いで打撃を叩き込み、金属製の鎧を陥没させる。

ここまでが、拳を打ち込んでから一瞬で行われた。

男は後方に吹き飛び、長い滞空の末、墜落。地面をゴロゴロと転がり、やがて勢いを失い、ようやく仰向けに倒れて動きを止めた。

私は、高位の法術は使えない。けれど、術の制御や操作には、少しだけ自信がある。

これは、そんな私のために司祭さまが考案してくださった、《プロテクトバンカー》。同一箇所に加速する連撃を叩き込み威力を倍加させる、私が持ちうる最大の技。

「はぁ……！　はぁ……！」

呼吸が乱れる。

考えないようにしていた緊張と恐怖が、少しずつ戻ってくる。

加えて、体力を消耗する『気』を続けざまに使った反動も混ざっているんだろう。身体が、重い。

疲労を感じながらも男の様子を窺《うかが》うと、手足をビクビク痙攣《けいれん》させつつも、胸は浅く上下している。

おそらくは、気絶しているだけだ。

「はぁぁぁ～………」

どちらの襲撃者もすぐには起き上がらないと判断し、ようやく私は大きく息を吐き出しながら、へなへなとその場に座り込んだ。

時間にしてみればほんのわずか。人数も、たった二人の相手をしたに過ぎない。

それでも、心身はこんなにも疲弊している。経験不足を身に染みて実感すると共に、互いの命を取り合う戦というものが、日常とかけ離れた異質な空間であることを思い知る。

ともあれ初めての実戦を、自分も相手も死なせずに済ませることができた。私にとっては大きな一歩だ。

（……いや、まだだ）

安堵《あんど》で緩みかけた心を奮い立たせ、立ち上がる。

まだ二人倒しただけなのだ。残りの六人は今も、アレニエさんが単身で相手取っているはず。放ってはおけない。

一刻も早く彼女の加勢をするべく振り向いた私の目に映ったのは――

「…………え？」

当のアレニエさんと件《くだん》の大男以外、すでに全員が地面に倒れ伏している光景だった。

# 勇者の旅の用語集

## ・法術

神官が行使できる神の奇跡の一端。

身を護るもの、他者の傷を癒すもの、穢《けが》れを払うものなど種類は様々。アスタリアが世界に組み込んだ法則の一つと言われる。

使うには神への祈りと捧げる魔力が必要。また、何よりも神への信仰心が重要になり、それが高い者ほど高位の法術を習得できるとされている。

## ・気

身体を動かした際に発生する力を収束させ、さらなる力に変える技術。また、そうして生み出した力そのもの。戦勝神が人々に伝えた技術が発祥だとされる。

自然物にも『気』が存在（風の『気』や火の『気』など）し、それらの力を借りられることも実証されている。それが理由なのか、『精霊』と呼ばれる場合もある。

# 8節　黒腕

リュイスちゃんが背後の敵に向かっていくのを確認してから、わたしも自分の相手に向き直る。

左端には、先刻得意げに喋《しゃべ》っていたフードの男。

そこから順に、剣士っぽいの、盗賊っぽいの、重戦士っぽいの、魔術師っぽいのが並び、最奥に昨日の大男が陣取っている。

リュイスちゃんが背後の二人を引き受けてくれたおかげで、前方だけに集中できる。この人数なら、なんとかなりそうだ。

「どうやら背後は神官のお嬢さんに任せる気らしいが、いいのか？　死ぬかもしれんぞ」

それは、おそらくわたしを動揺させるための、そして彼女を非力な神官だと侮っているがゆえの発言だ。

しかし彼女と一夜を共にし（誇張あり）、その素肌を覗《のぞ》き見たわたしは知っている。彼女の華奢《きゃしゃ》な外見の奥に隠された引き締まった身体と、刻まれた無数の生傷を。

「そう簡単にはいかないと思うよ。それより、あなたは自分の心配したほうがいいんじゃない？」

「ほう？　二人抑えた程度で、もう勝てると？」

「うん。これから全員叩《たた》きのめすよ」

あっさりと言い放つわたしから目を離さないまま、くつくつとフードの男が笑う。

「不敵だな、〈黒腕《こくわん》〉。噂《うわさ》も馬鹿にできんか」

「……さっきも悪名高いとか言ってたけど、わたし、どんな噂されてるの？」

言いながら、意識はこれからの手順に傾けつつ、身体は弛緩《しかん》させておく。

「自分の評判はあまり聞こえてこないか？　君は中々の有名人だ。その容姿に、鎧《よろい》とちぐはぐな黒い篭手《こて》は目立つからな。腕前や素行もだ。オレが聞いただけでも……『腕はあるが常識がない』『気紛れで気分屋』『笑顔の斬殺魔』『魔物のほうが可愛《かわい》く見える』『眠り折り姫』『自動腕部へし折り機』——」

「うんわかった、もういい」

半分くらいはうちの店でも聞いた噂だったんだけど……なんか色々尾ひれがついてるし後半変なの混ざってるし。

多少意気を削がれたものの、気を取り直して手順を確認。必要な道具をどこにしまっているか意識する。その間も、相手に悟られないよう会話は止めない。

「ええ……そんな風に言われてるの？　なんかへこむなぁ」

「君の行動の結果だろう。次からは気をつけることだな。次があればだが」

余計なお世話すぎる。

「そうだねー。これから気をつけるよ」

笑顔で心にもないことを言いながら、わたしは腰のポーチから取り出したものを無造作に放り投げた。

フードの男は武器による投擲《とうてき》を警戒していたようだけど、わたしが投げたのはただの水袋だ。しかも彼らにではなく、空へ向けて適当に放っただけの。

しかし動いているものを目で追ってしまうのは、生物の習性だろうか。襲撃者たちはゆっくりと放物線を描く水袋に反射的に視線を釣られ、頭上を見上げていた。

その間に、今度はスローイングダガーを取り出し即座に投擲。狙いは奥にいる大男の右腕。そして、もう一つ。

大男とフードの男はいち早く水袋から目を離すが、次は直線的に飛来する刃《やいば》への対処を迫られる。

「ぬぁっ⁉」ギインっ！

大男は寸前で反応し、ダガーを手甲で弾《はじ》く。金属同士が衝突する甲高い音が辺りに響き渡り、全員が大男のほうに視線を、意識を奪われるが。

「――な、にぃ……⁉」

今度の声は、その場でガクリと膝をつくフードの男。その右足の太腿《ふともも》には、今の金属音の隙にわたしが投げたもう一本の刃が深々と突き刺さっていた。

この辺りで、最初に投げた水袋が地面に落ち、バシャっと音を立て、中身を撒《ま》き散らす。

再び予期せぬ音に意識を妨げられる男たち。わたしはその間に右端の魔術師っぽいのの元まで走り寄り、顔面を蹴り飛ばす。

「ぶげっ⁉」

見た目通り、接近戦は得意でないのだろう。避《よ》ける素振りもなく後方に吹き飛ぶ。

これで面倒そうなフードの男を封じ、大男を牽制《けんせい》したうえで、包囲を崩すことができた。そしてこの位置なら、全員を視界内に収められる。

その場で、左足を軸に旋回する。

足元で生み出した『気』を全身に伝え、練り上げ、同時に周囲の空気を――風の『気』を、右足に纏《まと》わせていく。

『気』を扱う際に必要な体力は、生命力と言い換えることもできる。

そしてそれは人間だけでなく、動物や植物、大地や水、あるいは自然現象など。アスタリアが生み出した全ての創造物に宿っているのだという。うちの宿を利用してるエルフの格闘家は、その力を『精霊』と呼んでいた。

呼び名に関してはなんでもいいし、本当にそんなあちこちに精霊とやらが宿っているのかも分からない。

が、実際に一部の自然物の『気』を借りられることは事実として。体感として、知っていた。


十分に風の『気』が集まったところで回転を急停止。行き場のなくなった力を足先に誘導し、解放――蹴り放つ。

襲撃者たちに向かって真《ま》っ直《す》ぐ突き出された右足を中心に、纏わせた風が渦を巻き、横倒しの竜巻となって軌道上にいた全てを呑《の》み込んでいく。膝をつくフードの男も、立ち呆《ほう》けている有象無象も、等しく暴風に浚《さら》われていった。

やがて風が凪《な》いだ後に残っていたのは、わたしの足元から放射状に抉《えぐ》れた地面と……背負っていた大剣を盾にして防いだらしい、あの大男のみだった。

「……ふぅ」

なんとかなったので良かったが、内心は結構ひやひやしていた。

もし一つ間違えれば、これ以上人数が多かったら、ここまで上手《うま》くはいかなかった。それこそ、どちらかに死人が出ていたかもしれない。

わたしは博愛主義者じゃないし、彼らの生死には実際興味がない。

他に手がないなら躊躇《ちゅうちょ》もしないし、黙って殺されるくらいなら相手を殺してでも生き延びる。

けれど……別に、好んで命を奪いたいわけじゃない。

(それに、頼まれちゃったからね。危なっかしい依頼人さんに)

出会ってからここまでの感触に過ぎないけれど、どうも彼女は、死者が出ることを極端に恐れているように見える。

その反面、自分が犠牲になることに関しては、どこか受け入れているような節《ふし》がある。護衛対象なんだから、簡単に死なれては困るのだけど。

それに、他にも何かこう、自分の中で引っかかる部分があるというか……上手く言えないけど、もやもやする。

なんにしろ、依頼人の意向にはなるべく沿うべきではあるし、殺さずに済むならそのほうがいい。穢《けが》れの処理も面倒だし。


ともあれ、こっちは粗方片付いた。

彼女のほうはどうかと視線を遣《や》ると……相手をしていた男たちは、付近に一人、なぜかやたら離れた場所にもう一人倒れており、彼女自身はこちらを見てポカンとしている。

急いで片付けて加勢に向かうつもりだったけど、どうやらその必要はなかったようだ。

残るは一人。

降伏に応じてくれればいいが、そうでなかった場合を考え、わたしは気を引き締め直した。

# 9節　必要のない決闘

振り向いた私の目に映ったのは、地面に刻まれた抉《えぐ》られたような跡と、一気にその数を減らした襲撃者たち。そして、それを一人で為《な》したであろう、彼女の姿だった。

こちらがかろうじて二人を相手にしていた間に、向こうはほとんど無傷で五人を制圧していたらしい。

(とん、でもない……)

その実力に惚《ほ》れこんで依頼したわけだけど、正直ここまでとは思っていなかった。

「……マジかよ……」

呟《つぶや》きは、唯一残っていた大男のものだった。

大剣を地面に突き刺し、何かに耐えるような姿勢を取っていた彼は、辺りの惨状に目を丸くしている。

「リュイスちゃん」

アレニエさんはこちらを一瞥《いちべつ》し、なぜかしばらく視線をさまよわせ……あ、向こうで倒れてる斧《おの》槍《やり》使いを捜してたのか。

「無事みたいだね。良かった」

私の相手が二人共に倒れているのを確認し、彼女は心なしかホっとした様子で声を掛けてくれる。

こちらの倍以上の人数に囲まれていたのになんでそんな平然としてるんですかアレニエさん……

それこそ、無事で良かったけれど。

「お前……」

不意に大男が、アレニエさんに声を向ける。

「お前、本当に強ぇんだな……正直、昨日やられたのは不意を突かれたせいだと思ってたんだが……」

「いや、今も不意を突いただけだけどね」

なんで戦果を弁解してるんですかアレニエさん。

「今度こそ退かない？　仲間もみんなのびてるし、これ以上やってもしょうがないでしょ？」

「バカ言え」

彼女の言葉を、男はなぜか笑いながら一蹴する。

「お前みてぇな強ぇ奴《やつ》とサシでやり合えるんだ。むしろ俄然《がぜん》やる気が湧いてきたぜ」

「……わたし、男の人のそういう気持ち、よく分かんないんだけど」

「そいつはすまねぇと思うが、付き合ってもらうぜ。なんせ昨日の指と財布の礼があるからな」

……指はともかく、財布？

台詞《せりふ》は冗談めかしているが、男の目は真剣だった。地面に刺していた大剣を引き抜き、右肩当てで担ぐような形で構える。

「幸い神官の嬢ちゃんがいるからな。どっちかが死体になってもすぐに浄化してくれるさ。本気でやり合うにはおあつらえ向きだ」

「わたしにその気がなくても？」

「ああ、やる。殺す気で行けば、お前は相手してくれんだろ？」

ニヤリと笑う男を彼女はしばらく見つめ……やがて諦めたように小さくため息をつく。そして腰の後ろに差した剣の柄を右手で、通常の使い方とは逆の、逆手で握る。

彼女が応じたことに大男は笑みを深め、大剣を握る手に力を込めていく――

「待って……待ってください！」

私は堪《たま》らず二人の間に割って入った。

「どうしてまだ戦う流れになってるんですか！　報復も、依頼も、仲間が全員倒れてる状態では続けられないでしょう⁉　これ以上無理に争う意味なんて――」

「悪ぃな、嬢ちゃん。別にあいつらに対して仲間意識なんてもんはねぇし、嬢ちゃんをどうこうするって依頼も興味はねぇ。報復も、今はどうでもいい」

「だったらなおさら……！」

「ああ、そうだ。ここから先は言ってみりゃ必要のない勝負で、俺のただのわがままだ。だから俺一人しか残ってねえってのは、俺が退く理由にはならねぇ。それに、必要がなくても意味はあるのさ。俺にとってはな」

……あ、ダメだ。この人、本当に退く気が全くない。

ならば、と、今度は反対側に向き直る。

「～～アレニエさんも！　どうして貴女までやる気になってるんですか⁉」

「いや、ほら。わたしだけが剣を置いても、向こうにその気がないからさ」

「だからって……！」

「それにね、リュイスちゃん。こういう類《たぐい》は一度火が付いちゃうと、それが消えるまでもうどうにもならないんだよ。多分ここで逃げても、ちゃんとやり合うまで解放してくれないよこの人。なら、先を急ぐためにも、早めに済ましちゃったほうがいいでしょ？」

「そういうこった。だからどいてくれ、嬢ちゃん。俺はこの女とやり合えればそれでいい。嬢ちゃんに怪我《けが》させるつもりはねぇ」

「……そんな……」

どちらも私の言葉では止まらないのを悟り、一瞬、諦観が過《よぎ》ってしまう。


私たちは『死』を忌避する。

それは邪神が生み出した悪に抵抗する意志であり、生物として生まれ持った本能だ。

しかし、時にそれ以上の渇望を抱え、命を懸け合う人斬りと呼ばれる人種が存在していることも、知識としては、知っていた。

ここは法の及ばない街の外で、穢《けが》れを払える神官（私だ）もいる。

アレニエさんが負傷する可能性は依頼人として看過できないが、その依頼のために厄介事を片付けるという理屈も、分からなくはない。

そして当事者同士が了承している以上、私が止める権利など、どこにもないのかもしれない。

けれどそれは……それこそ、感情が納得するのとは、全く別の問題だ。

私は、目の前で誰かが死ぬかもしれない状況で、引き下がることが、できない。


「……そんなの、おかしいです。納得できません……！　これ以上争う理由なんてやっぱりないし、今度は本当に死んでしまうかもしれないんですよ⁉　それでもまだ続けると言うなら、私は――――！」

「すまねぇな」

簡素な謝罪と共に突き出された男の拳が、向き直った私の腹部に吸い込まれた。

「っぁ……！」

苦痛に身体をくの字に折り、堪らず膝から崩れ落ちる。

力が入らない。腕も、足も、恐怖とは違う震えに包まれていた。

腹部の痛みだけじゃない。先の戦いの疲労が、男の一撃を契機に、全身にどっと押し寄せてきていた。

そうして私が動けないでいる間に、二人は距離を取り、死合う準備を始めてしまう。

心はこの状況をなんとかしようと暴れているが、身体は言うことを聞いてくれない。

（いや、そもそも万全だとしても、二人を止めるような力は私には……それなら――）

私は一度、目を閉じる。

気を抜くとそのまま失いそうな意識を無理やり保ち、肘を支えに身体を起こし、前を向く。

そして、二人の戦いをこの目に収めるため、瞳を開いた。


アレニエさんは逆手に握った剣を静かに引き抜く。

細身で片刃の綺麗《きれい》な片手剣。剣身には緩やかな反りが入っており、柄にはわずかだが装飾も施されていた。

彼女は後ろに置いた右足に重心を傾け、軽く腰を沈めると、手にした剣を身体で隠すように構える。

細められた瞳が、男を捉える。

「本当に死んでも恨みっこなしね」

「言われるまでもねえ」

男は満足そうに笑みを浮かべながら、短く応じる。――そして。

「おらぁ！」

様子見も無く、大男がいきなり仕掛けた。

猛然と突進し、巨大な剣を袈裟《けさ》がけに振り下ろす。圧倒的な膂力《りょりょく》で振るわれる鋼の塊は、風圧だけでも人を倒せそうだった。

対するアレニエさんは、姿勢をさらに低くし、一歩左に踏み出しただけで、大剣の一撃を潜《くぐ》り抜ける。

驚嘆すべき技量だ。たとえ事前に見切れていたとしても、あの巨体が振るう鉄塊の圧力には少なからず恐怖を覚えるはずなのに。しかもそれを、前に出ながらかわすなど。

一方で、長大な武器は威力と間合いで優位に立てる反面、その巨大さと重量が次撃への足枷《あしかせ》にもなってしまう。

初撃をかわした彼女は、正にその攻撃と攻撃の継ぎ目を狙い反撃しようとしていたが――

「せあっ！」

「！」

大男は大剣を即座に斬り返し、次の攻撃に繋《つな》げてきた。

斬撃は――おそらくアレニエさんにとっても――予想以上に鋭く、わずかにかわすタイミングが遅れたその頬に、赤い線を一筋引いていく。

後ろに跳び退《すさ》り体勢を立て直し、彼女は再び男に接近しようとするが……

（速いし、鋭い……あんなに大きな武器なのに）

見た目から推し量れる腕力だけではない。一種丁寧とさえ思える技術は、実直に積み重ねた鍛錬の成果を感じさせる。生半《なまなか》な防具なら楽に両断してしまいそうな攻撃が、間断なく襲い来る。

さすがの彼女も攻めあぐねているように見えたが……

「……ふっ！」

男が剣を振り上げたタイミングに合わせて、アレニエさんは投擲《とうてき》用のダガーを呼気と共に投射。

二本の刃が、それぞれ男の顔と右腕に向かって飛来する。

そして投げた刃を追うように、彼女自身も姿勢を低くしながら駆け出した。

「効くかよこんなもんっ！」

攻撃後の崩れかけた態勢だが、男は大剣を斬り返し、一振りで二本同時に叩《たた》き落とす。続けて、向かい来る彼女を迎撃しようと身構え――

「――⁉」

目の前に誰の姿もないことに気づき、その動きが止まる。

アレニエさんの先刻の投擲は、相手の動きを誘導し、狙い通りに剣を振らせるためのものだった。男が飛来物を防いだ――つまり自身の剣で視界を遮った瞬間、彼女は大男の死角に跳んだ。男からすれば、突然消えたように見えるだろう。

直後、鈍色《にびいろ》の刃が襲い来る。

「ぐっ⁉」

首を狙っての一撃を、男は身を反らしてかろうじて防ぐ。奇襲を察知したというより、目の前の敵を見失うという異常事態に、反射的に後退した結果に見えた。しかし完全には避《よ》けきれず、左腕の表面を切り裂かれてしまう。

仕留めきれなかったのを気にするでもなく、彼女は機敏に反転。再び跳躍し、さらなる斬撃を浴びせていく。一手で攻守が逆転した。

「ぐ……う……！」

体勢を崩された大男は、次々繰り出される彼女の攻撃を防ぐので精一杯だった。

一撃一撃に込められた殺気は大剣の防御を超え、鎧《よろい》の表面を、あるいは露出した肌の部分を削り続ける。致命傷だけは避けているが、このまま失血が増えれば遠からず勝負は決するだろう。

幾度目かの交錯の後、アレニエさんは正面から、再び男の首を狙って剣を放った。

が、今度はそれを待っていたかのように男が動いた。

首を一文字に切り裂こうとするアレニエさんに対して、男は縦に、彼女の剣に交差させるように大剣を振り下ろす。おそらくは、彼女の剣を破壊する目論見《もくろみ》で。

「へし折ってやるぜっ！」

実際、正面から衝突すれば重量のあるほうが勝り、男の言葉通りの結果になるだろう。

しかし、ここから傍観していた私は、確信してしまった。

――このままでは、男は死んでしまう。

## 10節　わがまま

勝負の行方を悟ると同時に、目の前の光景が緩やかになっていく。

顔から血の気が引くのを自覚する。胸の奥に穴が開き、こぼれていく。感情が、こぼれ落ちていく――

(嫌、だ……)

私は、この感覚を知っている。

(ダメだ……嫌だ……！)

そして、もう二度と味わいたくない。

(止めなきゃ……助けなきゃ……！)

――どうやって？

見た目はゆっくりでも、現実の時間は容赦なく進んでいく。二人の剣は引かれ合い、男は死に近づいていく。

思いつけた方法は一つだけ。どのみち、今の自分にできることは多くない。喉に、肺に、私はなけなしの力を込めていく――

――

剣と剣が十字に衝突する寸前、アレニエさんは自身の右手首を外側に〝寝かせた〟。その手が握る剣も角度を変え、剣の背が彼女の右肘に触れる形になり、結果――……彼女の剣は、大剣の側面をすり抜ける。

「――!?」

予想された衝撃はなく、大男はガクンと体勢を崩す。

大剣の腹を刃先が走り、火花を散らせ、そのまま滑るように獲物に吸い込まれる。喉元に喰《く》らいついた刃《やいば》は、無慈悲にその骨肉を引き裂いて――

「……アレニエさんっ――!!」

「!」

――その寸前で。私の掠《かす》れた叫び声が、辺りに響き渡った。

「「――……」」

今の叫びで時間まで止まってしまったように、二人もその動きを止めていた。響き渡っていた剣戟《けんげき》は嘘《うそ》のように鳴り止《や》み、静寂が訪れる。

彼女の剣は、男の首、その側面に食い込んだ状態で、かろうじて静止していた。私の声を耳にして咄嗟《とっさ》に止めてくれたのだろう。

それでも、即死を免れたというだけで、重傷には変わりない。

「……あぁ、くそ……ここまで、かよ……」

大男の口から小さな呟《つぶや》きが漏れた。それを受けてアレニエさんが刃を引く。赤黒い液体が傷口からだくだくと流れ落ちる。

流れる血と共に力も抜けたように、男の上体が揺らいだ。興奮も収まり、もう体力も限界だったのだろう。武器から手を離し、前のめりにゆっくり倒れ込む。

首の傷だけじゃない。ここに至るまでにも、男は体中から血を流している。放っておけばすぐにでも息絶えてしまいかねない。

私はいまだ痛む腹部を押さえながら、なんとか男に駆け寄った。

「ふ、んくっ……！」

苦労して仰向《あおむ》けに寝かせ、水袋の水で血と汚れを洗い流す。すぐに治療を始めようとするが……

「や、めろ、嬢ちゃん……俺、は……」

返ってきたのは、怪我《けが》をしている当の本人からの拒絶の言葉。

どうして？　勝負に負けたから？　互いに命を懸けていたから？　その結果を尊重しろ、と？　……冗談じゃない。

「黙っててください！」

男の言葉を遮って包帯を取り出し、傷口を止血。そして祈り、唱える。

「《これを、第三の賜物《たまもの》として、テリオス、そしてアサナトよ。御身らに私は乞い願います。死を遠ざける双神よ。光り輝く癒し手よ。治癒の章、第三節。癒しの波紋……ヒーリング！》」

私が使える最も治癒力の高い法術。即座に完治させるような真似《まね》はできないが、これでなんとか持ち直してくれれば……

「――どうして止めたの、リュイスちゃん」

背後からアレニエさんが問いかける。戦いの余韻が残っているのか、その声は酷《ひど》く冷たい。

が、その冷たさに反発するように、私の心は熱で沸騰した。

「どうしてってなんですか！　止めますよ！　目の前で人が死にそうなのに、黙って見てられるわけ、ないでしょう⁉」

憤りを抑えきれず、彼女にそのままぶつけてしまうが……

二人は揃《そろ》って顔を見合わせ、同時に何かに納得したような声を上げるだけだった。何その反応⁉

「「……あー……」」

「なんですか二人して⁉」

「なんかこう、初々しい反応がまぶしくて」

「ハ、ハハ……嬢ちゃん、ほんとに、ぺーぺーなんだな……」

アレニエさんだけでなく、重傷の大男まで生暖かい視線を送ってくる。

「神官のリュイスちゃんからしたら考えられないだろうけど、街の外だとこういうの、珍しくないからさ。この人たちも含めて、冒険者は一応みんな覚悟してるはずだしね」

街の外が危険なのは、私だって……知識の上では、知っていた。彼らが街を出てから襲ってきたのは、つまりそういうことだ。

「それに勝負を引き受けたのは、厄介事は早く済ませたいっていう、ただのわたしのわがままだよ。死ぬつもりは欠片《かけら》もなかったけど、そうなったとしてもそれはわたしの責任。リュイスちゃんがそこまで気にする必要ないよ」

「そうだぜ、嬢ちゃん……こうなることも、覚悟して挑んだのは、俺も、同じ……俺にとっちゃ、命が懸かっていなけりゃ、意味が、なかった……これは、それこそ俺の、わがままの、結果だ……」

二人はそれぞれ子供にものを教えるように私を諭す。

彼女らが言う通り、こんなことは『外』では日常茶飯事なのかもしれない。

二人は互いに死ぬことも覚悟していたし、私がしているのはその覚悟を汚す行為なのかもしれない。

――でも、そんなの私の知ったことじゃない。

「だからって、必ず殺さなきゃいけないわけでも、黙って受け入れなきゃいけないわけでも、ないでしょう⁉　それに、さっきの殺し合いがお二人のわがままなら、それを止めたいのは……目の前で誰かに死んでほしくないのは、私のわがままです！　聞く耳持ちません！」

私は、私の目の前で命が失われることに、耐えられない。

神官の責務や矜持《きょうじ》じゃない。理性的な理由もない。

死を間近にした際の虚無感、胸に穴が開くようなあの感覚を、できるなら二度と味わいたくない。

それだけの、勝手な理由だ。

冒険者の常識。剣士の誇り。そういったものは私には分からない。

けれど、私には私の譲れないものがある。この穴を塞げるなら引く気はないし、それが無粋だと言うならそれでも構わない。

湧き上がる怒りを吐き出す（神官としては全く褒められた行為ではないが）ように、私は口を開いていた。正直、後のことなど考えていなかったが――

「「………………プッ」」

耳に届いたのは、堪《こら》え切れずに噴き出す音。

「あっははは、あは、あっはっはっは！」

「フ、ハ、ハハ、ハ……！　げほ、げふ……！」

気づけばなぜか、二人とも大笑いしていた。男に至っては笑いすぎて咳《せ》き込んでいる。

「な、なんで笑うんですか！　私、怒ってるんですけど⁉」

「あっはは！　ごめんごめん。リュイスちゃん、面白いなぁと思って」

「なんですか面白いって⁉」

「うん、リュイスちゃんの言うこともっともだなぁ。相手が命を懸けてきたからって、こっちも必ず応えなきゃいけない訳じゃないよね。いつの間にか毒されてたかも」

「ハハ、ハ……！　確かに、どっちもただの、わがままだ。別に、黙って聞く義理は、ねぇな」

二人はなぜか納得しているようだが、こちらは納得がいかない。なんで笑われたんだろう。

「とにかく、貴方《あなた》が嫌がっても私は勝手に治療しますからね！　諦めてください！」

「……ああ、わかった。この様じゃ、抵抗もできないからな。大人しく、してるさ」

男は、その後はなぜか黙って治療を受け入れ、アレニエさんも制止することなく成り行きを見守っていた。

# 幕間2　ある勇者の旅立ち

「みんなー！　早く早く！」

パルティールの王都中層にある北門出口を抜けたぼくは、オレンジ色のポニーテールを揺らしながら、後続の仲間たちを急《せ》かすように大声で呼び掛けていた。

「あまり慌てると怪我《けが》をしますよ、アルム」

物静かに注意してくるのは、ショートカットの赤髪で、全身に鎧《よろい》を着込み、身の丈以上の長さの槍《やり》を背負った女戦士、シエラ。

「世界を救うという使命に意気込んでおられるのですね！　さすがは勇者さま！」

感じ入ったように称賛してくれるのは、綺麗《きれい》な金の長髪を白いベールで覆い、白の聖服を身に纏《まと》った神官の少女、アニエス。

「まだ街を出ただけだってのによくそんなにはしゃげるな、お前ら」

片目を隠すような紫色の髪にとんがり帽子を乗せ、濃い赤色のローブを身につけた魔術師の青年、エカルが、少し呆《あき》れたように呟《つぶや》く。

彼女らが、ぼくを護衛してくれる守護者の三人。旅の仲間たちだ。

「それでは勇者ご一行さま。どうぞ良い旅を」

「はい！　行ってきます！」

門を護《まも》る衛兵さんたちにお礼をし、ぼくたちは王都を出発する。

「予定通り、まずは街道沿いに北上してから、分かれ道を東に。その後は途上にある街や村で宿を取りつつ、ラヤの森から魔物領に向かう、で、いいですね、アルム？」

「うん。未熟なぼくが、急いで魔王の居城に辿《たど》り着くなら、そのルートが一番いいと思うんだ」

「ええ、大丈夫です。勇者さまなら、きっとこの旅を完遂し、魔王を討ち果たすことができるはずですから」

「ありがとう、アニエス。じゃあ行こう！　エカルも、ほら！」

「そんな急かさなくても聞こえてる。まぁ、付き合ってやるさ。仕事だからな」

素直じゃないエカルに笑いかけながら、みんなを引っ張るように前を向く。

目指すは魔王の居城。これからこの四人での冒険が始まる。

ぼくは少しの不安と、それを上回る興奮を抱きながら、この旅の最初の一歩を踏み出した。

# 11節　経験と実戦

街道脇の木の陰に大男を寝かせた私は、そこで彼の治療を続けていた。

怪我《けが》の影響もあるだろうが、男は目を閉じて静かに手当てを受け入れている。

おかげで治療は順調に進み、容体も安定してきた。とりあえずは一安心か。

アレニエさんは、「あっちで寝てる人たち縛ってくる」と言い残してこの場を去ったため、ここには私と大男だけが残されていた。

「出血は止まったみたいです。激しく身体を動かさなければ、傷も開かないと思います」

「ああ、ありがとよ」

「……」

「……」

初めのうちはただただ助かるようにと集中していたが、状況が落ち着いてくれれば、さっきまで敵対していた相手と二人きり、という事実に意識が向いてしまう。気まずい沈黙。

耐えかねた私は、なんでもいいからと話の種を探し、ふと思いつく。

「あの……少し、聞いてもいいですか？」

「ん？　なんだ、嬢ちゃん」

「さっき……どうして、あんなに剣での勝負にこだわっていたんですか？」

先刻の決闘の際、彼は渋っていたアレニエさんに強引に剣を抜かせてまで、命懸けの勝負を挑んでいた。それが、私には理解できなかった。

男は傍《そば》に置いていた大剣を軽く叩《たた》き、答える。

「あん？　そんなもん、こいつで強くなるために決まってんだろ」

答えは簡潔だった。簡潔すぎて納得できない。

「強くって……それなら、命を懸ける必要はないじゃないですか……『選別者の橋』に迎えられたら――死んでしまったら、それだって全部……」

「……あのなぁ、嬢ちゃん」

その声音には少しの呆《あき》れと同時に、教え諭すような響きが含まれていた。

「実戦で強くなりてぇなら、実戦を重ねるしかねぇんだよ」

「……！」

「普段の鍛錬や模擬戦なんかも確かに重要だがな。その成果を実戦でそのまま出せるって奴《やつ》は滅多にいねぇ」

それはつい先刻、身をもって味わった。アレニエさんの励ましがなければおそらくまともに動くこともできず、それこそ私が『橋』に送られていただろう。

「武器を使っての勝負ならなおさらだ。分かりやすい命の危険だからな。いくら才能があって稽古で負けなしだろうと関係ねえ。慣れるまではどうしたって身がすくんじまう。慣れたいなら、そこに繰り返し飛び込むしかねえ。経験ってのはそうやって飛び込んで、自分の中に刻み込んだものを言うんだ。雑魚《ざこ》とばかりやり合ってもなんの経験にもならねえんだよ」

「だから……アレニエさんが強かったから、勝負を……？」

「そういうこった。あれだけの奴と本気でやり合える機会は逃せねえ。街中じゃ、命まで懸けるのは難しいしな」

男の言葉には奇妙な説得力と、何より実感があった。それはまさに彼が、自身に刻み付けた経験からくる重み、なのだろう。

しかしだからといって、自ら命を捨てるような生き方を素直に肯定する気には、私はどうしてもなれなかった。いや、そもそもどうして……

「……どうして、そこまでして強くなりたいんですか？」

私の疑問に大男は虚を突かれたような表情を見せた後……なぜか少し顔を赤くしながら、逆に尋ねてくる。

「……笑わねえか？」

「？　はい」

「……〈剣帝〉みてぇになりてぇんだよ」

「……え？」

思わぬ答えだったため、つい聞き返してしまった。

それをどう受け取ったのか、男はさらに顔を赤くしながらまくしたてる。

「～～ああそうだよ、悪いかよ。ガキの頃からずっと目指してんだよ。くそっ、こう言うとどいつもこいつもバカにしてきやが――」

「？」

「――らないな。……笑わねぇのか、嬢ちゃん」

「？　どうしてですか？」

『先代勇者を間接的に殺した』として、〈剣帝〉に批判を向ける人が多いのは承知している。

しかしいまだその武勇に憧れ、剣を志す人々が存在しているのもまた事実だ。彼がそうした人間の一人だとしても、おかしいとは思わない。

かく言う私自身は剣士ではないが、時折司祭さまが話してくださるその冒険譚《たん》に、密《ひそ》かな憧れを抱いていた。

行方《ゆくえ》を探していたのは、もちろん依頼のためでもあったのだけど……正直に言えば、少し私情も混ざっていました。

「俺がこう言うと大概の連中は、『無理』『ガキか』『現実見ろ』とかなんとか好き勝手言ってきやがる。ムカつくから、最近じゃほとんど口にもしてなかったんだが……やっぱ変わってるな、嬢ちゃん」

あまり面と向かって言われたことはないが、変わってるんだろうか、私（アレニエさんやユティルさんにも言われたが、あれは『総本山の神官としては』という意味合いだろう）。

「まぁ、つまりそれが理由だ。いつか〈剣帝〉ぐらいに……いや、〈剣帝〉よりも強くなるために、俺は剣の腕を鍛えてる。途中で死ぬならそれまで、ってやつだ」

「〈剣帝〉さまより、強く……」

憧れの存在に近づき、並び、追い越したい。その気持ちは、私でも理解できる気がする。

しかしそのための手段については、依然として納得できない。神官としては教義と穢《けが》れを見過ごせず、個人としては目の前で死なれるのに耐えられない。

とはいえ、それはあくまで私の価値観であり、それこそただのわがままに過ぎないことも自覚している。だけど――でも――

「……あー、だが、まあ」

思考がループしていた私に、男はどこか遠慮がちな様子で口を開く。

「死んじまったら意味がねぇってのは、嬢ちゃんの言う通りだ。ただのわがままだ、ってのもな。だから、もう少しくらいは、慎重にやっていくさ」

それは単に、目の前で難しい顔をしていた私を慮《おもんぱか》っての発言だったのかもしれない。いや、たとえそうだとしても――

「はい……ありがとうございます」

不器用なその気遣いを嬉《うれ》しく感じて、私は彼に礼を述べていた。

「話終わったー？」

「わぁっ⁉」

「うぉっ⁉」

突然背後から聞こえたその声に、二人揃《そろ》って飛び上がりそうなほど驚く。

振り返れば、男を寝かせていた木陰の裏から、先刻までは確かにいなかったはずの彼女が顔を覗《のぞ》かせていた。

「ア、アレニエさん……もう、終わったんですか？」

「縛って一か所に纏《まと》めるだけだしね。それで戻ってみたら二人して話し込んでるから、ここで待ってたんだよ」

全然気づかなかった……ん？　待ってた？

「……あの、アレニエさん。いつからそこに……？」

「ん？　結構前から」

ということはひょっとして……

「てめ……てめえ……まさか、聞いて……⁉」

「うん。聞いてたけど」

かぁぁあっ、と、怒りか、羞恥か、男の顔が再三真っ赤に染まる。

「あ、あの、身体に障りますから、抑えて！」

「うるせぇ！　バカにしたけりゃしろや！」

なんとか落ち着かせようとするが、男は興奮しながらなぜかこちらを怒鳴りつける。ああもう、もはや誰に怒ってるのか……

「なんで？　かわいい理由だなぁとは思ったけど、別にバカにする気はないよ？」

男の動きがピタリと止まる。

「……う、嘘《うそ》つけ。油断させてから、こき下ろすんだろ」

「しないってば」

警戒する男の様子に、彼女が苦笑する。

「何か始める動機なんて人それぞれでしょ？　いちいちからかったりしないよ」

彼はなおもアレニエさんをジト目で見ていたが……しばらくして目を閉じ、長い息を吐いた。

「……どうも調子が狂うな、お前らは」

「あなたの周りにひねくれた人が多かっただけじゃない？」

「うるせぇ。……まあ、実際そうなのかもな」

傷口が開かないかとハラハラしていたが、とりあえずは落ち着いてくれたようでホッとする。

「さてと。さっきも言ったけど、とりあえず全員縛ってきたし、そっち行こっか。歩ける？」

「ああ、問題ねぇ」

最後の問いは男に向けてだった。歩くのはまだ難しいかと思ったが、彼はゆっくり身体を起こし、少しふらつきながらも自力で立ち上がる。

その様子を確認すると、アレニエさんはそのまま先に歩いてゆく。あっ、と声を上げ、私は彼女を慌てて追いかけた。

「すみません、あの人に掛かり切りになってしまいましたけど、アレニエさんも傷を負ってましたよね。手当てするので見せてください」

「え？　あー……いいよ、わたしは。かすり傷だし。すぐに塞がるから」

「駄目です。傷口から穢れが入り込むこと（注：この世界での破傷風）もあるんですから。いいから見せてくださ――」

彼女の顔に目を向けながらそこまで口にしたところで、気づく。

「――え……？」

# 勇者の旅の用語集

## ・選別者の橋

アスタリア教が説く死後の世界の入り口。死者の魂はこの橋で、生前の善悪の総量を判別されると言われている。

善行が多ければ無事に橋を渡り切り、アスタリアの元に導かれ幸福な生活を。その後、新たな生を得るとされているが、悪行が多い者は……

ただし現在の神殿の教義では、価値のある善行＝神殿への寄進、となっているため、寄進を納める余裕のない貧しい者の中には、信仰から離れる者も多い。

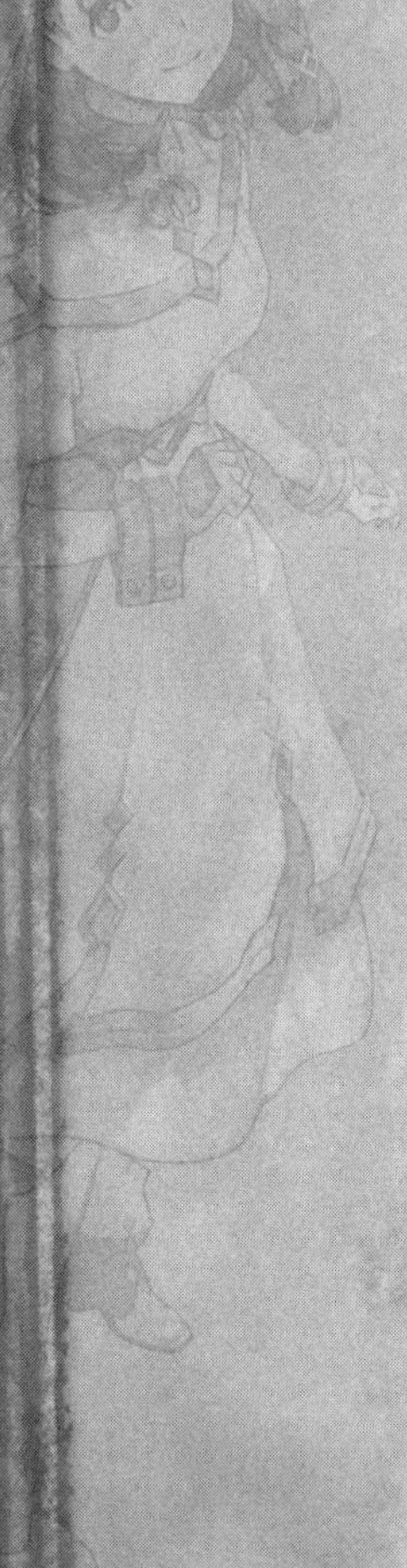

# 12節　消えた傷痕

私はそこで言葉を失う。先刻の勝負で刻まれていたはずの頬の傷が、アレニエさんの言葉通り塞がっていたからだ。既に血は止まり、痕も薄すらとしか残っていない。

「ほら、大丈夫でしょ」

「……そんな、はず……」

「昔から、人より傷の治り早いんだ」

そう言うと、詮索を避けるためか、彼女は足早に歩き去ってしまい、私は呆然《ぼうぜん》と取り残される。

確かに治癒力にも個人差はある。ある、けど……いくらなんでも、早すぎるのではないか。出血が治まったとしても、傷自体が塞がるにはまだしばらくかかるはずだ。

と、ふと思い至る。

（もしかして、左手の篭手《こて》の、力？　傷を癒す魔具……？）

だとすれば、すでに傷が塞がっているのにも一応の納得がいくけれど……今度は、なぜそれを今みたいに隠すのかが分からない。

多くの冒険者は、穢《けが》れへの対策に一人は神官を同行させる。穢れを浄化できる神官は、大抵治癒も修得している。

怪我《けが》の治療を神官が賄えるなら、傷を癒す魔具にあまり需要はない。需要がなければ値もつかない。欲しがるのは物好きな好事家ぐらいだろう。あんな風に隠す理由は——

「ん？　どうした、嬢ちゃん」

「……いえ、なんでもありません」

そうして私が立ち尽くしている間に、ゆっくり歩を進めていた男が、こちらに追いついてきていた。怪我《けが》人を一人で歩かせていたことを反省し、何かあれば支えられるようにと、歩調を合わせて隣を歩く。私の体格では、支えきれずに潰されそうな気もするが。

と、大男は急に、何かに気づいたように声を上げ、こちらに首を向ける。

「俺は、ジャイールだ。嬢ちゃんは、なんてんだ？　そういや、やり合う前にヴィドの野郎が呼んでた気もするが」

ヴィドとは、おそらくフードの男の名だろう。

「あ、えと……リュイス、です。リュイス・フェルム」

大男――ジャイールさんは、私の名前を聞くと満足げに頷《うなず》く。

「仮にも命の恩人なのに、ちゃんと名前聞いてなかったと思ってよ。まあ、『嬢ちゃん』のほうが呼びやすいんだがな」

そう言って笑うと、彼は再び歩き出す。本当に、名前が知りたかっただけ、らしい。

二人でしばし無言で足を運んでいたが――

「……なあ、嬢ちゃん。あいつは……なんだ？」

先を行くアレニエさんの背を見ながらジャイールさんが口にした疑問は、あまりに漠然としていた。

「……？　それは、どういう……？」

初めから答えを求めていたわけではないのか、彼はこちらの返答を待たずに言葉を続けた。

「嬢ちゃんには格好悪ぃとこしか見せてねえが、俺はこれでも腕には覚えがある。あの店の連中にも勝てる自信はあるし、〈剣帝〉を探し出せたら本気でやり合う気でいた」

〈剣の継承亭〉での話だろうか。……あれ、本気だったんだ。

「だがさっきの勝負……俺はあいつに、まるで歯が立たなかった。ある程度通じたのは始めのうちだけで、そいつにしたってほとんど見切られていた。認めるのは癪《しゃく》に障るが、完敗だ」

彼が素直に敗北を認めていることに、少なからず驚く。昨夜の様子では、そういう性格には見えなかったから。

「俺は嬢ちゃんに、実戦を重ねなきゃ――命を懸けなきゃ、強くなれねえと言った。そいつで言えばあの女は……嬢ちゃんとそう変わらねえ歳《とし》で、あそこまでの腕を身につけるのに、どれだけ命を懸けてきたんだ？」

「……」

問いに沈黙しか返せなかったのは、私自身、薄々疑問に思っていたからかもしれない。

想像以上の異質な実力。あっという間に塞がった傷。私は彼女について何も知らない。

続くジャイールさんの言葉が。これまでの彼女とのやり取りが。私の中で、疑問として膨らんでいった。

「あいつは、あのアレニエ・リエスって女は……一体何者なんだろうな」

＊＊＊

合流地点に到着する頃には、気絶していた男たちも全員目を覚ましていた。

当然と言えば当然だが、アレニエさんは彼らの装備を取り上げ拘束しただけであり、全員が大なり小なり傷を負ったままで放置されていた。

見過ごすこともできず、簡素ではあるが彼らの治療も施す（その間、アレニエさんは投げたダガーを回収していた）。

縛られた男たちは、皆一様に意気消沈している。

徒党を組んで襲ったのに女二人に返り討ち、というのはショックが大きかったのかもしれない。

それに今後の処遇を考えれば、自《おの》ずと項垂《うなだ》れるのも頷ける。

そんな中、フードの男だけが変わりなかった。

「やれやれ。まさかこれだけ人数を集めて全滅とはな。恐れ入る」

叩《たた》きのめされ縛られているのに、どことなく上からな口調はそのまま、顔には皮肉げな笑みまで浮かべている。

今までのは自身が優位だったがゆえの態度と思っていたが、おそらく普段からこうなのだろう。

それに今は、別の気懸かりがある。

もう気にしないことにした。

「それで、どうする？　我々を騎士団に引き渡すか？」

「……その前に、聞きたいことがあります。戦う前に言っていましたよね。『標的は二人』、と。あれは、どういう意味ですか？」

「どうも何も、言葉通りの意味だ、リュイス・フェルム。オレは君を捕縛、もしくは始末する依頼を受け、動いていた。本来は〈黒腕《こくわん》〉を討ち取ってから取り掛かるつもりだったが、幸か不幸か、君たちは行動を共にしていた。手間が省けたと思えば、結果はこの様だ」

「それは、あなたの依頼者が、私を名指しで狙った、ということですよね。でも、私は……」

「狙われる覚えがない、か？　だがリュイス・フェルム。日常の些細《ささい》なきっかけで恨みを抱く者も、実際に行動に移す輩《やから》も、残念ながら珍しくはないだろう」

否定は、できない。実際多くの人は、ふとした拍子に悪魔の声を聞いてしまうのだから。けれど……

「自慢ではありませんが、私は誰かに明確に恨みを買うほど、他人と交流がありません。普段、神殿を出ることはほとんどなく、その神殿内でも接する人間は限られています。誰かと会話すること自体が稀《まれ》で――」

説明が進むごとに、なぜか男たちは憐《あわ》れむような気まずそうな表情を浮かべていくが、とりあえず無視して話を続ける。

「その乏しい接点の中で、私などに狙いを定めるような人物は、本当に限られています。……もしかして、私を狙うよう指示したのは――」

「悪いが、これ以上は答えられん」

男はこちらの言葉を遮り、はっきりと拒絶を示す。

「一応は雇われだからな。ただで依頼人の素性は明かせんよ。場合によっては、こちらの身が危うい」

……言われてみれば当然の返答だ。私だって、アレニエさんに機密を口外しないようお願いしている。

それに、聞き出すことで彼らの命が脅かされるなら、これ以上無理に追及するのは――

「それならさ」

ダガーを回収し終え、静かにやり取りを見ていたアレニエさんが、唐突に口を開いた。

「あなたたち、わたしに雇われない？」

# 勇者の旅の用語集

## ・魔具

魔力を込める、鍵となる合言葉を唱える、などの条件を満たすことで、疑似的に魔術を扱う（あるいは魔術の行使を補佐する）道具の総称。

主に人類が魔物や魔族に対抗するための道具だが、噂《うわさ》では魔族にも魔具の職人が存在し、その品質は人種族が製作した物より高い効果を秘めているらしい。

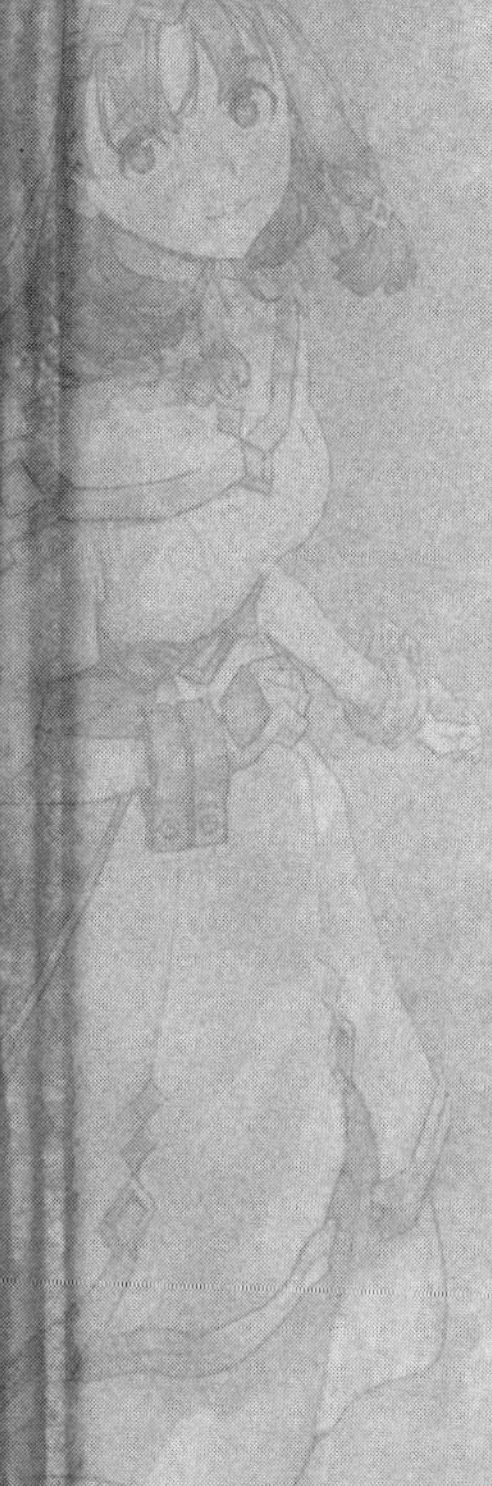

# 13節　信仰の在り方

「我々を雇う、だと？」

アレニエさんの突然の提案に、私だけではなく男たちも驚いている。それはそうだ。さっきまでお互い命の取り合いをしていたのだから。

「ただで情報提供するのがダメなら、ただじゃなければいいでしょ？　情報料、というか依頼ってことにすれば、教えるのもありじゃない？」

それは……あり、なんだろうか。倫理とか、規約とか。

それに、依頼となれば必然、報酬も発生するわけで、今払えるお金というと……

「……いいんですか？　それは、アレニエさんへの支度金で……」

「だって気になるでしょ？」

「……はい」

正直、ものすごく。

「それに上手《うま》くすれば、犯人まで辿《たど》り着くかもしれないよ」

「フっ……見くびってもらっては困るな、〈黒腕《こくわん》〉。少々のはした金で動かされるとでも――」

「ちなみにこれが依頼料」

彼女は一枚の金貨を惜しげもなくフードの男の前にちらつかせる。ちなみにこの一枚で下層なら一年は楽に暮らせるそうな。

「――受けよう」

ええ……

「正直なところ、好感の持てん類《たぐい》の依頼人だったからな。神官のお嬢さんの肩を持つ、ちょうどいい言い訳になる」

なる、かなぁ……？

表情に疑問符を浮かべる私に、アレニエさんが補足する。

「冒険者なんて、危険を買って報酬を貰《もら》う仕事だからね。報酬さえちゃんと払えば、少しくらいの危険は買ってくれるよ。特に下層のは」

冒険者って……

いや、ちょっと引いてる場合じゃない。ともかくも情報を入手する好機なのだ。

「本当に、いいんですね？」

「ああ。どのみち依頼は失敗し、契約は終了だ。ならば新たな依頼を受けても構わんだろう。そもそも、先刻はああ言ったものの、実際は口外しない義理もない。向こうも下層の人間など、使い捨て程度にしか信用していないさ」

「……分かりました」

まだ少し懸念は残るが、彼がいいと言うならその厚意に甘えることにしよう。先刻は遮られた問いを、今度は最後まで口にする。

「聞きたいのは、一つだけです。私を狙うよう依頼した人物は、総本山の神官ではありませんでしたか？」

「リュイスちゃん、心当たりでもあるの？」

問いかける彼女に、私は晴れない顔を向けつつ質問で返す。

「アレニエさん。今回の任務で、司祭さまが動けない理由を覚えていますか？」

「え？　……目立つから？」

「いえ、その少し後の」

「少し後……えーと、毎日忙しいって言ってたね。司教の選挙も重なってるから仕事が山積みとかなんとかちょっと待って。……忙しいってもしかして、出る側として？」

コクリと、首肯する。

「次の司教選挙の候補は、二人います。一人は、今言ったクラルテ司祭。もう一人は、大貴族アレイシア家出身の、ヴィオレ・アレイシアという方です」

「家の名前は聞いたことあるかも」

ポツリと呟《つぶや》くアレニエさんに、私は説明を続ける。

「今でこそ、貴族以外も総本山に所属できていますが、ヴィオレ司祭がまとめている保守派は、『貴き神を祀《まつ》るのに相応《ふさわ》しいのは貴き血の持ち主のみ』として、貴族以外の神官を全て排斥しようとしています」

「ずいぶん過激派だね。それと対立してるのが……」

「はい。平民や他国出身の神官たち。『信仰に貴賤《きせん》は無い』とする改革派で、その代表として祭り上げられているのが、私の師でもあるクラルテ司祭です。というのも、彼女は平民ながら守護者に選ばれ、十年前の魔王討伐で使命を果たし無事に帰還。その功績から貴族に封ぜられ、総本山に招かれた、現存する英雄の一人だからです」

信仰する神に最上の供物を、という考えは理解できなくもない。

同時に、誰にでも自由に祈りを捧《ささ》げる権利がある、というのも同様だ。少なくとも事実として、私みたいな孤児の祈りも神は聞き入れ、法術を授けて下さっているのだから。

と、そこでフードの男が珍しく大きな声を上げる。

「あの〈聖拳〉クラルテ・ウィスタリアか……！　なるほど、君は彼女に師事していたのだな。奴《やつ》の陥没した鎧《よろい》に得心がいったよ」

私が戦った斧槍《おのやり》使い、そのひしゃげた鎧を見て、男は納得したように頷《うなず》いている。なんだか、改めて指摘されるとちょっと……恥ずかしい……

頰の熱を感じつつ、気を取り直して説明を続ける。

「……改革派の主な主張は、聖典の再解釈です。中でも重要なのは、死後の世界の入り口である『選別者の橋』について、大きな改訂を掲げました」

「改訂？」

「はい。これまでは、『橋』を無事に渡り切る資格を得るには、神殿に多額の寄進を納めることが必要だと取り決められていました。ですが……」

「それだと、必要額を納められない貧しい人間は『橋』を渡れないし、反対に生まれつき裕福な貴族は簡単に資格を手に入れられる。生まれで差がついちゃって馬鹿らしくなるから、信仰から離れる人も多いんだよね」

アレニエさんの言葉に頷く。

「そうです。ですから司祭さまはそれを廃止して……今後は、純粋に善悪の量だけで資格を判別し、善行が上回れば誰でも『橋』を渡り切れる、という新しい取り決めに改訂すると約束したんです」

「寄進の制度を廃止して、誰でも……？」

にわかに、襲撃者たちがざわつき始める。

「な、なぁ……そいつはひょっとして、オレらみたいな下層の奴でも、『橋』を渡ってアスタリアの元に行ける、ってことか……？」

「そうです。加えて、今までどれだけ寄進を納めていようと優れた血筋であろうと、悪行のほうが多ければ例外なくアスティマの元に引き落とされる、という一文がつきます。これは、信仰から離れていた人たちに死後の希望を、善行を怠っていた者には努力を促すためのもので――」

初めはなんらかの期待を浮かべていた彼らの表情は、説明が進むごとに段々と沈んだものになっていく。……あれ？

「仮にそれが施行されたとして、悪行を重ねて生きてきた我々には縁遠い話だからな」

フードの男の補足で、その理由を理解する。とはいえそれは、これからの努力次第でなんとかなる、と思うのは……私が世間知らずだから、だろうか。

「その、再解釈？　っていうのが正しいかも分かんないし、あんまり気にしてもしょうがないと思うけどね」

次に聞こえた声はアレニエさんだった。こちらは割り切りすぎだと思う。

「しかし、本気か？　リュイス・フェルム。今さら教義の改訂など、可能なのか？」

「もちろん簡単ではありませんが……神学研究者の間では、元々の教義に寄進の取り決めなど無かった、という主張もあるんです。なぜなら、聖典は一度、『パルティールの惨劇』で部分的に途絶えている。後世の神官が収集・編纂《へんさん》し、新たな聖典を築き上げましたが……」

「その際、欲深い何者かが悪魔の囁《ささや》きを耳にし、自身に都合のいい一節を挿入した、か。なるほど、面白い説だ。それが正しいなら、歪《ゆが》められた教義を修正するという名目で、改革を推進できるわけか。何しろアスタリア教徒は虚偽を嫌う。そしてそれを主導するのは、かの勇名高きクラルテ・ウィスタリア……。リュイス・フェルム。いや、リュイス嬢。依頼者は、総本山の神官かと聞いたな?」

「はい」

「君はつまり、君を狙った何者かは、件《くだん》の保守派だと疑っているのだな。さらに言えば、中心にそのヴィオレという司祭がいると」

「……正直、そこまではっきりとしたものじゃないんです。けれど、改革の成功で最も打撃を受けるのは、対立候補で、貴族で、神官至上主義の……。それに彼女とは、クラルテ司祭を通して幾度か面識があります。平民嫌いで有名なあの方が記憶に留《とど》めているかは分かりませんが、私のことを認識していたとすれば……」

「顔も名前も知っていて、動機もある。少なくとも、リュイスちゃんが思いつくのはその人だけ、ってことだね」

沈んだ表情のまま、アレニエさんに頷く。

「ヴィオレ司祭は自らの弟子を勇者さまの護衛につけ、その功績を以《もっ》て選挙を有利に進めようともしていますが……それでも現状のまま当日を迎え、真っ当に選挙に臨めば、クラルテ司祭が勝利すると見込まれています。それを覆すとなれば……」

「多少強引な手段でも実行せざるを得ない。でも直接あの人に手を出せば、真っ先に対立候補の自分が疑われる。だから、弟子のリュイスちゃんが狙われた」

「おそらく、そういうことなのだと思います……」

それにふむ、と頷いてみせたのはフードの男だ。

「対立候補の動揺を誘うための切り崩しか。苦し紛れだとしても下策だな」

「けどよ、いくら貴族が腐りきってたとしても、仮にも神官が、自分で穢《けが》れを生むような悪事に手を染めるもんか?」

襲撃者の一人から疑問が投げ掛けられる。それは私自身気になっていた点でもあるし、できればそうあってほしくはないけれど……

「この場合、自分の手で直接生み出さなければ罪じゃない、とでも思ってるんじゃない? それに下手すると、本人は悪事とすら思ってないかもしれないよ。自分は正しいことをしてるんだ、ってね」

アレニエさんの言葉にゾっとする。

考え方に、ではない。むしろ貴族以外を過剰に見下すあそこの神官なら、実際にそうした考えで動いてもおかしくない。その可能性を内心で否定できないことが、恐ろしい。

「そうだな。そのアレイシア家の司祭に関して、噂《うわさ》だけであればオレも聞いたことがある。今回の依頼に関与していても驚きはしないし、ここまでの話と合わせれば大方間違いないだろう」

「それじゃあ――」

「だが」

結論を急ぐ私を、彼は一度押し止《とど》める。

「実際にこちらに接触してきた依頼人は、中層の冒険者だった。そいつも今回の依頼を中継するためだけに雇われたらしく、君の名と容貌、そして依頼の概要程度しか知らされていなかった。それが件の司祭と繋《つな》がっているかまでは、正直なところ不明だ」

私自身、ヴィオレ司祭が直接赴いたとは思っておらず、指示を受けた神官からかと睨《にら》んでいたのだけど……私が思う程度の簡単な話ではないらしい。

「……依頼の出処《でどころ》は、気にならなかったんですか?」

「気にならんと言えば嘘《うそ》になるが、基本的に深追いはしない」

……どうして？

「というのも、我々が拠点にしているのは主に汚れ仕事を請け負う店でな。持ち込まれる依頼はほとんどが〝こういう〟ものばかりで、我々も報酬さえ貰えれば詳細は問わない。そしてそれが必要とされるからこそ、絶えることなく存続し続けている。まあ、逆に言えばウチに持ち込まれた時点で、素性を隠したい〝誰か〟の差し金になるわけだが……それを探ろうとすれば決して面白い事態は招かないのは、君でも想像はつくだろう」

「……」

神官の身としてはその言い分に納得しかねるものもあるが、今は置いておこう。

彼の話は推論の補強にはなったものの、根本の解決には至らない。せめて依頼主だけでも聞き出せれば、と思っていたけど……

（ここまでの情報だけでも、司祭さまに伝えられれば……）

けれどこれはあくまで推測に過ぎず、確証がない。それに、今から総本山まで戻るような時間の余裕もない。これ以上出発が遅れれば、勇者さまのほうは本当に手遅れになるかもしれない……

「聞きたいことは、聞けた？」

考え込む私を、気づけばアレニエさんが覗《のぞ》き込んでいた。

結局、今の私にできることは思いつけそうにない。

後ろ髪は引かれるが、これ以上こちらの事情で彼女に迷惑をかけたくなかった。

「……はい。ありがとうございました」

「それじゃあ、次はわたしの番だね」

「……次？」

「雇う、って言ったでしょ？　依頼料は今のリュイスちゃんへの情報提供と、これからしてもらう仕事の分を合わせて、だよ。金貨まで出したんだから」

「ほう。それで、我々に何をさせようというんだ？」

アレニエさんはフードの男の問いに、一言だけ答える。

「勇者の旅の妨害」

…………

…………

「「「はぁっ⁉」」」

この一瞬だけ、アレニエさんを除くこの場の全員の気持ちが、奇跡的に一致した。

# 14節　アレニエの依頼

「アレニエさん⁉　何考えてるんですか⁉」

　勇者の旅を妨害するなんて、そんなことをすればどれだけの罪に問われるか……！

「いや、妨害って言っても足止めくらいのつもりだよ？　この人たちのせいで出発遅れたんだし、ちょっとくらい時間稼いでもらおうかと思って。あんまり遅れるとマズいでしょ？」

「それは……そうなんですが……」

　彼女の言い分も分からなくないが、さすがに方法が乱暴すぎる気が……

　そして当然ながら、男たちからも非難の声が上がる。

「ふざけんな⁉　できるかそんなこと！」

「よりにもよって勇者の旅を妨害しろだと⁉」

「下手すりゃ極刑だぞ！」

　彼らの反駁《はんばく》はもっともだと思う。

　魔王討伐の旅は世界中の人々の希望であり、それを妨害するというのは極端な話、人類全体への背信行為と取られてもおかしくない。

「ふむ……意図を聞かせてもらえるか？」

　突拍子もない提案を冷静に問い質《ただ》してきたのは、フードの男だった。

「実は、勇者の命が狙われてる……かもしれない、って情報があってね」

「――!?」

アレニエさん、その話は……！

焦る私に、彼女はわずかに目配《めくば》せしてから説明を続ける。

「犯人は、勇者がやって来るのを待ち伏せして襲うつもりだとかなんとか。わたしたちはその現場に向かって真偽を確認、本当に犯人がいたら撃退。っていう依頼を受けて、出発したところだったんだけど……」

「そこを我々が襲撃し、遅れが生じた。その責任を取れと」

「そういうこと」

「ふむ。勇者の命を狙う者か。無い話ではないな」

無い話ではないんですか。

「〈選定の儀〉の結果に不満を抱き、守護者、あるいは勇者本人に刺客を差し向ける貴族などもいるらしい。大方その類《たぐい》だろう。勇者は半ば政争の道具にされているそうだからな」

「多分そんなとこ。まあ、実際行って確かめてみないとなんだけど」

「なるほど。急いでいるのはそういう訳か」

「そ。少なくとも、勇者よりは先に現場に行かなきゃいけないからね」

特に怪しまれる様子もなく自然に受け答えするアレニエさん。なんですかその演技力。

「方法は任せるけど、勇者がいる街で適当に騒ぎを起こせば足止めになるんじゃないかな」

「つまり、困っている民草を見過ごせないだろう良心を逆手にとるわけだな？」

「そうそう。そういう噂《うわさ》を聞けば、多分事態を解決するために動くと思うんだよね。〝善良な勇者さま〟なら」

つまり、「助けなければ善良ではない」と言っているのだ、彼女らは。

「フッ……なかなか悪知恵が働くな」

「ふふ、あくまで依頼の、人助けのためだよ？」

「ほう、人助け。そうだな。ああ。何も間違っていない」

「そうだよー。なんにもやましいことなんてないよ」

「クックック」

「ふふふふ」

……あの、アレニエさん。演技、ですよね？　なんだかいつもの笑顔にものすごい裏があるように見えてきたんですが……

しかし今の説明だけでは納得がいかなかったのか、他の男たちはなおも彼女に不満をぶつける。

「そんなあやふやな情報だけで危ねぇ橋渡らせようってのか⁉」

「そもそもどこから聞いた話だよ！」

「出処《でどころ》なんて知らないよ？　わたしたち、依頼を受けただけだし」

「裏ぐらい取っとけ！」

それ、私も貴方《あなた》たちに対して思いましたが。

とはいえ、発言自体は正論だと思う。確証もなしに危険を冒すのは難しい。確証があっても難しい。

が……

「やってくれるならさっきの報酬に加えて、一人金貨一枚あげるよ。こっちは成功報酬ね」

「「「……⁉」」」

彼女が提示した追加の報酬額に、男たちの目の色が変わる。

「わたしたちが無事に依頼を達成できたら、あなたたちにも今言った金額を払うよ。あ、口止め料も込みってことで、よろしく。勇者が先に来ちゃった場合は、依頼は失敗ってことで、報酬は無しね」

「ほほう、内容の割には破格だな」

「前金だけでも結構貰《もら》ったからね。あと、それだけ急いでるって思ってくれていいよ」

実際、勇者自身を襲えというわけではない。騒ぎを起こして足止めできればいいのだし、その後は本人が現れる前に逃げてしまえばいい。確かに、難度に比べれば報酬は破格だ。

「あー……」

「えーと……」

途端に語調に迷いが生じる男たち。分かりやすいほど現金だ。

「ほ、本当に、足止めするだけでそんなに貰えるのか?」

「うん。まあ成功報酬に関しては、わたしたちが無事に帰れたら、だけどね。もし帰って来られなかったら、そっちは諦めてもらうしかないかな」

「「「…………」」」

男たちは黙考している。報酬と、それに付随するリスクとの間で揺れているのだろう。

「よし、受けよう」

真っ先に声を上げたのは、当初から興味を示していたフードの男だ。

「オレはどのみち受けるつもりだったのでな。そのうえ追加の報酬まであるなら、断る理由も特にない」

「俺もやるぜ。この怪我《けが》が治るまでは退屈だからな」

続いて賛同の意を示したのはジャイールさん。これには私が堪《たま》らず抗議する。

「何言ってるんですか！　激しく身体を動かさないようにって言ったでしょう！」

「心配すんなよ嬢ちゃん。無理はしねえさ。仮に戦うことになっても、冒険出たてのひよっこの相手なんざ、激しい運動のうちに入らねえよ」

「戦い自体控えてください！」

たしなめてはみたものの、素直に聞く気は欠片《かけら》もなさそうだった。さっきは少し感心させられたけど、この人ただ戦うのが好きなだけなんじゃ……

迷っていた他の面々にとって、彼らの言葉は渡りに船だった。

結局、全員がアレニエさんの依頼を受諾し、縄を解かれて自由の身となる。

「……あの、アレニエさん。本当に、大丈夫なんでしょうか……？」

もし彼らが捕まって洗いざらい白状してしまえば、私たちも罪に問われてしまうのでは……

いや、そもそも……実際に、言った通りに動いてくれるのだろうか。

「多分、大丈夫だよ。依頼って形にしておけば、その分は働いてくれる。他に行く当てがない下層の冒険者にとっては、引き受けた依頼をこなすのが最後の一線だからね。それに騎士団に引き渡すような暇、わたしたちにはないんじゃない？　ここから街に戻ってまた出発するって、結構時間かかるよ？」

言われてみれば、捕縛には成功したものの、その後を何も考えていなかったことに、今さら気が付く。

「ずいぶん簡単に解放するものだな。我々が報復する可能性は考えなかったのか？」

縄の痕の残る腕をさすりながら、フードの男が呟《つぶや》く。……そういえばその可能性もあった。

「考えないでもなかったけど、その怪我ですぐには襲ってこないと思って。それに………

――――もう、同じことはしない……でしょ？」

彼女の笑顔と声音に、男たちが背筋を震わせる。しっかりと釘《くぎ》は刺していた。

「フッ、そうだな。君たちを敵に回すリスクはこの身で思い知った。何より前金とはいえ報酬を受け取ったからな。その分は働くさ」

他の男たちも後ろのほうでコクコク頷《うなず》いている。約束を違えた際の報復を想像したのかもしれない。加えて発揮されたのは彼女が言った通り、冒険者の矜持《きょうじ》、だろうか。

「なあ、そういや肝心の勇者は今どこにいんだ？」

「知らないけど」

「なんでだよ⁉　てめぇが依頼したんだろ⁉」

「さっき思いついたのに居場所知ってるわけないでしょ？　道々噂拾って自分たちで捜してね」

「情報料の払いは？」

「さっきの金貨から」

「てめ」

口々に文句は言うものの、存外彼らもやる気になっているようだ。この分なら心配ないだろうか？

「あっ、と、そうだ。誰か一人には、ちょっとうちに行ってきてほしいんだけど。えーと……そこの盗賊っぽいあなた」

私が戦った盗賊風の男を指すアレニエさん。うちというのは、〈剣の継承亭〉のことだろう。

「うちのとーさんに、事情説明してきてくれないかな。とーさんに言えば、多分あの司祭さんにも伝わるから」

そうか、マスターと司祭さまに繋《つな》がりがあるなら、間接的に事態を知らせることができる。そうすれば後は司祭さまが対処してくださるかもしれない。

「俺たち、お前らを襲ってた張本人なんだが……説明しに行ったら、その場でお縄じゃねえか？」

「わたしがあなたたちに襲われたのはわたしの責任。それに失敗してこういう状況になったのはあなたたちの責任。責任はちゃんと取ってね」

「結局捕まるのかよ」

「まあ、上手くぼかして説明してみて。バレたとしても、多分、騎士団に突き出されるよりはマシな扱いだと思うよ。それに、伝えた情報で首尾よく首謀者が捕まれば、あなたたちもこの先安心でしょ？」

「それは……まぁ、そうか」

次いで彼女は、懐から使い込まれた短剣を取り出し、男に手渡す。

「これ持ってって。これを見せれば多分わたしからだって分かるし、話聞いてくれるから」

「ああ。分かった」

「ちなみに大切なものだから失《な》くしたりしたら絶対に絶対にユルサナイから気をつけてね？」

「分かったよおっかねーな！」

そうして、襲撃者たちのうち七人は勇者の足止めに、一人は王都下層へと、それぞれ旅立ったのだった。

# 幕間3　ある盗賊の受難

　下層へトンボ返りした俺は、人目は惹《ひ》かないよう静かに、しかし急ぎ足で、〈剣の継承亭〉へ向かった。

〈黒腕《こくわん》〉を尾行した際に場所は突き止めていた（そもそもいろんな意味で有名だったが）ため、迷うことはなかった。店まで辿《たど》り着き、多少乱暴に扉を開けると、来客を告げる鐘が大きく鳴り響く。

　まだ夕刻前なのもあり、客の入りはまばらだった。幾人か入り口に目を向けるのもいたが、構わず正面のカウンターに向かい、そこに立つ店主と思《おぼ》しき男に声を掛ける。

「あんたが、ここのマスターか」

「ああ」

「あんたに話がある。俺は——」

　以前あんたの娘に痛い目に遭わされたので報復しようとしたが返り討ちに遭った男だ——とは言い辛いので、通りすがりに言伝《ことづて》を頼まれたという体で話を切り出そうと——

「……なあ、お前、今朝アレニエと神官の嬢ちゃんを付け回してたっていう北地区のヤツじゃねえか？」

（——!?）

　しかしカウンター席に座っていた一人、剣士風の男（この時間から既に杯を片手にしていた）が話を遮り、こちらに問うてくる。

「あぁ、確かに聞いていた風貌に似ておるな。少なくともここいらでは見ない顔だ」

「わざわざ尾行していた相手の家に足を踏み入れるとは、どういうつもりですか？」

腰に剣を提げたドワーフの男（髭《ひげ》のせいで年齢は分からない）と、手足に防具を塡《は》めたエルフの女（こっちはもっと分からない）が、各々静かに退路を塞ぐように近づいてくる。

周りの客も席を立ちこそしないものの、抜け目なくこちらに視線を寄越していた。俺が不審な動きをすればすぐにでも反応してくるのだろう。

「……」

目の前の店主は何も言わない。睨《にら》みつけてくるわけでもない。

しかし全身から迸《ほとばし》る異様な威圧感が、こちらを快く歓迎はしていないことを、雄弁に物語っていた。

（……何が『上手《うま》くぼかして』だ……もうバレっバレじゃねーか！）

下手な嘘《うそ》は逆効果と即座に悟り（そしてこの空気に耐えられなくなり）、俺は例の短剣をやけくそ気味にカウンターに叩《たた》きつけた。

「……あんたの娘からこいつを預かってきた！　話を聞いてくれ……！」

それが、功を奏したのだろう。

ひとまず周囲からの追及は止まり、こちらの処遇は先延ばしにされた。

俺は全てを正直に打ち明けた。結局、「以前痛い目に遭わされたので報復しようとしたが返り討ちに遭った」のも話さざるを得なかった。

「……それは済まなかったな」

意外にも、過去の件については謝罪されてしまった。

「だが、今の話は捨ておけん」

だよな。

再び発される威圧感と共に、店主は周囲の客に呼び掛けていく。

「ロイファー。依頼に来た冒険者の特定と、その後の足取りを調べてくれ。中層への通行証はこちらで用意する」

テーブル席に座っていた男（俺と似たような風体なので同業者かもしれない）が返事をしながら立ち上がる。

「あいよ。マスターからの依頼ってことでいいんだな？」

「ああ。時間が惜しい。報酬の相談は後でする」

「了解」

次いでマスターは、先刻俺に詰め寄ってきたドワーフとエルフに顔を向ける。

「ライセン。フェリーレ。報復に備えて周囲の警戒を頼む。何もなければそれでいい」

「おう」「分かりました」

「それから――……」

店主は手際よく店の客連中に指示を出していく。

受けた指示に多少面倒そうに返す者もいるが、誰も否とは言わない。夕暮れの食事時に弛緩《しかん》していた店内の空気が、活気づいていく。

（うちとは随分違うな……）

それをかすかに眩《まぶ》しく感じるのは、あの世間知らずな神官の嬢ちゃんに当てられたせいかもしれない――

そこで、はたと気づく。と同時に、そろりと背を向ける。――この隙に、逃げられるんじゃないか？

「……それじゃ、俺はこれで……」

ガッ

しかし案の定見逃してはもらえず、マスターにカウンター越しに肩を摑《つか》まれ、動きを止められる。

「――お前にも手伝ってもらう。まずはロイファーと共に〈赤錆《あかさ》びた短剣亭〉での聞き込みだ」

口調は平坦《へいたん》だが、そこには有無を言わせぬ圧力と、言外に聞こえる声があった。――『娘に手を出した輩《やから》をただでは帰さん』。

それを背後に聞きながら俺は、罪人として騎士団に突き出されるのと、このままここでこき使われるのとではどちらがマシなのか。しばし真剣に悩んだ。

……親子揃《そろ》っておっかねーな。

# 幕間4　ある露天商の残業

「んん～～～」

夕焼けが空の色を塗り替えたあたりで、凝った身体を解《ほぐ》すために立ち上がって伸びをする。

半日近く座った状態で店を開いていたため、疲労が腰や背中に集中していた。それを全身に拡散させるように身体を反らし、一息つく。

相応に疲れはしたが、おかげで売り上げは悪くなかった。

アレニエ用に仕入れた商品を早速本人に売りつけられたし、総本山の神官までオマケでついてきた。思わぬ収穫だ。

(リュイス、って言ったっけ、あの神官の姉ちゃん。……無事かな)

同業者や客との交流だけでも、自然と情報は集まってくる。

今日は朝から北地区から来た連中がここらをうろついている、と、ちらちら耳に入ってきていた。

当の本人たちは客に紛れていたつもりだろうが、普段見ない顔が早朝から出歩いていればそれだけで目立つ（だからあの姉ちゃんも噂《うわさ》になっていた）。

そしてそいつらが、アレニエたちの後を追うように王都を出た、とも。うち一人は、先刻帰って来たらしいが。

(どうせまた、どこかで揉《も》め事でも拾ってきたんだろうが……まあ、ここであたしが気に病んでもしょうがないか)

思案を切り上げ、そろそろ店じまいの支度を――

そう考えたところで、通りの向こうから見知った顔が近づいてくるのに気が付いた。

「よう、旦那。久しぶり」

「ユティル。いたか」

挨拶（？）と共に現れたのは、〈剣の継承亭〉の店主であるオルフランの旦那だった。

うちの親父《おやじ》とは同じ孤児院出身の仲らしく、その縁であたし自身も幼い頃から世話になっていた。

あたしと同じく商人である親父（風来坊なあたしと違い、王都中層に腰を落ち着けているが）は、旦那に大きな借りがあるとかで、継承亭を建てる際には色々融通していたらしい。

しかし、「いたか」ってのは……あたしを、捜してたってことか？

それに宿は、そろそろ夕餉《ゆうげ》を目当てにした客が集まってくる時間帯だ。店主がのん気に買い出しに出てる暇はないはず。

（――つまり、それだけ急ぎの要件ってことか）

こういうのは今日が初めてじゃない。

腕利きが揃《そろ》うと評判の〈剣の継承亭〉には、秘匿性の高い依頼もしばしば持ち込まれる。『上』からのものは、特にその傾向が強い。

その際、関係者に物や情報を届ける必要が出ることもある。あたしはその繋《つな》ぎ役の一人だ。今回もその類だろうと胸中で察しをつけ、素知らぬ顔で応対する。

「買い出しかい？」

「ああ」

返答と共にその場に屈《かが》むと、旦那は並べた品物をいくつか手に取っては、また戻していく。商品を吟味しているように見せているが、多分、周囲を気にしての偽装だ。

普段から慎重なのを差し引いても警戒しすぎな気がするが、それだけ面倒な依頼という裏返しかもしれない。

「これを貰《もら》う」

香辛料の瓶をいくつか選ぶと、彼は懐から硬貨の詰まった小さな布袋を取り出し、あたしの手の平に無造作に乗せた。

「毎度」

受け取った袋の底からは、円形の硬貨とは違う、薄く、四角い何かの感触があった。おそらく紙製のもの。手触りからすると……手紙か何かか。

「ビアンによろしく言っておいてくれ」

ビアンは親父の名だ。わざわざその名を出すってことは、つまりそういうことだ。

「ああ、伝えとくよ」

あたしの返事を聞くや、旦那は来た時と同じく淡々と立ち去ってしまう。

（さて……もう一仕事だ）

手早く露店を畳み、荷物をまとめたあたしは、すっかりと長く伸びた自分の影と共に、中層に続く門へと足を向けた。

# 15節　火を灯す

日が完全に落ちる前に馬（襲撃者の彼らから〝譲り受けた〟ものだ）を下り、私たちは野営の準備を始めた。

屋外で過ごす夜は思った以上に体温を奪う。暖を取るため、二人で手分けして枯れ枝を集め、火を熾《おこ》す準備をする。

魔術が使えれば手早かったのかもしれない、と、魔術を使えない私はふと思う。

と言っても、元々魔族の技術である魔術に関わることを、神官は禁じられているのだけど。

アレニエさんも、魔術を使う様子はない。

（そういえばユティルさんは、彼女を〝持ってない〟と言っていた……）

実際こうして傍《そば》にいても、私の魔覚（注：魔力を感じる感覚器官）は彼女のそれを感じない。辺りを空気のように漂う淡い自然の魔力は感じるのに。

そのアレニエさんは枯れ枝を集め終え、火口箱《ほくちばこ》から取り出した余り布の消し炭を置くと、なぜかその場で立ち上がる。

「ほっ、と」

訝《いぶか》しげに見る私の前で、彼女は軽く片足を上げ、もう片方の足元に擦りつけるように前後に振り抜く。左右のブーツがカシンっと硬質な摩擦音を鳴らし、火花が散った。

アレニエさんは、今ので引火したらしい火口に息を吹きかけ火種にし、枯れ木に燃え移らせる。

燃え広がった火種は、やがて立派な焚き火《たび》になった。

「ん？　ああ、これ？　ブーツの側面に、火打石と火打金を仕込んでるんだよ」

呆気《あっけ》に取られていた私に彼女は、「これもユティルから買ったんだけどね」と補足しながら説明する。

火打石って、手に持ったのを打ち合わせるものだと思っていたけど。

「……冒険者の方って、みんなそういう道具を使ってるんですか？」

「こんなの使ってるのはわたしくらいだと思うよ。普通に点《つ》けるのと労力もそんなに変わらないし」

「……なんで使ってるんですか？」

「面白そうだったから」

あっさり告げるアレニエさん。

「それに、これはこれで便利なんだよ。火花が顔にかかることもないしね」

目に火花が入れば最悪失明する、と耳にしたこともあるので、なるほどと思う。何より納得したのは、「面白そう」の一言だったが。

「まぁまぁ、そんな話はさておいて。とりあえず食べようよ」

言いながら彼女が荷物から取り出したのは、塩漬け肉とチーズ、刻んだ野菜などを、切り込みを入れたパンに挟んだもの。出発する前、オルフランさんから受け取っていた餞別《せんべつ》だった。

「はい。リュイスちゃんの分」

「あっ、ありがとうございます」

手渡されたそれを受け取り、二人で夕食を取る。その前に。

両手を組み合わせ、目を閉じ、眼前で揺れる炎に向かって、私は祈りを捧《ささ》げ始めた。

火は陽《ひ》。天に浮かぶ太陽の炎は、この世で最大の火でもある。暗闇を照らし出す星の光。魔を払う浄化の炎。

火を灯《とも》すことは地上に星を顕現させることであり、その創造者である女神と人とを繋《つな》ぎ合わせる儀礼行為となる。

私たちは火を通じて神と繋がり、心に信仰の篝火《かがりび》を宿し、証として法術を授かる。

神殿では神への感謝を忘れぬよう、蠟燭《ろうそく》の明かりに、あるいは竈《かまど》に灯した炎に向かって祈るのが習慣だった。


祈りを終え、顔を上げると、こちらをじっと見ていたアレニエさんと目が合う。

しまった。彼女を放って一人で祈りに集中してしま――……もしかして、終わるまで待っていてくれたのだろうか。ますます申し訳ない。

「すみません、お待たせして――」

「《私は善く考え、善き舌を持ち、善い行いを示す事を自ら誓う》……だっけ？」

彼女の口から突然発されたそれに、しばし目を瞬《また》かせる。そして反射的に祈りの続きを継ぐ。

「《全ての神のうちで最善であり、この先もそうである、アスタリアの礼拝者である事をここに誓う》……」

私たちが口にしたのは、アスタリアへの信仰告白。最も基本の教義である善思、善語、善行の三徳と、女神への信仰を誓う最初の祈りだった。

教義は多くの人の行動規範になっているが、貴族や資産家しか『橋』を渡れないとされる今の取り決めのせいで、貧しい人々を中心に心が離れているのが現状でもあった。下層は特に、その傾向が顕著だとも。

彼女がその告白を正確に知っていたのは、だから正直に言えば意外だった。

「……もしかして、神殿に通われているんですか？」

下層にも神殿はあるし、教義はもちろん、読み書きを教えてもらうこともできるけれど……

「ううん、わたしは全然。とーさんがよく祈ってるから覚えてただけで」

「お父さん……お店の、マスターが？」

「昔住んでた孤児院が神殿系列で、毎日祈ってたから、習慣が今でも抜けないいんだって」

「神殿系列の……ということは、マスターも孤児だったんですね……」

「言ってなかったっけ」

頷《うなず》く。が、今思えば得心がいく。

〈剣の継承亭〉を訪れた際は、緊張（と恐怖）で気にする余裕もなかったが……

オルフラン・オルディネール――『ありふれた孤児』。

その名が、身の上を表していたのだろう。

「……孤児院……〈ウィスタリア孤児院〉？」

不意に脳裏に浮かんだ名を、私はそのまま口からこぼした。

「あれ、よく知ってるね。って、そっか。あの人も、同じとこに住んでたんだっけ」

「はい。孤児院を卒業する際にウィスタリアの姓を頂いたのだと、以前話してくれたことがありました。……だからお二人は、知り合いだったんですね」

司祭さまが私に目をかけてくださるのは、そのあたりも理由なのかもしれない。

「ん――……」

耳に聞こえた呻《うめ》くような声に、ふとアレニエさんを見る。彼女はなぜか、難しい顔で眉根を寄せていた。

「え、と……どうか、しましたか？」

「なんかこう、不意打ち喰《く》らった気分」

「？」

意味が分からず戸惑うが、彼女自身もどことなく戸惑っているように見える。

なにか、一言では言い表しがたい感情が、彼女には珍しく顔に滲《にじ》み出ているようなのだけど、それはどちらかというと……

……薄々感じていたが、アレニエさんと司祭さまも旧知の仲ではあるものの……あまり、仲は良くない？

こちらの視線に気づいたのか、彼女は少しだけバツが悪そうに苦笑する。

「思ったより話し込んじゃったね。ほら、食べよ食べよ。朝はバタバタしててゆっくり食べられなかったし」

「そう、ですね」

話を打ち切り、手にした食事を頬張る彼女に続いて、私も同じものに口をつけた。

「……！」

塩漬け肉とチーズの旨味《うまみ》に、一緒に入れられた野菜とそれらを包むパンが、単体だと主張の強い具材の味を和らげてくれる。

「美味《おい》しい？」

（こくこく）

口いっぱいに頬張ったせいでそれ以上口を開けなかったが、首を上下に振ってなんとか気持ちを表す。お世辞でもなんでもなく、本当に美味しい。

それに……なんだろう。ホっとする、と言えばいいんだろうか。

屋外に野晒《のざら》しで、彼女と私しかいない、傍《はた》から見れば寂しくも見える食事の場。

なのに今の私は、これまでのどんな食卓よりも安らいだ心地を感じている。

「そっか、良かった。『上』で暮らしてたら、もっといいもの毎日食べてるだろうから、口に合うか心配だったけど」

それまで活発に動いていた口が、ピタリと止まる。パンを持つ手が、途端に重くなる。

「……そう、ですよね。本当なら、美味しいはず、なんですよね……」

「？」

「その……急に、変なことを聞きますけど……アレニエさんは、総本山に所属する条件を、ご存じですか？」

「へ？　まぁ、一応人並みには。まず、貴族なら簡単になれるんだよね。元々神官は貴族しかなれなかったから」

コクリと、頷く。

「それから、神官として優れた実績を示すこと。確かこっちは、平民でも総本山に所属できるように、って後から追加されたやつだね」

「はい……それらの条件を、私が満たしているかどうか。アレニエさんは、疑問に思うことはありませんでしたか？」

「あ、うん。最初会った時にちょっと思ったけど」

率直な人だなぁ。

苦笑しつつ、私はぽつぽつと口を開く。

「……以前話したように私も孤児で、総本山にいるのも、引き取ってくださった司祭さまに連れられてのことです。彼女の養子だとは公表せず、あくまで弟子としての扱いですが。ただ……」

「ただ?」

「本当なら、弟子として所属するのにも、先ほどの条件を満たさなければいけないんです。でも……私は特例として、そのどちらも満たさずに入り込んでしまった。他の人たち――正規の道筋で所属している神官にとってみれば、それは……」

「……ズルしてるって思われた?」

彼女の言葉に私は曖昧に笑い、話を続ける。

「……食事の間中、周りからずっと視線と囁《ささや》き声を感じて……正直、味もよく分かりませんでした。何を食べても、食べた気がしない……私にとって日々の食事は、ただ生きるために栄養を流し込む作業で……。……でも、今は。このパンの味は――」

旅に対する不安は少なくなかったが、普段の環境から抜け出す好機でもあった。

現に今、こうして穏やかに食事を取れている。それだけでも、神殿を出た甲斐《かい》はあったと、そう思える。

「一口に『上』で暮らしてるって言っても、色々あるんだね。……うん、でも、そっか。とーさんのパンは、ちゃんと味わえてるんだね」

と、そこで不意にアレニエさんの瞳が、悪戯《いたずら》っぽく輝く。

「それってさ、とーさんの料理のおかげだけ？　それとも……わたしと一緒の食事だから、かな？」

「え……えっ？」

慌てふためく私の様子に、アレニエさんは笑みを浮かべる。

彼女が意図してそうしたのかは分からない。

けれどおかげで、私が沈めてしまったこの場の空気が、元の温かさを取り戻した気がした。

そうして私をからかいながら、いつの間に食べ終えたのか、彼女は既に二つ目に口をつけていた。

実際、マスターの餞別はお世辞抜きに美味しく、今日は色々あったため普段より空腹も大きい。

赤面しながら、私も手にしていた分を食べ終え、次に手を伸ばした。

# 勇者の旅の用語集

## ・魔力

世界に満ちる力。

空気のように辺りに漂っており、呼吸で酸素を取り込むのと同様に、生物の身体に蓄えられていく。主に魔術や法術の媒介とされる。

精神と密接に関わっており、魔力を失いすぎると精神の疲労や心神喪失を招く。

## ・魔術

心象を具現化する技術。魔力を媒介（燃料）とし、詠唱によって道筋を生み出すことで現実を塗り替える様々な事象を引き起こすことができる。

元々は魔族の技術。とある人間が魔族からその秘奥を盗み出し、万人が使えるようにと体系化したことにより、一般的に広まった。

## ・魔覚

魔力を感じる感覚器官。

他の五感と違い、身体の表面上にそれらしい器官が見つからないことから、脳に、あるいは精神にその役割が備わっているのではと推察されている。

## 16節　深夜の問いかけ

食事を終え、私たちは野営の準備をしていた。

夜の寒さと野生動物対策に、火はそのままつけておく。

……魔物は警戒しないのか？　全くしていないわけではありませんが……

（パルティールは魔物が少ないって聞いてたけど、実際全然見かけない……魔物を拒む結界が張られてるっておとぎ話は、本当なのかな）

実際には被害が全くない訳ではないし、過去には大規模な侵攻を許した記録もある。他所から流れついた魔物が小規模な巣を形成する場合も。

けれどそれらは他の地域に比べれば力の弱い個体ばかりで、彼らの巣まで深追いしたりしない限り、駆け出しの冒険者でも対処は難しくない。

だからこの辺りでは、野盗や野生の獣のほうがよほど危険だと言われている。これは、襲われたばかりの私には、特に納得のいく話になってしまったが。


就寝中の襲撃を警戒し、二人で交互に見張り番に立つ。

後の番になった私は就寝前の祈りを済ませ、先に焚き火《たび》の傍《そば》で横になろうとしていたのだけど……

「――食事の時も思ったけど、マメだね、リュイスちゃん」

「アレニエさん……」

付近の見回りを終えたのか、彼女がこちらに歩み寄ってくる。

「それこそ、うちのとーさんみたいに習慣？」

「習慣、も確かにありますが……祈りは、神々への信仰や感謝の表れでもありますし……天則の維持に必要な供物、ですから」

「世界の仕組みを支えてるのが神さまで、その神さまを支えてるのが信徒の祈り、ね。どこまで本当かは知らないけど」

教義に懐疑的な言が多いと感じるのは、彼女が下層の住人だからだろうか。

現世では苦しい生活を強いられ、苦心して少額の寄進を納めても資格には到底満たず、『橋』を渡ることができない――死後の希望を見出《みいだ》せないとされているのでは、信仰から離れる人が多いのも仕方がないのかもしれない。

「あの、さ」

本来なら、次に顔を合わせるのは見張りの交代時のはずだった。

「ちょっと、聞きたいことがあるんだけど……いいかな」

「聞きたいこと……ですか？」

なのに声を掛けてきたのは、それでも話したい何かがあったからだろう。

彼女は小さく頷《うなず》くと、今も燃え続ける焚き火を挟み、私の正面に腰を下ろす。表情は揺れる炎に遮られ、はっきりとは見えない。

やがて彼女は静かに、そしてどこか躊躇《ためら》いがちに口を開いた。

「その……リュイスちゃん、あの時、『目の前で人が死にそうなのに黙って見てられない』、って言ったよね」

「はい……」

それは、彼女とジャイールさんの決闘に割り込んだ際、確かに自分が口にした言葉だ。

半人前の勝手な言い草に気を悪くしていたのだろうか。そう不安を抱いた私に掛けられたのは、しかし全く予期していない問いだった。

「……黙って見てられないのは、人だけ？」

「……え？」

虚を突かれ、喉から疑問の声が漏れる。……人だけ、というのは、どういう意味だろう。

「あぁ、え、と、んー……例えば、さっき食べたお肉とか野菜とか。元々は生きてて、食べるために殺されたわけだけど……そういうの、どう、思う？」

「？？？」

今も考えながら喋《しゃべ》っているのか、いまいち要領を得ない質問。いつも簡潔に受け答えするアレニエさんにしては、非常に遠回りな言い方だった。

「だから、その……動物とか、植物とか、人間以外のものが目の前で殺されそうになっていたら……リュイスちゃんは、止める？」

今の質問で、なんとなく問いの方向性は見えてきた気がする。

意図自体は依然として不明だが、彼女の瞳は真剣だった。心なしか緊張しているようにも見える。

何かを期待するような。不安を抑え込んでいるような。普段の彼女からは感じられない、複雑に揺らいだ眼差《まなざ》し。

よくは分からないが、さりとて適当に流していいものにも思えず、私も真剣に答えを探す。とはいえ……

「……正直に言えば、分かりません。あの時も、ちゃんとした考えがあってああ言ったわけじゃないんです。ただ、とにかくじっとしてられなくて……反射的に身体が、心が、爆発してしまっただけで……」

頭では理解している。私たちは他の生物の命を食べて生きているし、自分の命を守るために、時に相手の命を奪うしかない場合もある。邪神によって死を植え付けられた私たちは、他者の死によって生かされている。

「それでも、実際に目の前で失われそうになるなら……もしかしたら、人の時と同じように止めようとする、かも、しれません」

こんな答えでいいのだろうか、と不安に思いながら視線を向けると……炎の向こうで揺れる彼女の表情は、むしろ先ほどより緊張が増しているように見えた。

そして、問いには続きがあった。

「…………じゃあ――魔物は？」

「――⁉」

魔物……⁉

「神官にとって、排除すべき悪だっていうのは分かってる。教義的に許せないのも知ってる。でも、実際この世界に生きて存在する以上、魔物も一応一つの命、だよね？　それが、例えば目の前で死にかけて、助けを求めてたりしたら……リュイスちゃんは、自分でどうすると思う？　助ける？　……それとも、殺す？」

「それ、は……、……」

由来を理由に魔術を禁じている――間接的に関わることすら忌避する神殿にとって、穢《けが》れそのものと言える魔物は敵と呼ぶのも生温《なまぬる》い嫌悪の対象だ。

その存在自体が邪悪であり、有害であり、許容できない。

魔物を滅ぼすのは、世界から悪を減少させる善行の一つとさえされている。

幸か不幸か、今まで魔物と直接相対する機会のなかった私も、その教えに特別疑問を抱いたことはなかった。が……

「……分かり、ません……」

しばらく悩んだ末、私は正直な思いを口にした。

こちらの命を奪おうと襲ってくるなら、自衛のためにも応戦せざるを得ない。

けれどそうでない場合は？　敵意も無く――そんな魔物がいるかは分からないが――、目の前で死に瀕《ひん》していたら？　私は……その時……

「そっか……うん、分かった」

答えを見出せず悩む私を、アレニエさんが見つめる。その表情は、どことなく安堵《あんど》した様子にも見えた。

「あの……どうして、こんな質問を……？」

「へ？　あー、その……これから魔族を倒しに行くわけだし、リュイスちゃんがどう思うか聞いておきたくて？」

「なるほ、ど……？」

なんだか如何《いか》にもとってつけた理由な気がする。疑問形だし。

結局、彼女がどういう意図でそれらの質問をしたのか分からず、頭に疑問符を浮かべたまま、その日は床についた。

眠れないかとも思ったが、溜《た》まった疲労と満腹感から、程なくして私は眠りに落ちていた。

## 17節　次の目的地

王都を旅立って二日目。

初日とは正反対の、平穏な旅路だった。大きな問題もなく、私たちは次の街、クランに辿《たど》り着く。

とはいえ、ほぼ一日中馬に乗り続けるというのは、旅と同じく私にとって初めての経験だった。

後半はへとへとになって頻繁に休憩を取っていたため、到着したのは予想よりかなり遅い時間だった。

日が落ちてから結構な時間が経《た》っており、門は既に閉じられている。

見込みは薄いと思いつつ門番に掛け合ってみたところ、彼は軽く周囲を確認しただけで私たちを招き、門の傍《そば》に設えられた通用口から快く通してくれた。

魔物が少なく、戦場からも遠い王都近郊。基本的に平穏なのだろう。

「多分、リュイスちゃんがいたのも理由だけどね」

「私？　……神官、だから？」

「そ。神官への便宜は、善行の一つだからね」

私自身に神官という自覚が薄く、実感したこともなかったけれど……もしかしたらこれまでも、知らずに恩恵を受けていたのかもしれない。

門の内側は、一言で言えば人の山だった。

煌々《こうこう》と灯《とも》された明かりの下、日が落ちたこの時間になっても大勢の人が、整備された石畳の通りを行き来している。

同じく石で建てられた建物の軒先には屋台が並び、その場で食べられるように椅子やテーブルが用意されていた。各々の席で、あるいは立ったままで、多くの人々が飲食を楽しんでいる。

客の大半は冒険者のようだったが、武器を携帯していない人も多かった。商人と思《おぼ》しき人や、慌ただしく荷を運ぶ人。オーブ山への巡礼者なのか、私と同じ神官も散見した。

旅自体が初めての私は、それら普段見ることのできない人や物、目の前の街の様子全てに、少なからず興奮を覚えていた。

「夜なのに、人がこんなに……それに出店もたくさん――あっ、あのお店、魚を売っています！　私、生のお魚初めて見ました！」

「港町だからね。向こうには船もあるよ」

「船！」

港に停泊する船と聞いて、興奮が加速する。

「川下り用の数人乗りじゃなくて、もっとずっと大きな交易船なんですよね！　話には聞いたことがあります！　でも想像することしかできなかったので、実際に自分の目で見てみたいなと、前から思っ――……！」

まくし立てる私を、アレニエさんがニコニコしながら見ているのに気づく。……急に恥ずかしさが込み上げてきた。

「……すみません。はしゃいでしまって……」

「別に謝らなくても。むしろリュイスちゃんのそういう姿、おねーさんもっと見たいけどなぁ」

なんでですか。

努めて平静を装いながら、気になっていたことを訊《たず》ねてみる。

「もしかして、今日はお祭りですか？　新年祭はもう過ぎましたけど……」

「や。この街は大体いつもこんな感じだよ」

「いつも……夜なのに、いつもこんなに人が……？」

「クランは国中に物を届けるための中継地だからね。いろんな人が出たり入ったりで、朝から晩まで働いてる。魚目当ての人も多いね。傷むの早いから、新鮮なのはこういうとこまで来ないと食べられないし。仕事も山ほどあるから、ここを拠点にする冒険者も多いよ」

「なるほど……」

「それにしても、ずいぶんびっくりしたみたいだね。人口でいえば、王都のほうが多かったと思うけど」

「上層だと、こんなに人が一つ所に集まるのは、それこそお祭りや、先日の〈選定の儀〉のような時くらいですから。街全体が落ち着いた雰囲気なので、ここまで活気もありませんし」

「それもそっか」

「それに私、普段神殿に引き籠もってますから……〈選定の儀〉も遠くからしか見られてませんし……」

「さぁ、そろそろ宿に向かおっか！」

目を逸《そ》らしながら自嘲の笑みを浮かべる私を見かね、アレニエさんが先を促す。気を使わせてすみません。

彼女の先導で辿り着いたのは、石造りの三階建てで外観も装飾を凝らした、立派な建物だった。

「大きいですね……それに、周りに立ってる冒険者の方々は、警備……？」

「ここは観光客向けの宿だからね。ちょっと値は張るけど、こういうところのほうが安全だし、安心できるから」

「……それはつまり……値段が安いところは、安全じゃないってことですか……？」

「部屋に荷物置いてたらいつの間にか盗まれてた、なんてとこも結構」

上層では考えられない話に少しひやっとしたが、気を取り直して中に入り、受け付けを済ませる。

一階は食堂になっており、外でお店を探さずとも街の名物はある程度食べることができるという。足もお腹《なか》も正直限界なのでありがたい。

注文を終え、食堂の席につき、受け取った料理（新鮮な魚介を煮込んだものらしい）を二人で食べる。食の街というだけあって、出された料理はとても美味《おい》しかった。

＊＊＊

食堂で満腹になるまで食べたあと、割り当てられた部屋に向かった。観光客向けの宿だけあり、清潔感を感じる綺麗《きれい》な部屋だ。

「今日は色々あって疲れたねー」

全く疲れてなさそうな声でアレニエさんが言う。

他の冒険者に襲われたり、一日中移動に費やしたりと、条件は同じなのになんでここまで差が出るんだろう……と、もはや一歩も動けない私はベッドに腰を預けながらぼんやり思う。

こういうのも経験の差、なのだろうか。今も彼女は、荷物を下ろしてすぐに部屋を出ようと

――……部屋を出る？

「アレニエさん……？　どこか、出かけるんですか？」

「うん。ちょっとここのギルドに顔出してくるよ。明日すぐ出発するし、噂《うわさ》とか聞けるの今夜くらいかなーと思って」

……本当に、私とそこまで変わらない体格で、どこにそんな体力が……

「それなら、私も……」

「ほんとにちょっとだから、リュイスちゃんは休んでていいよ。それじゃ、行ってくるねー」

それだけ言い置くと、彼女は足早に部屋を出て行ってしまう。

戸締まり、施錠の音。それから廊下を踏みしめる靴音が、トン、トン、トン、と階段を下りる足音に切り替わり、それも段々と遠ざかっていく。

一人残された私は、しばらく部屋の内装や、念のため荷物に目を向けるなどしていたが、安全だと評判の宿でそうそう盗人など現れるはずもなく、すぐに手持ち無沙汰になってしまう。

そうなると必然、今度は疲労による睡魔がまぶたを閉ざそうとやって来るもので……次第に、私は…………――

――ガチャリ。バタン。

「ただいまー」

「……はっ⁉」

耳に響いた物音と声に跳ね起きる。

目の前には、先刻部屋を出たはずのアレニエさんの姿。何か、丸めた紙状の物を手に握っている。

外出する前には持っていなかったはず。

（え……え……？　私、いつの間に……？）

どうやら座ったまま、気づかぬうちに寝入ってしまったらしい。前後の記憶があやふやだ。

「今のとこ、変わった噂はなんにもなかったよ。新しい勇者とか、魔王が復活とかはちらほら耳にしたけど、わたしたちはもう知ってるやつだしね。まあ、他に面倒ごともないみたいだから、旅する分にはありがたいかな」

寝起きの頭に後ろめたさも加わって、言葉の内容があまり頭に入ってこない。

「あ、ごめん。寝てた？」

「寝てな……！　……くはないです……」

何言ってるんだ、私。

「今の面白かったから、これあげる」

そう言うと、彼女は手にしていた紙をこちらに渡してくる。

受け取り、広げたそれは、簡略化された大陸の形状と、その内部の地形や国などの分布を絵に起こした図。つまり地図だ。

「地図ギルドが去年改訂したばかりの最新の地図。やー、危なかったよ。ほとんど全部売れちゃって、それが最後の一枚だったたって」

説明しながら、彼女は身につけていた鎧《よろい》を手早く脱いでいく。

〈シンヴォレオ未開地開拓協会〉――通称、地図ギルドは、『世界の全てを地図に収める』ことを目指す組織だ。名称は、千の耳と万の目を持つという契約の神が由来になっている。

目指すという言葉通り、その目標はいまだ達成されていない。危険を伴う魔物の領土での測量は難航しており、今も開拓は続いている。彼らに協力し、未踏の領域を調査することも、冒険者の重要な仕事の一つとされていた。

「寝る前に、これからの道順まとめとこうと思って」

私の隣に腰を下ろし、彼女は並んで地図を眺め始める。

「えーと、今わたしたちがいるのがここ、クランの街」

彼女は地図の左下、大陸南西部を示してからスーっと指を動かし、ある一点で指を止めた。

「で、例の人が見た、問題の場所がここ。だよね?」

「……はい」

指し示したのは、地図上中心から東側。この街から東北東にずっと進んだ位置に描かれた森林地帯、ラヤの森。

「真っ直《ます》ぐ行ければ早いけど、途中にペルセ川が流れてるからね。ちょっと迂回《うかい》して橋を渡って……」

ペルセ川は、この辺りの陸地を分断している長大な河川だ。川幅が広く、流れも速いため、安全に渡るには数か所に設けられた橋を使うか、海まで出て回り込むかになる。

「……だから、……の朝一番で街を………て……」

「……?」

ふと気づくと、それまでは普通に届いていたはずの彼女の声が、遠く、途切れ途切れになっていた。

どうしたんだろう……

……違う。途切れているのは、私の意識だ。

アレニエさんの穏やかな声が、耳に心地良く響く。

一度は去ったはずの睡魔がその声に誘われ、いつの間にか活動を再開していた。意識を失っては
また戻り、ふらふらと繰り返し舟を漕《こ》ぐ……

ぽすっ
「ん？」

（……あ、れ？）

ふらついていた頭を支えてくれる、ほのかに温かい感触。

「ふふ。ちょっと嬉《うれ》しいな、こういうの。妹ができたみたいで」

先ほどより近くなった声が、耳元をくすぐる。彼女の手が、私の髪を優しく撫《な》でるのも感じた。

これって……

（……私、アレニエさんに寄りかかって、る……？）

「でも、寝るならちゃんと横になったほうがいいかな。明日も早いし、先に寝ちゃってていいよー」

肩を借りた気恥ずかしさも冷めぬうちに、ふわりとベッドに寝かされてしまう。

もちろん、正直に言えば今すぐ眠ってしまいたい。身体は言うまでもなく、心のほうもまだ色々
処理しきれずクタクタだ。

だからといって私だけ先に寝るのも、これからの進路を任せきりにするのも……

「ダメ、です……私も、一緒、に……」

「じゃあ、その体勢のまま聞いててくれるかな。おねーさんが子守唄代わりに声に出して確認する
から」

あくまで私を休ませようとする彼女に、つい反発してしまう。

それは私を心配してくれてのことだとしても、同時に未熟さを突き付けられているようにも感じ

て……けれど……

昨夜の硬い地面とは正反対の、ふわふわとした柔らかな寝床。疲れ切った身体では抵抗もできず、もはや指先を動かす気力すら湧いてこない。

まぶたが、緩やかに落ちていく。意識も、もう半分以上、働いていない……

「……ここから橋……馬を急がせ…………くらい…………途中で……」

彼女の声もすでに先刻同様、途切れ途切れにしか聞こえなくなっていた。

ああ……ダメだ。頼りきりで申し訳ないとは思いつつも、襲い来る眠気に抗《あらが》えそうにない。

それに、今無理をして翌朝起きられなければ、結局は彼女に余計に迷惑がかかってしまう。

不甲斐《ふがい》なさを呑《の》み込み、無理やり摑《つか》んでいた意識を私は手放す。彼女の言う通り、きょうはこのままねむらせてもらおう……

「……橋の……にある、フェルム村で……して……」

ふぇるむ……？　あれにえさん、わたしのこと、よびましたか……？

すみません、いまは、とてもめをあけられそうになくて……でも、どうして、わたしのなまえの、むら……？

ふぇるむむら…………――――フェルム村……!?

「……!?」

混濁していた意識が急速に覚醒する。ベッドに預けていた上体を跳ね上げる。彼女は今なんと言った？

「あれ？　でもここ、今は廃村になってる？　……ん？　フェルム？」

アレニエさんも地図から目を離し、こちらに視線を向ける。

「リュイスちゃん……この村って、もしかして……」

少しだけ、口調に躊躇《ためら》いを覗《のぞ》かせる彼女に、私は内心の動揺を抑えつけながら言葉を返した。

「……はい。私の……故郷です」

# 18節　望まぬ帰郷

夕日に照らされた広場の一角。

辺りは一面繁茂した下草に占領され、長い間誰も足を踏み入れていないのが見て取れる。

奥には簡素な石碑のようなものが一つだけポツンと置かれており、下半分は周囲と同じように緑に覆われている。

風雨に晒《さら》され、所どころ掠《かす》れていたが、石碑の上部には短い文章が刻まれていた。


『フェルムの民、眠る』


（これ、誰が書いたんだろう……）

どうでもいい疑問が、頭を過《よぎ》る。

碑文が語る通り、ここは私の故郷フェルム村であり……この村の住人たちの、共同墓地だった。

石碑の下には私の両親も含めた、村の住人たちの遺体が収められている。この中に入っていないのは、今ではたったの一人。

手を組み合わせ、目を閉じて祈る。

村の皆が安らかに眠れるように。叶《かな》うなら、無事に『橋』を渡れているように。

それから――

祈りを終え、振り向くと、離れた場所で待っていたアレニエさんと目が合った。

「終わった？」

「……はい」

「じゃあ、行こっか」

彼女は広場に背を向け歩き出す。

私も続こうと足を上げかけたが、その前にもう一度石碑のほうに振り向き、その下の住人たちに視線を向けた。

（それから、ごめんなさい……）

胸中で謝罪し、私もアレニエさんを追って広場を離れる。

無人の墓地は静寂に包まれていたはずだが、私の耳には彼らの悲鳴が。怨嗟《えんさ》の声が。辺りに響き渡っているように感じられた。

＊＊＊

クランの街に宿泊した翌日、私たちは最短ルートであるフェルム村へ向けて馬を走らせた。

アレニエさんは別の進路も提示してくれたし、村に立ち寄らず野営するという選択もあった。しかし夜間の安全や今後の天候を考えれば、いくらかでも建物が、せめて屋根がある場所のほうが望ましい。

そもそも、私の個人的な感情で任務を遅らせるわけにもいかない。一刻も早く辿《たど》り着くためにもこのまま進むべきだ。そう、彼女に進言した。

……いや。私はむしろ、ここに来ることに固執していたのかもしれない。

理由をつけて彼女の申し出を断ったのは、故郷の今を知りたかっただけかもしれない。

アレニエさんは私の内心を知ってか知らずか、それ以上反対しなかった。

早朝から馬を走らせ、陽《ひ》が中天を過ぎたあたりで、私の故郷フェルム村に到着した。

そして、村の現状を目の当たりにする。

＊＊＊

建物はそのほとんどが破壊されたまま打ち捨てられていた。完全に倒壊しているものも少なくない。

村の生計を賄っていた田畑はどれも枯れ果て、雑草が生い茂っている。再び農地として使えるようにするのに、どれだけの労力がかかるだろう。

そして、かつては子供の遊び場や祭りの会場になっていた広場は、今や住人全員の共同墓地に変わってしまった。

誰もいない荒廃した故郷は、一見しただけでは自分の記憶と一致してくれない。

こうして見回っている今も、まるで別世界のように感じられてしまい、帰って来たという実感は湧かなかった。

村の惨状に思うところはあるものの、とりあえずは休める場所を探す必要がある。

見上げれば、にわかに暗い雲が出始めている。これから大きく崩れるかもしれない。降り出さないうちに雨風をしのげる建物を見つけておきたかった。

けれど多くが前述の通り倒壊していたため、思った以上に探索は難航した。

途中、おぼつかない記憶を頼りに自分が暮らしていた家も発見したが、他の建物と同じか、あるいはそれ以上に壊され、崩れていた。

（……私の家、こんなだったかな……）

生家を見ても、やはり実感は湧かない。

幼い頃の記憶とは変わり果ててしまったせいもあるが……いや、今はそれは置いておく。

夕刻に差し掛かるあたりで、他の家屋とは一回り大きさが違う建物に辿り着く。平屋ばかりのこの村には珍しい、二階建ての建物だ。

（ここは……確か、村長の家だったかな……村で暮らしていた頃もあまり立ち寄る機会はなかったけれど……）

周囲の柵や入り口は壊れていたが、その他の箇所は損傷が少ない。それにここには、厩舎《きゅうしゃ》もあった。

大まかに見回ったが、ここが一番建物としての機能を残しているようだ。少なくとも、雨風は問題なくしのげると思う。

「お邪魔します……」

誰もいないのは分かっているが、一言断ってから中に入る。

内部に生物の気配はなく、内装も風化しており、埃《ほこり》まみれだった。

各部屋や屋根を確認し、無事に使えそうな一階のリビングに荷物を下ろし、簡単に掃除をして寝床を整える。

その後、村の入り口に繋《つな》いでいた馬を厩舎まで連れてきた。これで少しは落ち着けるだろう。

リビングの暖炉（煙突は煤《すす》と埃だらけだったが、アレニエさんがなんか蹴って出した風で吹き飛ばしていた）に枯れ木を集め火をつけ、簡単に食事を取り、私たちは一日を終える。

最初の見張りは、私がすることにした。

実は先日の野営では結局朝まで眠ってしまったので、今回は自分が最初にやると強く主張したのだ。彼女は苦笑しながらも了承してくれた。

少しすると、目の前で目を閉じていたアレニエさんから穏やかな呼吸音が聞こえてくる。

スー、スー、と、静かな寝息を立てて眠る姿は、同性の私から見ても可愛《かわい》らしいと思う。この寝顔だけを見たら、冒険者としての彼女とは結び付かないかもしれない。

しばらく、ぼんやりとその様子を眺めていたが……

やがて私は静かにその場を立ち、彼女を起こさないように足音を忍ばせ、そっと出口に向かった。

＊＊＊

夜の空気は、思った以上に冷たいものだった。

先刻まで暖かい部屋の中にいたのもあり、余計に寒く感じてしまう。吐き出した息は白く染まっていた。

上昇する呼気を追いかけるようにして、私はすっかり暗くなった空を見上げた。

月が、星が、まばらに暗闇を照らしていたが、先刻より量を増した雲がそれらを度々遮ってもいた。

やはり明日の天候は芳しくないらしい。

「はぁ……」

怪しい雲行きに、自然と口からため息が漏れてしまう。

……いや、それだけじゃないのは、自分で分かっている。

私は、幼少時を過ごした故郷に帰ってきた。住人は誰もおらず、地図上ではすでに廃村となった村へ。

普通ならこんな時、どんな気持ちを抱くだろう。

悲しみ。寂しさ。懐かしさ。そういったものだろうか。

通常湧き上がるだろうそれらの感情は、けれど私の中には生まれてこない。

壊された自分の家を目の当たりにしても、それは変わらなかった。代わりに浮かび上がってくるのは……虚無感と、罪悪感。

「はぁ……」

再び、ため息がこぼれる。

「リュイスちゃん？」

「ひゃいっ⁉」

その声は、背後から聞こえてきた。

慌てて振り向くと、黒髪を夜闇に溶け込ませ、気配もなく無音でその場に立つ女性の輪郭が、少し離れた位置に浮かび上がる。アレニエさんだ。

彼女に驚かすつもりはなかったのだろうが、中で寝ているものとばかり思っていたので完全に油断していた。……心臓が飛び出るかと思った。

「外に出ていくのが見えたからさ。近くに魔物とかはいないみたいだけど、念のため」

「すみません、起こしてしまって……」

気をつけたつもりだったが、結局部屋を出る際に眠りを妨げてしまったようだ。

彼女は隣に来ると、つい先刻私がそうしていたように、雲に覆われつつある空を見上げる。私も釣られて、再度夜空を見上げた。

「雲が増えてるし、明日は降るかもね」

「そう、ですね……」

わずかな沈黙の後、気持ちに引きずられるように下を向いてしまう。

彼女は何も聞いてこない。私が黙って外に出たことを咎《とが》める様子もない。彼女なりに気を遣ってくれているのだろう。けれど……

しばらく顔を伏せたまま、夜風に頬を撫《な》でられていたが、やがて私は、自分から沈黙を破ることを選んだ。

「……何も、聞かないんですか？」

「何か、聞いてほしい？」

即座に、そう返される。

「……分かりません」

「わたしも、聞いていいのか分からなくて」

彼女も、どうするべきか迷っていたのだろうか。

「でも、もし、リュイスちゃんが話してすっきりするんだったら、聞くよ？　……隠し事抱えるのって、結構疲れるしね」

どこか実感がこもっているようなその言葉に、心が揺れる。

過去を、秘密を知られる恐怖。誰にも話せず抱え込む苦痛。

他人に知られるわけにはいかない。でも、誰かに全部話してしまいたい。

どちらが本心か、自分でも分からない。あるいは、両方とも本心かもしれない。

理性が覆い隠していただけで、水面下では常にせめぎ合っていたのだろう。その均衡が今、崩れていた。

もう、抑え込んでおけない。少しでもいいから楽になりたい。たとえ、その先で断罪されると分かっていても……

「……じゃあ、聞いてもらえますか……？」

正常な判断はできていなかったと思う。けれど一度流れ出した言葉は、もう、止まりそうになかった。

彼女の厚意に甘えるかたちで、私は胸に溢《あふ》れたものを吐き出し始める。

「……この村は、私が滅ぼしたんです」

# 19節　告解

フェルム村は王国内の食料を生産する農村の一つという以外、取り立てて見るところのない小さな村だった。

住人の多くが農民で、私の両親もその一員として働いていた。

二人は村に生まれ、村で出会い、大きな事件も障害もなく、平穏無事に結婚した。

特別なものなど何もない、ごく普通の夫婦。

その二人から生まれた私も同じように、平凡な村人の一人として、一生を終えるはずだった。

が、実際には、そうはならなかった。

特別ではない二人から生まれた私は、なぜか特別な力を持って生まれてきてしまった。

最初は皆、物珍しがっていただけ、だったと思う。

そのうちに、私の力でお金を稼ぐという悪魔の囁《ささや》きを、両親のどちらかが聞いてしまった。

ペルセ川流域に暮らす人の多くは、河川の女神、『水を持つ者』カタロスを信仰している。

両親は、私がカタロスの祝福を受けた御子だと噂《うわさ》を流し、加護を求める人々から金品を受け取るようになっていった。

見世物にされているうちは、まだ良かった。私の力は小さなもので、そこまで期待はされていなかったから。

問題は、私の力が時折、普段より強く現れることにあった。

不用意に何度か見せてしまったそれが、周りの大人たちにとってよほど魅力的だったらしい。味を占めた彼らは、それを使うよう何度も私に求めた。

けれどそれは自分の意思では扱えず、いつ現れるかも分からないものだった。使うように言われても、私にはどうにもできない。

業を煮やした両親は、次第に私に辛《つら》く当たるようになり……それがたまたま、力が強く現れるタイミングと重なってしまった。

きっかけになったと思ったのだろう。それ以降、両親、及び村人たちは、無理やり力を引き出そうと私に暴行を加えるようになった。

日に日に私は疲弊し、ただただ人々の仕打ちに耐え、言われたことをこなすだけの生き物になっていった。やがて感情は摩耗し、なんの反応も示さなくなった。

そんな生活がしばらく——どのくらいかはよく思い出せない——続いたある日。不意に強く現れた私の力は、村に迫る魔物の群れという危機を知らせてきた。

すぐに警告すれば、皆を避難させられたかもしれない。

けれどその頃の私は他人を、どころか自分をも、気にかけるような心が残っていなかった。やがて襲われるのは理解しつつも、焦燥も、恐怖も、何も感じなかった。

誰も知らぬままに魔物たちは現れ……村は壊滅した。

私は、何もしなかった。

外から助けを求める声が聞こえても。

両親が目の前で悲鳴を上げていても。

その悲鳴が、いつの間にか消えていたことに、気づいていても。

魔物はその後、近隣の村から知らせを受け到着した、アスタリア神殿の神官団が一掃した。
その時の神官の一人――クラルテと名乗る女性に私は保護され、彼女の養子として神殿に引き取られた。

＊＊＊

村から離れても心は擦り切れたままだったが、私は周囲の求めに唯々諾々《いいだくだく》と従い、神官としての知識や技術を学習していった。

法術に関しても学んだが、この時は授かることができなかった。

当たり前だ。法術が信仰心の――心の発露であるなら、それが動かない人間に授かれるはずもない。

＊＊＊

神殿に引き取られ一年が経過した頃、義理の親であるクラルテが総本山に呼ばれ、私も共に移る運びとなった。

総本山でもそれまでと変わらず、言われるままに教義を覚え、訓練を受ける毎日。

周囲から無遠慮な視線を向けられ、何事か言われることもあったが、それらは私の心に何も残さず、通り抜けていくだけだった。

連れられて来た身ではあっても、他の神官と同じように務めは果たさなければならない。その中に、市井の神殿や施設などへの慰問も含まれていた。

ある日私は、そうした慰問の一環で訪れた施療院で、死に瀕《ひん》した少女を診ることになる。

しかし……そこで私にできることは、何もなかった。

私の持つ知識や技術では苦痛を和らげることもできず、ただ最期を看取るしかできないのだと、理性は冷静に理解した。

まだ幼いその身から、少しずつ命の気配が失われてゆくのが、触れた手から伝わってくる……その実感は私の胸に暗い穴を開け、内側から何かがこぼれ落ちていった。

何がこぼれているのか、初めは分からなかった。だってそこにあるのは、もう動かないはずの――動かないと思っていた、私の……

気づけば私は――私の心は。その死に抵抗するように、激しく動いていた。

記憶が混濁してはっきりとは憶《おぼ》えていなかったが、私は目の前の命を繋《つな》ぎ止めようと、必死に治癒を続けていた（法術もこの時授かった）らしい。

――結局、この施療院で私に開いた穴は、自力で塞ぐことはできなかったが。

＊＊＊

感情を取り戻した私は、少しずつ普通の生活が送れるようになっていった。

けれど心が動き始めたことで、同時に気づいてしまった。……この総本山に、私の居場所などないという、どうしようもない現実を。

私がこの最高峰の神殿に所属しているのは、例の力の保護と管理も兼ねていたからだ。

私自身、誰かに悪用されるのを恐れたし、一方で力を授かったことには意味が、責任があるとも思った。適切に役立てられるなら、そうすべきだと。

しかし経緯を知らない他の神官にとって私は、実績もなく、家柄もない、正体不明の異分子でしかない。所属の大半を占める貴族。実力で選ばれた平民。そのどちらにも受け入れられないまま、彼女らと寝食を共にせざるを得ない。

なのに、ここにいる理由を明かすことはできず、ここを出ることも許されない。抜け道のない閉塞感を抱き続けて、この場所で生きていくしかない。

そして徐々に……村での記憶が、私を苛《さいな》むようにもなっていった。

忘れたことはなかった。

けれど、感情を失っていたそれまでの私は、過去を気に留めようとしなかった。

蓄積されたそれを、取り戻した心は否応なく直視させる。罪の意識は日ごとに増大していく。

「貴女《あなた》に責任はない」と司祭さまは仰《おっしゃ》ってくれたが、それは私の事情を知っているから――家族だから、そう言うしかなかったのだと思う。何より私自身が、私を受け入れられない。

私は咎《とが》められるべき罪人で、償うために生きなければならない。

誰も助けられなかった私は、今度こそ誰かを助けなければならない。

自責と強迫観念を抱えながら、誰にも受け入れられずに生きてきた私にとって……今回の任務は、アスタリアからの啓示のように思えた。

『世界を救う勇者を助ける』という最大級の善行を為《な》せたなら、私の罪も、幾許《いくばく》かの許しを得られるかもしれない。

その功績を持ち帰ることができれば、もしかしたら皆に、認められるかもしれない。

あるいは、それが叶《かな》わなかったとしても――

# 20節　瞳と表情と

話し終え、俯《うつむ》き、視線を彷徨《さまよ》わせる。

自身の罪を告白するのは苦痛ではあったが、吐き出すほどにそれが和らいでいくようにも感じていた。神殿に告解に来る人が後を絶たないのも、今なら理解できる。

「……こんな話を聞いていただいて、ありがとうございました」

私が抱えていたつまらない事情。他人に聞かせる価値も無いどうしようもない話。

ここまで聞いてもらっただけでも感謝しているし、その代償が軽蔑だとしても仕方がない。覚悟しながら、顔を上げる。

そうして私の目に映し出されたのは、けれど蔑視ではなく……何かを考え込む様子で俯く、彼女の姿だった。

「……今の話に、色々言いたいこともあるんだけど……それとは別に、ちょっと聞いていいかな」

「……はい」

言いたいこと。そんなもの、糾弾以外に思いつかないが、あからさまに侮蔑されなかっただけでも安堵《あんど》してしまう。宣告が先延ばしにされただけかもしれないが——

「つまり……例の『目』の持ち主は、リュイスちゃん、ってことで、いいのかな」

沈黙する。

「……どうして、そう思うんですか？」

それは、ほとんど肯定したも同然の問いだったが。

「最初の違和感は、初めて会った時かな。リュイスちゃん、『〈流視《りゅうし》〉を知っている人間は神殿でも限られる』って言ってたよね。なのに、階級が低いはずのリュイスちゃんが知ってたのは、なんでだろう、って」

「……そんな、初めの頃から？」

「その時は、ちょっと疑問に思った程度だけどね」

「それなら……」

いつ、何をきっかけに……？

「少なくともただの下級神官じゃない、って確信したのはその後。あのなんとかくんを斬ろうとしたのを、リュイスちゃんが止めたからだよ」

「……ジャイールさんとの決闘の、最後……？」

「そ。その最後の一撃。使うのに、色々条件もあるんだけどね」

「条件……？」

「初めて見せる相手であること。相手を守勢に回らせること。そして、相手がそれでも反撃してくる程の技術を持つ、手練《てだ》れであること」

一本ずつ指を立てながら、彼女は言葉を紡ぐ。

「まぁ、魔物や魔族は技を磨いたりしないから、使う相手は主に人間の剣士だね。人殺しの剣なんて誇れるものじゃないし、いつでも使える訳でもないけど……条件さえ満たせば、〝誰もかわせない〟」

剣士殺しの、必殺剣……

「だから使うのは、相手を本気で〝斬る〟って決めた時だけ。目の前の相手はもちろん、傍《はた》から見てたとしても、仕掛けに気づくのは剣を振り切ってからになる。たとえそれが、どれだけの達人でもね」

私は今さら自身の迂闊《うかつ》さに気づいたが……同時に疑問が、そして——こんな状況だというのに——好奇心が湧いた。

「それは……相手が、〈剣帝〉さまだったとしても？」

「……やっぱり、リュイスちゃんは面白いなぁ」

彼女はなぜか少し嬉《うれ》しそうな、それでいて挑戦的な笑みを浮かべる。

「もし観察してたのが〈剣帝〉でも、技を出す前には見切れない。実際にやり合っても、完全に初見なら当てられる。まあ、そもそも〈剣帝〉相手じゃ、使える状況まで持っていくのが難しいだろうけど、ね」

自信があるような冷静なような。

「私が、どこかで同じものを見聞きしていた可能性は……？」

「それはないよ。だってあれ考えたの、わたしだし」

「——」

「《透過剣《とうかけん》》、って、わたしは呼んでる。今まで初見で防げた相手はいないし、誰かに教えたこともないから、多分、誰にも伝わってない。初めて見せた時はとーさんにも通じた実績があります。そもそもとーさんに一発入れるために考えたんだけどね」

あぁ、だから剣士相手の技……

「つまりリュイスちゃんが止めたのは、誰も知らないはずの技。ううん、知っていたとしても、普通の『目』なら気づくのも難しい技。それを、あなたは〝振り切る前に〟止めてみせた」

「……」

「それに、あの時リュイスちゃんが呼んだのは、わたしの名前だけ。わたしだけを止めようとしてたよね。単純に、あの時は彼の名前を知らなかったのもあるだろうけど……今の話聞いてようやく、リュイスちゃんと例の『目』が繋《つな》がった。あの時のリュイスちゃんには、わたしたち二人の動きの流れが。その流れの行きつく先が。全部見えていたんじゃない？」

ここで私は、はぐらかすのを諦めた。

「……はい。ご推察の通りです」

まだ躊躇《ちゅうちょ》しながら、けれどはっきりと肯定する。

物事の流れを見る瞳、〈流視〉を持つ者は、私、リュイス・フェルムであると。

「どうりで、いろいろ詳しいわけだ」

「はい……当たり前ですよね。私自身が、持ち主なんですから」

「じゃあ、普段神殿から出ないっていうのも？」

「出ない、というより、出られない、ですね……必要時以外は、外出も制限されていますから」

「他に知ってるのは、あの人だけ？」

「それと、教主さまを含む数人だけです。公にならないよう、司祭以上で信用の置ける方だけに打ち明けています。その中で、長期に亘って神殿を空けても問題のない、身軽な立場の者は、私しかいませんでした」

だから私自身が依頼人となり総本山を離れることを、特例として許可してもらった。

「あの人は、反対したんじゃない？」

「……猛反対されました。私では、命を捨てに行くようなものだ、と。といっても司祭さまも、旅に出るのを周囲に反対されてしまったので……」

「その辺は、最初に説明してた通りなんだね。……そういえば、例の、貴族の司祭には？」

「ヴィオレ司祭には、明かしていません。ですが、私の不自然な経歴や、クラルテ司祭との関係性は、元々疑っていたのかもしれません。……もしかしたら、この『目』のことも」

「だから、狙われた？」

「……結局、彼女の関与は推測でしかありませんが……本当に関わっていたとしても、なんらかの確信がなければ、実行にまでは移さなかったと思うんです。ただ、詳細までは、調べられなかったんでしょうね」

「リュイスちゃんの扱いは、『生死を問わず』、だったもんね」

「ええ……〈流視〉の力を把握していたなら、おそらく私を生かして捕らえ、利用しようとするでしょうから」

「ここの人たちと、同じように？」

「……」

それは、私と私の『目』を知る者皆が、危惧し続けてきたことだ。

知られれば、私の両親のように囁《ささや》きに耳を傾ける人が必ず出る。今度は、金銭欲に留まらないかもしれない。だから今も、認めることに抵抗があった。

とはいえアレニエさんに話したのは、彼女なら悪用はしないと判断したからでもある。

依頼を懇願した時、それにジャイールさんたちに報酬を渡す際も、彼女は金銭に執着を見せなかった。少なくとも、それが理由で分別を失いはしないだろう、と。

「……この村で穏やかに暮らせていた頃も、確かにあったんです。それがあった、という記憶しか残ってなくて、具体的な思い出も、実感も湧かないんですけどね。なのに……おかしいですよね。皆が〈流視〉に目が眩《くら》んでからの、忘れてほしい記憶のほうは、忘れてくれないんです」

「うん」

「痛くて、苦しくて、悲しくて……でも、段々それに慣れて、薄れていって……そのうち何も、感じなくなって。感じなくなったのに、何があったのかは、憶《おぼ》えてる」

「うん……」

「先ほどの見立ては、正しいです。ジャイールさんとの決闘で、私には二人を見ていることしかできなかった。だから、この『目』で見たんです。アレニエさんの推測通り、二人の動きも、その先でジャイールさんが死んでしまう未来も、全て、見えていました」

その未来は、かろうじて止めることができたが──

「この村を魔物が襲った時も同じです。何が起こるのか、私には全部見えていた。村の皆が、両親が、その先でどういう目に遭うかも、予《あらかじ》め知っていた。なのに私は……それを、誰にも知らせなかった……」

「……」

「だから、村が滅んだのは私のせいなんです」

私は自嘲の笑みを浮かべた、つもりだったが……本当に笑えていたかは、分からなかった。

ここは、私の辛《つら》い記憶の象徴だ。

両親に、村人に虐待され、心身共に衰弱し、最後は魔物に蹂躙《じゅうりん》される様を、見ていることしかできなかった。

故郷に帰ってきたのになんの感慨も湧かないのは、そのせいだ。そもそもどんな感情を向ければいいのか、私自身、分からない。

けれど同時に、そこに住んでいた皆が命を奪われた事実を、見て見ぬふりもできない。警告さえしていれば、犠牲者はもっと少なかったかもしれないのだ。

私が眼前の死に怯《おび》えるようになったのは、彼らを見殺しにした罪の意識から、だろうか。

あの施療院で感情を取り戻して以来、目の前で命が失われるのが、怖くて堪《たま》らない。

相手が助かるまで、この胸の衝動が収まるまで、全て顧みずに動くようになった。

これは、善意なんかじゃない。

誰かの死に傷つくのは誰よりも自分で、そんな自分を守るために他人を助けようとしているのだ。浅ましい自己満足だ。自分自身に嫌気が差している。

だから私は、この任務を――

「リュイスちゃん、時々そういう顔してるよね」

「……？」

その言葉は唐突で、私は初め、理解できなかった。

「今みたいな表情、わたしなんでか見覚えあってさ。それ見てずっともやもやしてたんだけど……やっと思い出したよ。わたしのかーさんと同じなんだ」

「……アレニエさんの、お母さん、と？」

「そう。かーさんが…………死ぬ時の顔と」

「っ――」

喉元に、刃《やいば》をねじ込まれたように感じた。

「ううん、それだとちょっと違うか。死ぬのを覚悟してる顔、って言えばいいのかな。これから命を落とすって分かっていて……それを、受け入れてる顔。そんな顔する理由はさっき聞いた過去と、神殿での今の生活、だよね」

「……」

「だからリュイスちゃんは、自分より他人を助けようとする。自分の命はどうでもいいと思ってるから」

「そん、な、ことは……」

「だからリュイスちゃんは、この任務に志願した。『勇者を救うっていう善行のため』。『成功すれば周りに認められる』。それも嘘《うそ》じゃないんだろうけど、一番の理由は……失敗したとしても、今の状況からも過去からも、逃げられるから」

「……」

「捨てに行くような、じゃない。リュイスちゃんは、本当に命を捨てに来たんだ」

# 21節　前を向いて

「………私、は……」

動揺を押し隠し、かろうじて否定しようとするが……私の声は、震えていた。

「……私の命は、司祭さまに救われたもので、カタロスの加護まで授かっています。私の勝手で、粗末に扱っていいものではありません」

――嘘《うそ》だ。私は自分の命に価値を感じていない。

「それに私は、仮にもアスタリアの神官で、アスティマの悪を否定する立場です。最大の悪である死を受け入れるなど、決して許されません。まして、自分からそれを望む、なんて……」

――嘘だ。私は神官を名乗るに値しない。今も虚偽を重ね、さらに罪を重ねようとしている。彼女の指摘通りに。

外からは疑念と侮蔑、内からは罪悪感に苛《さいな》まれ続ける私の日常。

心はそれに耐え切れず、さりとて抜け出す道も見出《みいだ》せない。この先、司祭さまの改革が成し遂げられたとしても、私の状況が大きく変わることはないだろう。それはきっと、私の命が尽きるまで。

けれど神官である以上、『死』に逃れることはできない。それは教義に背き、自ら悪に首《こうべ》を垂れる大罪だ。〝自分で自分を殺す〟など許されない。何より……

私を救い、家族になって下さった司祭さま。

これからその才覚をさらに発揮し、より多くの人を救うであろう彼女に……私という汚点を、死の穢《けが》れを、一生涯背負わせる。……そんなこと、できる、わけがない。

だから、今回の任務は天啓だと感じたのだ。私の手が届く最大の善行を成し遂げ、なおかつ司祭さまの名に傷を残さずに逝くことができる、この道筋を。

そんなものに巻き込んでしまう相手だけが気懸かりで申し訳なかったけれど……だからこそその相手は、依頼の達成と無事の生還を両立できる、強者《きょうしゃ》が必要だった。アレニエさんなら、きっと――

「分かった。リュイスちゃんがそう言うなら、もう言わない。だから話を元に戻すね」

「……元？」

「さっきの話を聞いた、感想」

「ぁ……」

ああ……そうだった。私の過去の断罪は、先延ばしにされていただけだった。

けれど、軽蔑され、罵倒されるのも承知で、全て吐き出したのだ。何を言われたとしても――……はい、大丈夫ですアレニエさん。覚悟は、できています。

「あのさ。この村が滅んだのって――」

そうです……滅んだ原因は私にあ――

「――別に、リュイスちゃんのせいじゃなかったよね」

「――……う？　……え？」

思わぬ言葉に、俯《うつむ》いていた顔を跳ね上げる。

「いや、ほら。話を思い返してみても、リュイスちゃんが悪いとこ、特になかった気がするんだけど」

「え……え？　や、だって……」

「だってリュイスちゃん、魔物が襲って来るのを『見た』だけなんでしょ？　別に魔物を呼び寄せたわけでもないし。なら、なんの責任もないよね？」

「わ、私は、村が襲われた時、何もしなかったんですよ。ちゃんと伝えていれば、皆、逃げられたかも、しれなくて……」

反射的に反論する（なぜ反論してるのかは自分でもよく分からない）が、予想外の反応にしどろもどろになってしまう。

「しなかったんじゃなくて、できなかったんでしょ？」

「そ、れは……」

「しかもそんな状況にしたのも、村の人たちなんでしょ？」

「……はい……」

「ならそんなの全部、自分たちのせいだよね。自分の命は自分で守るものだよ。わたしは冒険者だから、なおさらそう思うのかもしれないけど」

冒険者なら確かに、最低限自身で身を守れなければいけないのだろう。彼らは――他に選択肢がなかったとしても――自ら危険を冒す道を選んだのだから。けれど……

「……私は、そこまで割り切れません。村には、戦えない人のほうが多かった。なら、加護を授かった私が、皆を助けるべきだった……助けられた、はずなんです。なのに、私は……！」

「あのー、リュイスちゃん。もしかしてさっきからわざと言ってる？」

「……？　何を、ですか……？」

「リュイスちゃんだって、助けられる側じゃないの？」

「――」

私、が……？

「それとも、ほんとに気づいてなかった？　ちょっと変わった『目』は持ってても、その頃のリュイスちゃんはただの子供だったんでしょ？　力のあるなしで言えば、周りの大人の方がよっぽど戦えたはずだよ」

そんなの、考えたこともなかった……

「まあ、仮にその頃のリュイスちゃんに戦える力があっても、同じことだと思うけどね。村の人全員の命なんて、子供一人に預けていいものじゃないよ。それにその加護だって、別に無理に使わなくていいと思うけど」

「加護を、使わなくても、いい……？」

「元は神さまから貰《もら》ったものでも、今はリュイスちゃんの力の一つでしかないでしょ？　使う使わないはリュイスちゃんが決めていいし、誰かを助けるのが義務、みたいに思わなくていいんじゃないかな」

「……」

「そもそも神さまが加護をくれるのだって、気に入った子に気紛れであげてるだけだよ、きっと。だから、そんなに深刻に受け取らなくても――」

言葉に詰まる。

彼女の言葉は終始なんの気なく、ただ感じた想《おも》いを口にしているだけのようだった。

だからこそそれは、同情や口先だけの励ましなんかじゃない、彼女の本心だと感じられる。

厚意に甘え、過去を吐露したが、慰められるのを期待していたわけじゃない。むしろ先に覚悟していた通り、非難されるとばかり思っていた。

悪いのは私で、村人は被害者だと。

彼らが生きていれば、私を恨んでいるだろうと。

それなのに彼女は、私は悪くないと言う。村の皆が死んだのは、彼ら自身の責任だと。当たり前のように。

「――」

視界が、急に開けた気がした。

雲に閉ざされていた月が顔を覗《のぞ》かせ、差し込む光に暗闇が霧散していく。晴れた視界の先には、月明かりにほのかに照らされた、アレニエさんの姿――

「えっ」

不意に彼女が驚きの声を上げ、なぜかこちらを窺《うかが》うように視線を向けてくる。

「や、あの、責めてるつもりはなかったんだけど……うあー……」

「……あ、れ？」

いつの間にか私の頬を、水滴が――両の目から流れる涙が、こぼれ落ちていた。


私は、きっと待っていたのだと思う。見知らぬ誰かに罪を否定され、許される時を。――そんなことはありえない、と諦めながら。

知り合ったばかりの彼女がこんな風に言ってくれるなんて、だから想像もしていなくて……

思い返せば、司祭さまも同じように言って下さっていたのに、私はそれを、身内としての気遣いや贔屓目《ひいきめ》からだと、無意識に撥《は》ね除《の》けていた。素直に受け止められない程、視野が狭まっていた。

けれど、今は――

「……その、わたしから話聞くって言い出しといて、泣かせちゃダメだよね。ごめん、リュイスちゃん」

「……いいえ……いいえ」

フェルム村が滅びた原因が私にある、という思いは変わらない。少なくとも、救えたかもしれない命を救えなかったのは、事実だ。

きっと私はこれからも過去を悔い、思い悩む。抱え続けた後悔は、簡単には消えてくれない。

けれど司祭さま以外にも、私を許し、受け入れてくれる人がいた。それがたとえ、彼女一人だったとしても。

神が触れる手を失ったこの世界に、人が望むような奇跡は起こらない。

しかし、そうと知った上でなお、この出会いは私にとって奇跡に近しい。信じられない程に嬉《うれ》しい、かけがえのない一人だった。だから――

「――ありがとうございます。アレニエさん」

だから、私は笑顔で感謝を告げる。

涙を流しながら微笑《ほほえ》む私に、初めは驚いた顔をしていた彼女も、次には優しく笑いかけてくれる。

「少しは、すっきりした？」

「はい……もう、大丈夫です」

死者は帰ってこない。私の罪が消えることはない。

それでももう、死に逃れようとは思わない。今からでも、ほんの少しずつでも、前を向いて生きていきたい。私の勝手で命を粗末にできないと、今度こそ、心から思える。

屋内に戻ろうと踵《きびす》を返すアレニエさんを追って、私も前に、歩き出した。

# 幕間5　ある二人の司祭

バンっ!!

と乱暴に、最高峰の神殿に似つかわしくない大きな音を響かせ、目の前の扉が開かれる。

開けたのは、ここ、総本山の聖服に身を包み、輝く銀の長髪を腰のあたりまでなびかせた、一人の美しい女性司祭。

彼女こそは、数多《あまた》の魔物を自身の拳で打ち倒し浄化させてきた、先代の英雄。〈聖拳〉、シスター・クラルテ・ウィスタリアその人だった。


あ、申し遅れました。

わたし、王都上層の治安維持を担う聖騎士を務めています、ティエラ・ヘラルディナと申します。

聖騎士は、貴族出身であり、総本山の神官資格も必要という狭き門で、こう見えてわたしも一応エリートだったりします。出番はここだけですが以後お見知りおきを。


「な、なんですか、貴女《あなた》がたは……せ、聖騎士!? それに、シスター・クラルテ!?」

クラルテ司祭を呼び止めようと前に進み出たのは、側仕《そばづか》えと思《おぼ》しき神官の少女。しかし相手の正体を知ると共に硬直し、その足を止める。

「――どういった用向きですか、シスター？　シスター・クラルテ・ウィスタリア」

代わりに口を開いたのは、この部屋の主《あるじ》、ヴィオレ・アレイシア司祭。紫紺の髪を短く切り揃《そろ》えた、冷たい印象を抱かせる二十代ほどの女性。やや乱暴に開かれた扉にも動じず、手にするカップを静かに傾ける様は、場違いなほどに優雅だった。

「私がなんのために足を運んだのか、貴女なら察しがついているのではありませんか？」

「さあ。なんのことでしょう」

ヴィオレ司祭はあくまで落ち着いた態度を崩さない。その様子にクラルテ司祭は見るからに苛立《いらだ》ちを深め、そして苦労して静める。

「……でしたら、はっきりと宣告しましょう。——ヴィオレ・アレイシア司祭。貴女には、シスター・リュイス謀殺の容疑が掛かっています」

その宣告に真っ先に反応を見せたのは告げられたヴィオレ司祭ではなく、側仕えの少女のほうだった。

「どう、して……いえ、な、何を根拠に、そのような……？」

クラルテ司祭は少女を一瞥《いちべつ》してから、部屋の入り口に向かって声を掛ける。

「クロエ」

「はい」

名を呼ばれ、入り口から新たな人物が進み出てくる。

一人はわたしと同じ、騎士団支給の鎧《よろい》に身を包んだ聖騎士。

その彼女に連れられてきたのは、動きやすそうな皮鎧を身につけた若い男だったが、今は上半身を縄によって縛られている。

「あ、なたは……」

「悪いな、姐《ねえ》さん。全部喋《しゃべ》っちまった」

男は側仕えの神官を『姐さん』と呼び、彼女はそれに絶句する。その反応を目にし、クラルテ司祭が語調を強める。

「今の言葉通り、全て調べはついています。彼を経由して下層の冒険者に依頼し、シスター・リュイスを手にかけようとした、貴女たちの企《たくら》みは」

「……なるほど。言い逃れは意味が無いようですね。ここまで迅速に調べ上げるとは、さすがに予想の外でした。ですが、それがどうしたと言うのでしょう？」

「……なんですって？」

「私の望みは、総本山をあるべき姿に戻すこと。ならば平民の神官など、一人でも多く減るのに越したことはありません」

「貴女っ……！」

「そ、そうですよ、シスター・クラルテ。この地は、世界で最も貴き神殿。本来なら、あのような得体の知れぬ平民が勤められる場所ではありません。ましてや、貴女のような英雄が相手にする価値など――」

「……っ！」

側仕えのそれは、ヴィオレ司祭の追い風に乗ったか、あるいはなんらかのフォローのつもりだったのかもしれない。

しかし、彼女らの言葉を耳にしたクラルテ司祭は、拳を強く、血を滲《にじ》ませそうなほど強く握り……そのまま静かに右拳を構え、一言だけ、小さく呟《つぶや》く。

「――《プロテクション》」

その名を唱えると共に、巨大な光の盾が彼女の右腕の先に現れ……流れるように突き出された拳と共に直進する。

「ひっ……!?」

ゴォっ！

と、唸《うな》りを上げた光の盾は、側仕えの少女に当たる寸前でピタリと停止する。さすがに直撃させるのは思い留《とど》まってくれたようだ。しかし盾に圧《お》された空気は風を起こし、少女だけではなく、その先にいるヴィオレ司祭の髪や服まで揺らす。

「はっ……！　はっ……！　はっ……！」

側仕えの少女はその場にペタリと座り込む。現存する英雄の怒気を間近で受けたからか、全身に冷や汗を浮かべ、呼吸を荒くしている。

「貴族に取り立てられて十年が経《た》つというのに、貴女の野蛮さは変わりませんね。憤怒の悪魔に囁《ささや》かれましたか？」

一方のヴィオレ司祭は余裕を崩さない。が、彼女の手にするカップが、わずかにカタリと音を鳴らしたのに私は気づいた。

「……これは私の怒り。怒るべき時に怒ることは、断じて『憤怒』の囁きなどではありません。私は――」

盾を消失させ、改めてヴィオレ司祭に向き直った彼女の様子が、そこで一変する。

「――あたしは、娘の命を狙われて黙っていられるような親には、なりたくない」

「娘……本当に、それだけですか？」

「……他に何があるっていうのよ」

「……まぁ、いいでしょう。素直に答えてはくれなさそうですし、これ以上貴女を怒らせるのも得策ではないようですしね。……そこの聖騎士の方」

「は、はい？」

「私たちを捕縛するのでしょう。彼女が本当に暴れ出さないうちに、どうぞお連れくださいな」

「あ、はい」

促され、私は彼女たちの持ち物を簡単に検査する。ここで逃げ出せば立場がさらに悪くなると自覚しているからか、両者共に素直に応じる。

「……なんでこんなバカな真似《まね》したのよ。あんたなら、真っ当な手段でいくらでもやりようがあったでしょうに。弟子を勇者の守護者に推挙したのだって、その一環じゃないの？」

「何を言うかと思えば。貴女がいたからですよ、シスター・クラルテ」

「……あたしとあんたが対立してるのは、今に始まったことじゃないでしょ」

「ええ。ですが貴女がこの争いに勝利し、司教となれば、今以上に強い発言力を得ることになります。ならばいずれ、改革は成し遂げられてしまう。それを防ぐ最後の機会こそ、此度《こたび》の選挙だと私は見ていました。それにおそらく、弟子が――彼女が無事に功績を持ち帰ったとしても、私の支持が貴女を上回ることは難しかったでしょう」

「だから今回みたいな強引な手段に出たって言うの？　あたしを買い被りすぎてない？」

「貴女はもっと、自身の特異さを自覚すべきです。現存する英雄であり、二つの身分を持つ貴女は、それだけで人々の耳目を集める存在なのですから」

「あたしが支持されてるのは、それだけ今の総本山に不満が募ってる証拠でしょう。あたしも同じよ。アスタリアは誰の祈りも聞き入れるし、『橋』だって誰もが渡れると思ってる」

「私は、相応《ふさわ》しいのは最上の供物のみと考えます」

「……ほんっっと、あんたとは話が合わないわ」

「ええ。その点に関してだけは、気が合いますね」

そうして悠然とした態度を崩さないヴィオレ司祭と、かなり憔悴《しょうすい》した様子の側仕えの少女は、連れ立って部屋の出口に向かう。が。

「あぁ、そうです。最後に、一つだけ」

「何よ。まだ何か――」

「……貴女の〝娘〟を手にかけようとしたこと。それだけは、謝罪します。シスター・クラルテ」

その一言だけを残すと、ヴィオレ司祭は率先して部屋を出ていってしまった。慌ててクロエが側仕えと冒険者の男を連れ、後を追いかける。

わたしもそれに続こうとしたところで。

「……なんで、今さらそれだけ謝るのよ」

クラルテ司祭が複雑そうに声を漏らすのが耳に入る。それはおそらく、一代で貴族となった彼女には理解しづらい事情だろう。

「貴族は血筋を守ることで権力を得てきましたからね。そこだけは、本当に悪いと思ったんじゃないでしょうか」

「血は繋《つな》がってないわよ、娘とは」

「知識や技術の継承も、血統を守るようなものですよ。血だけが繋がっていても、子供に全て受け継がれるとは限らないんですから。……っと、それじゃ、わたしは彼女らの護送を手伝ってきますね」

「……ええ。お願いね、ティエラ」

「任されました！」

そうしてわたしが部屋を出る間際。

「……ユイス……無事で……」

漏れ聞こえたクラルテ司祭の呟きは扉を閉める音に重なり、やがて総本山の静謐《せいひつ》さに溶け込み、消えていった。

# 幕間6　ある勇者の困惑

「――領主さまは大変多忙なため、勇者さまといえど急な面会はお取り次ぎできかねます。申し訳ありません」

旅の途中で立ち寄った、パルティール王国のオーベルジュ領。その領主の屋敷を訪ねたぼくは、扉から出てきた侍女と、その傍《そば》に控える衛兵たちに、すげなく追い返されていた。

「まったくどういうつもりなのでしょう！　勇者さまの訪問を断るなど！」

宿への帰り道で、アニエスが人目も憚《はばか》らず怒りを露《あら》わにし、シエラがそれを宥《なだ》めていた。

「まあまあ。落ち着いてくださいアニエス。……しかし、確かに妙ですね。街の人たちの歓迎ぶりとは裏腹に、領主側はこちらを煙たがっているようにさえ感じられます」

「ああ、実際きな臭いぜ。ただの領主の屋敷にしては兵が多かった。私兵を集めてるって噂《うわさ》は本当かもな。神殿建設のための増税ってのも――」

エカルの言葉に、先ほどまで怒りを振り撒《ま》いていたアニエスも頷《うなず》く。

「街を見回った限り、新しい神殿を建てている様子はありませんでした。その税金も、もしやどこかと戦をするための資金として集められているのでは？」

「つっても、どこと戦うっていうんだ？　確かにここは王都からの目も届きにくい僻地《へきち》だが、だからって反乱でも起こそうってのか？」

「それは……分かりませんが」

「さて、どうしますか、アルム？」

シエラが、ここまで黙っていたぼくに話を振る。彼女の瞳を見返しながら、ぼくは言葉を返した。

「夜まで待とう」

＊＊＊

「忙しいのが会えない理由なら、仕事が終わった時間に行けばいいよね」

そんな理屈をつけて、暗闇の中、家々の明かりを頼りに、ぼくたちは再び領主へ直談判《じかだんぱん》するべく、屋敷へと歩を進めていた。

「今度は引かないよ。夜なら衛兵の数も減ってるだろうし、多少強引にでも乗り込んで話を聞いてもらうんだから」

意気込むぼくに苦笑しつつも、みんなついてきてくれる。もう少しで目的の場所へ到着するというところで……

（……？　なんだか、様子がおかしい……？）

領主の屋敷から、物音や怒号、悲鳴のようなものが聞こえた気がして、胸騒ぎを覚えて足を速める。

昼間も訪れた建物の表門。その時との違いは、夜の闇を照らすためのランタンが灯《とも》されていることと……そこを護《まも》る衛兵の姿がないことだ。扉も開け放たれていた。

「……」

みんなと頷き合い、慎重に扉を潜《くぐ》る。何が起こっているのか確かめなければ……

そう思って踏み込んですぐに目についたのは……床に転がった魔物の死体、だった。

「……！」

人間と似た姿形で、人間より低い背丈の、緑色の肌の魔物——ゴブリン。

なぜか衛兵の鎧《よろい》を着たそのゴブリンの死体が、廊下を埋め尽くさんばかりに広がっている。

「これは、一体……」

普段冷静なシエラも、この状況に混乱している。ぼくも同じ気持ちだ。それでも、とにかく進まなければ何も分からない。

「……行ってみよう」

死体が散乱する廊下の先には、明かりの漏れる部屋が待っていた。ネームプレートには『執務室』と書いてある。領主さんがここにいるのだろうか……

意を決して開けた扉の向こうに見えたのは——

昼間の訪問時にぼくらを追い返した侍女が意識を失い横たわり、領主と思《おぼ》しき妙齢（二十四、五歳くらい）の女性が身体《からだ》を上下に分かたれた姿と。

それらの元凶と思われる、長身で筋肉だらけの大男と、フードを目深に被《かぶ》った細身の男性が、こちらを興味深そうに眺めている光景だった——

# 22節　百年に一度の前線

夜が明けて。

宿泊場所として借りた村長の家で朝食を取ってから、私はもう一度共同墓地に向かい、祈りを捧《ささ》げた。

昨日は聞こえた気がした怨嗟《えんさ》の声は、今日は耳に届かなかった。

無事に祈りを済ませ、私たちはフェルム村を出発する。

次の目的地は、川の向こう岸にある街、エスクード。隣国、エステリオルの領地の一つだ。

そこを越えれば、目的のラヤの森まではもう間もなくだった。

空は昨日に引き続き雲がかかっているが、幸いまだ降り出してはいない。

今のうちにと馬を走らせ、昼頃にはペルセ川を横断する橋の一つ、アクエルド大橋に辿《たど》り着く。

「……」

しばし言葉を忘れ、目の前の光景に見入る。

長大な河川とは聞いていたが、向こう岸が見えづらいほどの幅を持つ川は、私の普段の生活圏ではまず見られない。

そこに架けられた橋はアーチ状の石橋。幅広く、頑丈に組み上げられており、荷を積んだ馬車の荷重にも耐えられるらしい。私たちも騎乗したままで問題なく渡れるはずだ。

それからしばらく、お互い無言で馬を走らせ、橋を駆け抜ける。

風を受けながら進むわずかな息苦しさと、馬から伝わる振動。

そこに、ぽつり、ぽつり、と、小さな雫《しずく》が顔に当たる感触が加わり始める。

「あ……」

「あー、降ってきちゃったかぁ」

今は降り始めなのでまだいいが、地面が濡《ぬ》れれば転倒の危険は増すし、傍《そば》を流れる川も今より嵩《かさ》を増す。私たちも、雨に打たれ続ければ体力を奪われ、体調を崩す危険もある。

旅をするにあたって、とかく雨というのは歓迎できない存在だ。

対抗する手段もない（当たり前だが）ので、なるべく早く屋根のある場所に辿り着き、おとなしく過ぎ去るのを待つしかない。

風雨に耐えながら橋を走り抜けると、広く横に延びた城壁と、その奥に並ぶ複数の建物の姿が見えてきた。

雨足は次第に強まっていたが、なんとか本格的に降る前には辿り着けそうだ。

身体を濡らす雫を弾《はじ》きながら、私たちは街までの道を急いだ。

＊＊＊

「あんたら危なかったな。もう少し遅かったら、門を閉め切ってたよ」

「もう閉めるんですか？」

城門傍の詰め所に招いてくれた中年兵士の言葉に、私は反射的に問いかけていた。

雲が厚くて分かりづらいが、今は正午を少し過ぎたくらいだった。通常なら閉めるには早い時刻だ。

「ああ、いつもは日が沈んでからなんだけどな。今日はほら、この天気だろう？　下手すると嵐になりそうだし、早めに閉めるとこだったんだよ」

確かに、雨も風も勢いを増し続け、収まる気配は全く見えない。

「せっかく来たのに災難だな。けど朗報もあるぞ。勇者がこっちに向かってるそうでな。上手《うま》くすれば会えるかもしれん」

「え……」

勇者一行が『森』を目指しているのは承知の通りだけど……もう、ここまで噂《うわさ》が？

「あー……あー……うん。んん。——そうなの？　じゃあ、今回のルートは『森』から？」

「おぉ、そうなんだよ」

アレニエさんも数瞬戸惑ったようだが、すぐに修正し、さも初めて勇者の噂を耳にした、という演技で対応していた。……さすがです。

「前回の勇者は『戦場』を突っ切ってったろう？　だから今回は別口だと睨《にら》んで『森』に張ってたんだよ。いやぁ、これで同僚から三杯奢《おご》りなんだ、ありがたい」

賭けてたんですか。

「この街にも立ち寄りそうなんだ？」

「ああ、ほとんど真っ直ぐこっちに向かって……あ、いや。一か所、立ち寄ったパルティールのとある領地——オーベルジュ領って言ったかな。そこで何か揉《も》め事に巻き込まれて、後処理に追われてるって話もあったな。なんでも、領主の屋敷に魔族が入り込んでたとかで……」

「……はぇ？　パルティールに魔族？　ただの魔物とか、人間の野盗じゃなくて？」

魔物の出没自体はありえなくもないし、野盗はジャイールさんたちを想定しての発言だろう

か……とか冷静に考えてる場合じゃない、魔族……⁉

「はは、例のおとぎ話かい？　実際あの国は魔族どころか魔物も少ないが……今回は、どうも本当に現れたらしい。で、そいつを解決したのが噂の勇者ご一行さま、ってわけだ。あぁ、魔族以外に、怪しい人影を見た、って話もあったかな」

怪しい人影。それが、ジャイールさんたちだろうか。だとすれば噂は、ちゃんと勇者さまの元に辿り着いて足止めしてくれたという…………魔族の話は、どこから……？

足止めのための一芝居？　なんらかの誤解？　それとも彼が言うように、本当に魔族が暗躍して……？　あぁでも、もう解決したというなら、一応問題はないのかな……？

それなら今は、勇者一行がこちらの予想以上に接近していることのほうが問題だろう。あくまで噂の段階で確証がなかったとしても、にわかに焦燥感が募ってくる。

「とりあえず、宿とってこよ」

私とは対照的に、微塵《みじん》も焦りを感じさせない声で荷物を背負い直し、彼女は詰め所の出口に向かう。

それから、兵士には聞こえないくらいの声で私に囁《ささや》く。

「ここで焦っても仕方ないよ？」

焦燥感は収まらないが、思い悩んでもどうにもならないのも理解できる。

私たちは詰め所の兵士に礼を述べ、城門内へと足を踏み入れた。

＊＊＊

頑丈な城壁に囲まれ、いくつもの櫓《やぐら》や宿舎が建てられたこの地は、『森』に対する防衛線として建造された城郭都市だ。

が、この地が砦《とりで》として使われるのは、およそ百年に一度。魔王の復活による魔物の増殖時だけ。平時に『森』から現れる魔物に危険なものは少なく、数も多くないため、各施設を十全に使用する機会は訪れないらしい。

十年前には多くの兵士が駐留し、施設も機能していたが、今はほとんどが撤退、解体されている。

魔王が復活した今、再びここが活用される日も近いはずだが、即座にという訳にはいかない。人員や資材が届くのはこれからなのだろう。

＊＊＊

現在営業している唯一の宿は、櫓の一つを改装したもので、一階の庭（？）には投石器、二階には物見台がそのまま残されていた。

宿の店主は四十代ほどの男性で、たまの客が嬉《うれ》しいのか私たちを歓迎してくれた。

世間話と情報収集がてら、『森』に変わった様子がないか訊《たず》ねてみたが、外から見た限り変化はないが、少し前に一人で内部調査に向かった冒険者が帰ってきていないという。

私とアレニエさんは顔を見合わせる。

もしかしたら、件《くだん》の魔将と遭遇したのかもしれない。そうであれば、その冒険者は……

とりあえず、他の宿泊客はいないので好きな部屋を使っていいと言われた私たちは、一番奥の部屋を借り、荷物を置いて一息つく。

私はしばらく、備え付けられた窓に目を向けていた。

窓には木板が打ち付けられ閉鎖されており、外の様子は見られない。が、ガタガタと強風に揺れる建物と、雨粒が強く打ち付ける音とで、天候が一向に回復していないのは容易に知れた。時折、遠雷も聞こえてくる。

どうやら、このまま本格的に嵐になるらしい。そうなれば、収まるまでここで足止めされることになる。強行に突破するのは自殺行為に近い。

「ご飯食べに行こ、リュイスちゃん」

他の多くの宿屋と同じく、ここも一階の食堂で食事を提供している。

利用客自体が少ないため他の店員はおらず、店主自らが仕込んでいるという料理の香りが、階下から漂ってくる。その匂いに、お腹《なか》がくぅ、と音を鳴らした。

そういえば、今日は雨の中ここまで急いで来たので、食事を取る暇がなかった。

どのみち、今日できることはこれ以上ない。早めに夕食を取って就寝してもいいかもしれない。

お腹の音を聞かれた恥ずかしさに少し顔を赤くしながら、私はアレニエさんと共に階下に下りた。

# 幕間7　ある勇者は想像する

オーベルジュ領の領主が魔族に成り代わられていた事件（対外的にはぼくらが解決したことにされてしまった）の後処理も終わり、『森』へ向かう旅を再開したぼくらは、その道中でとある廃村を訪れた。

一際目立つ広場は、共同墓地になっている。そこに置かれた簡素な石碑には、短い文章だけが刻まれていた。


『フェルムの民、眠る』


「フェルム……？」

仲間の一人、神官の少女が、碑文を見つめて怪訝《けげん》な顔をしている。

「どうしたの、アニエス？」

「いえ、その……知人と同じ名だったもので、少し気になっただけです。それよりも探索を急ぎましょう。今はまだ勢いも弱いものですが……」

彼女が言う通り、辺りはポツポツと雨が降ってきている。天候が崩れてきたため、仮宿を求めてこの村にやって来たのだ。

「そうだね。本降りになる前に、雨風をしのげる建物を探さないとね」

ぼくたちは生き物の気配のない寂れた土地を見回り、使えそうな建物を探し始めた。しかしその多くが損壊し、打ち捨てられており、完全に倒壊しているものも少なくなかった。それらを目にしながら、アニエスがポツリと呟《つぶや》く。

「土地も建物も荒れ果てていますね……」

「周辺の村や街で聞き込んだところ、この村は何年も前に魔物の群れに襲われて壊滅したそうです」

「それでこの有り様か。魔物が少ないっていうパルティールでも、時にはこんな被害が出ちまうこともあるんだな」

シエラの説明に、エカルも神妙な顔で頷《うなず》いている。

「これを、魔物が……」

ぼくも歩きながら周囲を見渡し、息を呑《の》む。

幸いと言うべきか、ぼくはこれまで直接的に魔物の被害に遭ったことはない。が、こうしてその脅威に晒《さら》された場所を直《じか》に見ると、そこで暮らしていた人々の生活や息遣い、そして、それが失われた喪失感を同時に感じ取れるような気がして……

(……いけない。入り込みすぎてる)

今はとにかく屋根探しに集中しなきゃいけない。雨脚も強まってきているし、急がなきゃ。

しばらく探した末に、村の奥に建てられていた二階建ての屋敷を見つける。他より頑丈に造られていたためか、破壊の痕跡は少なく、建物としての機能の大部分を残していた。ありがたくぼくたちは中に入り、リビングだった場所で野営の準備を始めたのだけど……

「……この部屋、少し前に誰かが使った形跡があるな」

暖炉の前で火を熾《おこ》そうとしていたエカルが、ふと呟く。

「誰か、って……わざわざこの廃村に来たってこと？」

「オレらだって人のことは言えないだろ。同じように泊まれる場所を探してた誰かが、ここに目をつけて使ったんだろうさ。なんにしろありがたい。その誰かが、集めた枯れ枝もそのまま残しておいてくれたんだからな。……ほら、点《つ》いたぞ」

「……うん。ありがと、エカル」

同じように、ここに泊まった誰か。勇者として旅をするぼくらと、同じように。それは……

（……どんな人なんだろう？）

暖炉で揺れる炎を見つめながら、ぼくは答えの出ない問いをぼんやりと抱き続けていた。

# 23節　嵐が過ぎるまで

エスクードに来て二日目。予想通り、外は嵐で大荒れだった。

ベッドに腰を下ろした私は、板で塞がれた窓にぼんやりと視線を向けていた。

外からは変わらず建物を揺らす強風と雨音が響き、雷鳴も頻度を増している。

「多分、明日くらいまではこのままだと思うよ」

同じように自分のベッドに腰かけ、武具や道具の手入れをしていたアレニエさんが呟《つぶや》く。

「それにしても、ずいぶん急いでる感じだよね」

「それは……こうしている間に勇者さまが追いついてしまったらと思うと、やっぱり焦らずには――」

「いや、その勇者さまが、さ」

「……？」

てっきり、私が焦っているのをたしなめられたのかと思ったけど……

「噂《うわさ》を聞いてると、ほとんど真《ま》っ直《す》ぐ『森』のほうに、しかも大分急ぎ足で向かってるみたいなんだよね。十年前の―― 先代の勇者は、もっとあちこち渡り歩いて魔物退治とかしてたみたいだから、ずいぶん違うな、って」

「そう、言われてみると……〈流視《りゅうし》〉に見えた道のりも、『森』へ真っ直ぐ向かっているようでした」

「やっぱり？　なんでなんだろね」

「……一刻も早く魔王を討伐しようとして……とか？」

「魔物の被害が広がらないうちに、って？　もしそうなら、ずいぶんなお人好《ひとよ》しだねー……あぁ、でも勇者としては、理想的なのかな」

「強い善思の持ち主ほど神剣に認められ、力を引き出せるそうですからね。でも……」

「今回は勇み足だったわけだ。ものにする前に、まだ勝てない相手が来ちゃうんだから」


魔王の脅威に備え、女神が地上に遺した最後の力。意思を持つという剣、〈神剣・パルヴニール〉。その意思は、剣を鍛造《たんぞう》した女神の意思と重なる。女神の精神性――つまり善思の持ち主ほど神剣と同調し、真価を発揮すると伝えられる。

神剣が認めるに足る人材を探し集め、使い手を選ばせる。剣が人を選び取る儀式。それが〈選定の儀〉だ。魔王を討つ意志のない者、善思からかけ離れた者は、そもそも握ることすら叶《かな》わない。

当代の勇者が真っ直ぐ『森』に向かうのも、先代が各地の魔物を討伐していたのも、それが彼ら彼女らの思う最善の道だからなのだろう。

選ぶ道は違えど、その果てには必ずや魔王を討ってくれるのだと皆が信じて疑わず、歴代の勇者もまたその期待に応えてきた。

ゆえに勇者は人々の希望となる。そして……その命が半ばで尽きた際の悲嘆は、計り知れない。

「……わたしは、いくら勇者でもそこまで善人だとは思わないけどね。単に『森』に用があるだけじゃないかな」

そう呟く彼女からは、いつもの笑顔が消えていた。

視線は道具類に向いたままだし、手入れに集中しているのもあるだろうけど……何か、勇者に対して思うところがあるのだろうか。

（考えてみれば……）

アレニエさんは、どうして今回の依頼を引き受けてくれたのだろう。

金銭目的じゃないのは以前述べた通りだ。そもそもそれが目的なら、機密をほのめかしたくらいで渋りはしなかっただろう。

ならば、別の要因――依頼の内容や開示した機密の中に彼女の興味を惹《ひ》くものがあって……それが、勇者、だったのだろうか。まさか追加の報酬が理由ではないと思うけど。

（……思い出したら恥ずかしくなってきた）

結局あれはからかわれただけで、実際には「友達になってほしい」というものだった訳だが……分からないといえば、これもそうだ。なぜ、そんな条件を提示したのだろう。友人がいないようには見えないのだけど。

それに……そもそもなぜ、一人で行動しているのだろう。

確かに揉《も》め事が絶えないとは聞いたし、実際それに巻き込まれも（原因の半分は私だったが）したけれど……ここまで共に旅をした私には、そこまで言動に問題があるようにも見えない。

第一、それを補って余りある実力の持ち主だ。探せば欲しがる冒険者はいくらでもいるだろう。彼女がその気になれば、守護者の地位を得ることだって――

「？　リュイスちゃん、どうかした？」

呼び掛けが聞こえる。黙り込んだ私を訝《いぶか》しんでだろう。しかしそれには答えず、私は浮かんだ疑問をそのまま口にした。

「……アレニエさんは、どうして一人で仕事を……？」

「へ？　どしたの、急に」

そう問われ、ようやく私は正気付いた。

「あ、その……色々考えていたら、思考が飛んで気になってしまって……」

「あー、たまにあるよね、そういうの」

しかし実際気になっていたには違いなく、身動きの取れない現状は話をするにも丁度いい機会かもしれない。

「良ければ、このまま聞いてもいいですか？　誰とも組まずに一人でいるのは、どうしてか。アレニエさんの腕なら、どこに行っても歓迎されると思うんですが……」

答えづらいことならすぐに引き下がろうとも思ったが、彼女はあまり悩む様子もなく返答する。

「そうだね。どうしてと聞かれれば、人嫌いだからかな」

「……嫌い、なんですか？」

「なんで意外そうな声？」

私の反応が面白かったのか、かすかに笑いながら彼女は問う。

「だって、全然そんな風に見えなくて……アレニエさん、いつも笑顔で人当たりもいいじゃないですか。私も出会ってからここまで、親切にしてもらってばかりで……」

言いながら、けれどなぜか思い出したのは、出発前に下層で買い物をした後の、笑顔の――

「そりゃ、いつもは演技してるからね」

演技……？

「わたし、あんまり笑わない子だったんだよ」

〝いつものように〟微笑《ほほえ》みながら、彼女はそう口にする。

「かーさんが死んでから……というか、とーさんに引き取られた後も、ずっと笑えなくてね。だからせめて見た目だけでも、と思って練習したんだ。おかげで笑顔は作れるようになったけど、今度はそれが癖になっちゃって。うん、癖だねこれ。演技ってほどじゃなかったや」

少し恥ずかしそうに彼女は笑う。今のこれは、どちらだろうか。

「人付き合いも、似たようなもの。ある程度取り繕ってたほうが話聞きやすいからね。で、それが染みついちゃった。まぁ、嫌いだからすぐにボロが出るし、恨み買ったりもする。中にはリュイスちゃんが言うように歓迎してくれるとこもあるんだけどね。全部断ってる。結局、長続きしないと思うから」

「……継承亭のマスターや、お店に来るお客さん、それに、ユティルさんは……」

「とーさんは別だけど、それ以外は大体一緒。見知った顔でも、お互い必要以上には近づかない。ユティルは昔から知り合いだし、他の人よりはよく話すけど……それでも、その程度かな」

「……」

彼女の告白は驚きと共に、これまで感じた違和感や疑問を解きほぐすものでもあった。

仮面のようだと感じた笑顔や、咄嗟《とっさ》の対応力。時折見せる酷薄な表情。それらが、目の前の彼女とようやく繋《つな》がった気がする。

「だから、もしわたしがいい人に見えたなら、表面だけだよ。普段のわたしは他人に興味ないし、どうでもいい人に気なんて使わない、悪い冒険者。それでも優しくしたのは……そうだね。リュイスちゃんだからかな」

「え……」

不意の台詞《せりふ》に、心臓が跳ねる。それは、どういう意味で……

「依頼人兼パートナーだからね。無事に終わるまでは気を使うよー」

ガクっ、と肩を落とす。それを見るアレニエさんは笑顔だ。これは普段の仮面ではないと思うけれど……多分、私の反応を面白がってもいる。

「それはまあ冗談としても、相手がリュイスちゃんだからなのは、ほんとだよ。仲良くなりたいからね」

「あの、それも不思議だったんですけど……人が嫌いなら、どうして追加の報酬にあんな……私と友達に、なんて条件を……？」

「ん、かわいかったから？」

「は？」

「リュイスちゃん、顔とか雰囲気とかすんごく好みなんだよね。一目見てピンときて。話してみたら全然『上』の人っぽくないし、色々面白いから、なおさら気になって」

「え……う……？」

……まさかの、私が理由？

「……神官の私が望むのもおかしいとは思うんですが……嘘《うそ》ですよね？　そんな理由で、命懸けの依頼を引き受けたなんて……」

彼女は何も言わずニッコリと笑う。……本当なんだ……

「それだけ、ってわけじゃないけどね。でも、受けた理由の半分くらいは、それかな」

「…………もう半分は……勇者さま、ですか？」

やられっぱなしが悔しくなり、私は先刻の推測を直接ぶつけてみた。

とはいえ、腹の探り合いで彼女に勝てるとは思えないし、これもはぐらかされて終わりだろう。せめて驚いた顔の一つでも見られれば――

「そうだよ」

そんなことを考えていた私の耳に届いたのは、予想に反した肯定の言葉だった。

「残りの理由は、勇者が関わってたから。あぁ、魔将を直《じか》に見てみたいっていうのも、ちょっとあったけど。できれば会って話もしてみたいから、放っておいて死なれるのはわたしも困るんだよね」

「……」

まさかあっさり答えてもらえるとは思わず、しばし困惑し、それからすぐに新たな疑問が湧き出す。勇者が理由ってどういう……そもそも勇者をどう思って……魔将と遭遇する危険は動機になり得るんですか。

口をつく寸前の疑問は、しかし彼女の微笑みを目にして押し止《とど》まる。これまでと空気の違うその笑顔の意味は、私にも理解できた。――『これ以上は、内緒』。

二人で、見つめ合ったまま静止する。風雨が建物を叩《たた》く音だけが部屋に響く。嵐はやはり止《や》みそうにない。

「……いずれにしろ、私たちが先に進むのも、勇者さまがこちらに近づいていることも、この嵐が治まるまではどうにもならないんですよね……」

「そうだねぇ。……んー……」

「?」

「や。なんでもない」

アレニエさんは天井を仰ぎ、何事か考え込む様子を見せていたが……少しするとまた視線を下ろし、先ほどまで行っていた道具類の点検に戻る。

私も、なんとはなしに会話を打ち切り、強風でギシギシと音を鳴らす窓に目を向けた。

彼女が何を思ったかは分からない。が、その時はあまり気にすることもなく、なるべく早く天候が回復するようにと願いつつ、私は眠りについた。

# 24節　嵐が過ぎる前に

グッ、ググッ、——コン。ググッ、ギシ、ギシ、——コン。

「……？」

ベッドで眠っていた私は、打ち付ける風雨に混じる異音を耳にし、ぼんやりと目を覚ました。

窓の外はまだ暗く、朝には遠い。

明かりを消した部屋は当然真っ暗で、目に映るのも周囲と同じ闇ばかりだ。断続的に鳴る雷が一瞬だけ室内を照らしては、またすぐに暗闇が支配する。

しかしその一瞬の光の中に、窓の傍《そば》でなにやら蠢《うごめ》く、怪しい人影が映し出される。

「——……」

この部屋には私とアレニエさんの二人だけ。部屋の扉は閉まっており、誰かが侵入した形跡もない。そして隣のベッドでは、彼女がまだ寝息を立てて……いなかった。見ればベッドはもぬけの殻だ。

つまり。

「……アレニエさん？」

「あ、ごめん。起こしちゃった？」

闇に蠢く怪しい影は、隣で寝ていたはずのアレニエさんだった。分かってしまえば当たり前の話だけど……ちょっと怖かった。

「こんな夜中に、どうしたんですか？」

「ちょっと外に用事があってね」

「……こんな夜中に、ですか？」

外では依然、嵐が吹き荒れている。日中に出歩くのも危険な状況なのに、この暗闇の中でなんの用事があるというのだろう。そして、気になる点は他にも。

「あと、それ……何してるんですか？」

「ん？　板の釘《くぎ》抜いてる」

嵐に備えて窓には木板が当てられ、釘で打ち付けて固定されていたのだが、彼女はそれをわざわざ抜いて木板を剝がしていた。……どうして？

「念のため、窓から出ようと思って」

……………どうして？

「玄関から出ると、誰かに気づかれるかもしれないからね」

……つまり気づかれると不味《まず》いことをするんでしょうか？

「悪いけど、明かりはつけないで待ってて。戻ってきたら窓叩《たた》いて合図するから、そーっと開けてね。というわけで、いってきます」

彼女は一方的に言い置くと、窓と鎧戸《よろいど》を開ける。

途端に、つい先刻まで外から聞こえていただけの暴風雨が、わずかな入り口から室内に侵入しようと暴れ始める。

アレニエさんは隙間からするりと身体を滑らせると、器用に外から窓を閉め、そのまま嵐の夜に消えていった。

私はどうすればいいのか分からないまま、部屋の中でおろおろしていた。

彼女の言う用事とはなんなのか。なぜ他の人に見つかるとまずいのか。とりあえず濡《ぬ》れて帰って来るのは間違いないのだから、身体を拭く布だけでも用意していたほうがいいだろうか。

一応荷物から布だけ取り出した後は、ベッドに腰を下ろし悶々《もんもん》としながら、知らず枕を抱きしめていた。

そんな状態が、どのくらい続いただろうか。

――コンコン。

控えめに窓を叩く音が突然響き、びくりと身体が跳ねる。

が、すぐに彼女の言っていた合図だと気づき、可能な限り静かに窓を開けた。

「――ぷあっ！」

風雨と共にアレニエさんが部屋に飛び込み、静かに着地する。

私は強風に苦戦しながらなんとか鎧戸を落とし、窓を閉めた。

開けた時間はほんのわずか。それでも風に押された雨粒は、室内を広範に濡らす。

そして猫のように身体を震わせ水気を払うアレニエさんが、さらに雫《しずく》を飛び散らせ――冷たい！

「ひうっ⁉」

「あ、ごめん」

「もう……ちゃんと拭いてください」

渡した布を素直に受け取り、彼女は濡れた髪を拭き始めた。痛みを庇《かば》うような様子は見えないので、とりあえず怪我《けが》などの心配はなさそうだが。

「それで……結局何をしに行ってたんですか？」

一段落ついたところで、最も気になっていた疑問を口にする。こんな嵐の夜に人目を忍んで、彼

女は何をしていたのか。

「えーと……内緒？」

「……アレニエさん？」

寝起きで訳も分からず心配させられて説明もなしってさすがに怒ってもいいですよね？

私の口調から怒気を感じ取ったのか、彼女は少し困ったように笑いながら弁解する。

「リュイスちゃんは、多分知らないほうがいいと思って」

「……私は知らないほうが、いい？」

「誰にも見つかってないはずだけど、一応ね」

「…………」

……困った。

こっそり窓から出たことといい、今の発言といい、どうにも良からぬ想像が浮かんでしまうけれど……

「……どうしても、言う気はないんですね？」

「今はね。あとでちゃんと話すよ」

「……分かりました。もう聞きません」

私は嘆息する。どのみち、詳細は語ってくれなさそうだ。

「ありがと」

安堵《あんど》からか、彼女もホッと息を吐きながら言葉を返す。

「おっと。忘れるとこだった」

彼女は先刻抜いた釘を拾い集めると、ナイフの柄に布を巻き付けたもの（おそらく音が響かないように）で、再び窓に木板を打ち付けていく。

「証拠は残さないようにしとかないとね」

……私、今、完全犯罪の現場を目撃しているのでは。

改めてちょっと不安になったものの、努めて気にしないようにしつつ、私たちは再び眠りにつく。

結局、この夜の彼女が何をしていたかは、後にすぐわかった。

## 25節　わたしがやりました

三日目は、出立の準備を整える以外にすることがなかった。

依然天候は荒れていたが、前日より着実に勢いは弱まっている。それはこの日一日が進むごとにゆっくり、けれど確かに表れ、夜になる頃にはあれだけ激しかった風雨もほとんど止《や》んでいた。

翌日、台風一過。

数日ぶりの晴天の下で、私たちは宿の店主に簡単な挨拶をし、エスクードの街を旅立とうとしていた。

「お世話になりました」

「おう。また来た時は寄ってくれ。しかし、本当にいいのか？　あんな立派な馬」

「わたしたちも無事に帰れるか分からないからね。帰ってこなかったら、そのままここで飼ってあげて」

さらっと怖いことを言うアレニエさん。馬というのは、私たちがここまで乗って来た彼らのことだ。目的地までは徒歩でもそう遠くないし、連れていけば魔物の餌にされる恐れもある。それなら、誰かに預けたほうがいいだろう、と。

そうして挨拶を交わす私たちの背後から、誰かが話し合う声が聞こえてきた。

「――しかし、参ったな……」

「かなり激しかったし、濁流で運ばれたんだろう」

「直すのは時間がかかるな……しばらくは回り道か」

どうやら、早朝から被害状況を確認しに行っていた兵士たちが戻って来たようだ。

被害の有無は私も気になっていたので、人見知りを抑え込んで話を聞いてみる。

「あの……お疲れさまです。どんな様子でしたか？」

「ん、ああ、数日前に来た神官さんか。いや、街に被害はそんなに出なかったんだが、アクエルド大橋が壊れちまってな」

「……えぇっ⁉」

思わぬ被害に大きな声が出てしまう。

「アクエルド大橋って……私たちも来るときに渡った、あの……？」

「そう、その橋。どうも、上流から土砂やら流木やらが大量に運ばれたみたいでな。橋脚から壊されて、大幅に崩落しちまった。嵐のせいもあるが、今の季節は雪解け水で元から水量も増えてたからなぁ……」

被害は広範囲に及んでおり、ロープや渡し板での応急措置も難しいという。

ペルセ川を越える橋は他にもあるし、南下した先には港から船も出ているが、どちらもここからは結構な距離がある。

物流や人の移動——特にパルティールとの交流は制限されることになる。こちらへ来るはずだった勇者一行も進路の変更を余儀なくされるだろうが、この点は私たちにとって不幸中の幸いと言え…………ん？

胸中で疑問を覚える私の背後で、同じく話を聞いていたらしい宿の店主が声を掛けてくる。

「お前さんたち、嵐の前にこっちに来られたのは運が良かったのかもな。帰りは大変そうだが」

「うん、まぁ、どうにかなるんじゃないかな。……おじさんたちこそ、橋が壊れてると不便じゃない？」

「何、当面は人員も物資もうちの国だけでなんとかなる。まだ魔物も少ないしな。困るのはむしろ、これから来るはずだったパルティールの補充兵や、勇者一行のほうだろう」

「そっか。……それなら良かった、かな」

……あれ？　なんだろう。店主に返答するアレニエさんの反応もどこか引っかかる。表情も、ここまではいつもの仮面だったのが、今は少しだけそれが取れている、ような……？

「じゃあ、わたしたちはそろそろ出発するね」

「おう、もう行くのか。気をつけろよ」

「ありがと。ほら行こ、リュイスちゃん」

「え？　あっ、と……皆さん、お世話になりました」

＊＊＊

昨日まで降っていた雨もすっかりと止み、雲の切れ間から陽光が差し込んでいる。

地面はまだ少しぬかるんでいるが、歩けない程ではない。『森』まで問題なく辿《たど》り着けるだろう。

ちらりと、隣を歩くアレニエさんの表情を窺《うかが》う。

こうして見る限り、特別普段と様子が違うわけじゃない。少なくとも、いつもの微笑は崩れていない。

けれど、先刻の受け答えが。嵐の夜に窓から出ていく姿が。何より、私たちにとって都合の良すぎる被害が。胸の内に、疑念を残している。

「アレニエさん」

「何かな？　リュイスちゃん」

彼女はこちらに目線だけを寄越《よこ》し、前を向いたまま歩き続ける。心なしか、いつもより歩調が速い。

「兵士の皆さん、橋が壊れたと言っていましたね」

「そうだね」

「あの橋が使えないと、かなり遠回りになるそうですね。勇者さまも、しばらくこちらには渡れないとか」

「みたいだね。すぐに来ないのは渡りに船だよ。いや、むしろ渡る船がないのかなこの場合」

アレニエさんの表情はぴくりとも変わらない。

変わらないのはつまり、普段と同じ仮面の笑顔だからだ。疑念が確信に変わっていく。

「一昨日の夜、外は嵐なのに、用事があるって出ていきましたよね」

「色々ちょうど良かったからね」

「……何をしていたかは内緒、とも言ってましたね」

「言ったね。というか」

それまで歩みを止めなかった彼女は不意に立ち止まり、周囲に人の気配がないのを確認してから振り向き、告げる。

「わたしがやりました」

あっさり白状した！

「もう街からも離れたし、ごまかすのも限界みたいだしね」

彼女は事もなげに言う。

具体的な方法は分からないが、橋を壊したのは予想通りアレニエさんだったらしい。できれば当たってほしくなかったが。

「……私は知らないほうがいいって、こういうことですか」

「あれだけ自然に驚いてくれれば、こっちに疑いの目は向かないでしょ。リュイスちゃんは毎回反応が素直でかわいいから助かるよ」

「それは……事前に知っていたら、確かにぎこちなくなっていたでしょうけど……」

さらっとかわいいとか言わないでほしい。

「理由はもちろん、勇者さま……ですよね」

「ここまで噂《うわさ》が届くくらい近づいてたみたいだからね。嵐でこっちの足が止められたのも痛かったし。その嵐のおかげで、多分証拠も残らないけど」

「……もし、見つかったら……」

「重罪だろうね。人も物も行き来できなくなるし、あの橋、なんか国同士の友好の証に建てられたって聞いた気もするし。しかもわたし下層民だから、なおさら罪が重くなるんだよね。良くて冒険者の資格剝奪かなぁ」

「そんな……でも、アレニエさんがそうしたのは、勇者さまを助けるためで……」

「わたしとしては助けるというか、まだ死なれちゃ困る、ぐらいなんだけど。どのみち、事情は説明できないでしょ？」

「はい……」

公表できないからこそ、こうして秘密裏に助けようとしているのだし……

「まぁ、もしバレてもリュイスちゃんは知らん顔で気にしなくていいよ。わたしが勝手にやったんだし」

「な……そんなこと……！　依頼のためにやったのなら、私にだって責任が……！」

「ないよ、そんなの。そもそもリュイスちゃん、こういう、人に迷惑かけるやり方思いつかないし、やらないでしょ？」

「それは、そうかもしれませんが……」

「というわけで、リュイスちゃんはただの雇い主で被害者ってことで。実際ここまで知らなかったんだから、嘘《うそ》にもならないでしょ？　わたしは最悪逃げればなんとでもなるし、こないだ言った通り、人嫌いだからね。誰かに迷惑かけるのも、嫌われるのも、別にどうでもいいよ」

「……でも……そんなの……」

本当は、分かっている。

これは、人的被害を出さずに勇者を死地から遠ざけ、その歩みも遅らせることができる、おそらく現状では最適な方法だと。

そして彼女がここまで強硬な手段に出たのは……きっと、私のせい。想定以上に近づく勇者さまの影に私が焦っていたからで、その責が私に及ばぬよう配慮してくれたのも、理解している。

だとしても……相談は、してほしかった。責任を、私にも背負わせてほしかった。私たちは、共に旅をするパートナーなのだから。

それに、確かに手段は乱暴だし、人々に迷惑もかける。それを彼女は気に病まないかもしれないけれど……

それでも、彼女一人に責任を押し付けて罪人として差し出すなんて、やっぱり私にはできないし、したくな――

（……あれ？）

なんだろう。何か、胸に引っかかるものがある。つい先刻にも同じような引っかかりを覚えた気が……。……そうだ。確かエスクードを発《た》つ際、彼女は――

「あの、アレニエさん」

「ん？」

「アレニエさんは、『人嫌いだし、迷惑かけるのもどうでもいい』んですよね」

「ですよ」

「でも、さっき宿のご主人に『橋が壊れてもなんとかなる』と言われた時……少し、ホっとしていませんでしたか……？」

「――え……リュイスちゃん気づ――」

それまで全く動じなかった彼女の表情が、ほのかに朱に染まる。

「や、その……どうでもいい、っていうのは、本当なんだよ？　ただ、橋壊したのはやりすぎだったかなぁ、って、後になって、ちょっとだけ……その……ほんとに、ちょっとだけ、だから……」

顔を赤くし、なぜか恥ずかしそうに手を小さくパタパタ振るアレニエさん。

初めて見るその様子を珍しいと思うよりも先に、溢《あふ》れてくる感情があった。

（可愛《かわい》い……！）

普段は柔らかく嫣然《えんぜん》と微笑《ほほえ》んでいる彼女があたふたする様子に、年相応の人間味を感じると共に、愛《いと》しさが込み上げてくる。

そして、理解したこともある。いや、以前から知っていたことかもしれない。笑顔の仮面で偽悪的に振る舞う彼女は一側面でしかなく、他人を思いやる心根の優しさも確かにあるのだと。

それが嬉《うれ》しくなって、気づけば私は笑顔で口を開いていた。

「アレニエさんにも罪悪感とかあったんですね」

「……リュイスちゃんも結構言うようになったね」

笑顔にわずかな苦々しさを滲《にじ》ませながら、彼女はややジト目でこちらを見る。すみません、調子に乗りました。

私は自身の心境の変化に、自分で驚いていた。

あの時、故郷に立ち寄らなければ。

依頼を預かり、王都から旅立たなければ。

何より、アレニエさんと出会えなければ。

おそらく、今こんな気持ちにはなれていなかったはずだ。

こうして笑顔で彼女と軽口を言い合えることが、なんでもないやり取りが、嬉しくて堪《たま》らない。

「もし真相を知られたら、やっぱり私も一緒に謝りますね」

「わたしに押し付けてもいいんだよ?」

「知ってしまった以上、そんなことできません。私は虚偽を許されぬ神官で……何より、アレニエさんのパートナーなんですから」

本当は、正直に話して謝るのが筋かもしれない。けれど、人々に過度な不安を抱かせぬよう、その理由を説明することはできない。

ならば余計に波風を立てるよりは、このまま黙っていたほうがいい。不便を強いるのは心苦しいが、無事に任務を達成すれば大義名分も立つ、と思う。残りの罪悪感には、私が耐えればいい。

「それに……『証拠は残さない』……ですよね？」

少しだけ、悪戯《いたずら》っぽく笑う。

彼女のことだ。泊まっていた宿だけでなく、現場である橋周辺にも、物証は残していないのだろう。

私の言葉に、笑みを湛《たた》えた彼女が頷《うなず》く。

いつものように柔らかいその笑顔は、けれどいつもより自然な感情が表れているように私には見えた。仮面は、ほんの少しでも剝がせただろうか。

「……ちなみに、具体的にはどうやって……？」

「まず手頃な木を蹴り倒して流木を作ります」

「すみません、一つ目から分かりません」

「次にユティルから買った爆弾をぶつけて――」

「――……」

「――……」

旅立つ前には考えられなかったほど賑《にぎ》やかに、私たちは『森』の入り口に向かう。

〈流視《りゅうし》〉の光景に間違いがなければ、あの奥で魔将が待ち構えているはずだ。

敗れた場合は言うまでもなく。たとえ、無事に打ち倒せたとしても。

私たちの旅の、終わりが近づいていた。

# 幕間8　ある勇者と思わぬ報せ

目の前を流れるペルセ川は、この辺りの陸地を分断する長大な河川だ。パルティールと隣国エステリオルとの境界線にもなっている。

川幅が広く、普段から流れも速いというその川は今、先日の嵐によって土砂や流木が運ばれる危険な濁流と化していた。いや、それだけなら、そこに架かる橋を渡れば済んだかもしれないけど……

「まさか、橋が崩れてるなんて……」

そう。ペルセ川を横断して架けられた大きな石橋は、途中の橋脚が崩落し、寸断されていた。嵐による被害だろう。応急処置も難しいらしく、完全に立ち入り禁止になっている。付近には近隣の兵や土木作業者、神官（橋の建設は神殿の事業になっているらしい）などが様子を見にきていた。

「どうしよう、シエラ……これじゃ『森』に行けないよ」

「いえ、アルム。かなり遠回りにはなりますが、他の箇所にも橋は架けられていたはずです」

「そっか、そこまで行けば……！」

「海まで回って船で行くって手もあるぜ。ほかの橋にも被害が出てるかもしれないし、そっちのほうがいいかもな」

「船！　船に乗れる⁉」

エカルの提案にぼくが期待を込めた目で見つめると、彼は少し赤くなった顔をすぐに逸《そ》らしてしまう。照れなくてもいいのに。

「どちらに致しますか、勇者さま？　私たちは、勇者さまのご決断に従いますよ」

「うーん……」

アニエスの問いにぼくが悩んでいたところで……遠くから、馬の蹄《ひづめ》の音が近づいてくる。

「勇者さま！　勇者さまご一行はおられるか！」

馬に乗った伝令らしき青年が、そう大声で呼び掛ける。

「はい、一応ぼくが勇者ですけど……何かあったんですか？」

「おお、貴女《あなた》が勇者さまですか。お会いできて光栄です。ですが用向きは貴女ではなく、お仲間の神官の方にでして」

「私……ですか？」

「はい、総本山から至急の手紙を預かっています。お納めください」

そう言ってアニエスに手紙を渡すと、他にも仕事があるのだろう、伝令は挨拶もそこそこに立ち去ってしまう。

怪訝《けげん》な顔をしながらも彼女は手紙の封を破り、その場で目を通し始めるが……

「えっ――……」

小さく声を漏らし、絶句する。そしてしばらく迷った様子を見せた後、呆然《ぼうぜん》とした顔でぼくに呟《つぶや》く。

「……私の師、ヴィオレ司祭が…………聖騎士に、捕縛された、と……」

「え……！　なんで⁉」

「分かりません……これを書いた者も混乱していたのか、慌てたような筆跡で……。……勇者さま、私……。……」

困惑と不安。そしてそれを抑え込むように俯《うつむ》く。そんな彼女を見て、ぼくはすぐに決断した。

「戻ろう、王都に」

「え……ですが、勇者さまも、一刻も早く『森』に向かいたいのでは――」

「お師匠さんが、心配なんでしょ？　世界を救うのはもちろん大事だけど、仲間を助けるのだってぼくにとっては大切なことだよ」

「勇者さま……ありがとうございます」

深く頭を下げるアニエスに、そしてシエラ、エカルに順に顔を向け、ぼくは一つ頷《うなず》く。

「よし、行こう！」

## 26節　黄昏の森

日中活動する私たち人間と違い、魔物の多くは夜行性だ。

陽光の下では動きが鈍る（眠いのだろう）が、反対に夜闇では活動性、凶暴性が増す。

彼らの出現報告は、このラヤの森を境に急増する。

人間と魔物の領域、その境界となっているこの場所を、魔物が増え始める予兆とされるこの森を、いつしか人々はもう一つの名で呼ぶようになった。――『黄昏の森』と。

ここから先は夜の、魔物の世界だと警告するために。

＊＊＊

枝葉が頭上を覆い、まばらに陽《ひ》が差す森の入り口。

そこを越え、奥に入ると、さらに繁茂した樹々《きぎ》に出迎えられる。

まだ日中だというのに、辺りは暗い。今も差しているはずの陽光も遮られ、常に薄闇がわだかまっているように感じられる。

少しでも道を外れれば方向さえ見失いそうな森の中を、慎重に、けれど迷わず、私たちは進んでいく。

私が旅に同行したもう一つの理由が、これだった。

〈流視《りゅうし》〉に映し出された、勇者が命を落とすまでの旅の道筋。

それを辿《たど》ることで私は、目的の場所へ迷わず同行者を導ける、唯一の案内人になれる。

しかし、その足跡をただなぞるだけ、とはいかなかった。

森の内部に足を踏み入れた途端、ここまでの旅では出会う機会のなかった、魔物の姿を散見するようになる。

多くはアレニエさんが事前に察知し、気づかれないようにやり過ごしているが、稀《まれ》に、目ざとくこちらを発見し、襲い掛かってくるものもいる。

「グルルル……！」

唸《うな》り声が聞こえたと思ったのも束の間、私たちは一匹の魔物に襲われた。

巨大な狼《おおかみ》のような姿をしたそれは、虚を突かれ棒立ちの私目掛け、鋭く跳びかかる。

反射的に身を守ろうとするが……突然のことで、足が地面に縫い付けられたように動いてくれない。そこへ――

「……ふっ！」

傍で警戒していたアレニエさんが、私と狼の間に割り込むように跳躍。大きく開かれた魔物の顎の、そのさらに上から振り下ろすように、縦の軌道の回し蹴りを繰り出す。

頑丈なブーツが魔狼の頭蓋に突き刺さり、下方に叩《たた》きつける。強い衝撃に受け身も取れず、巨体が地面を跳ねる。

彼女は蹴りの勢いを殺さず空中で回転。落下しながら腰の剣を抜き放ち、眼下の獲物に斬りつける。

シャンっ！と、鞘走《さやばし》りから空気を切り裂く一続きの音が、鋭く響いた。

斬撃により左右に分かたれた獣は、声を発する器官まで斬られたのか、音にならない呻《うめ》き声のようなものを発し、やがて動かなくなる。

人間相手とはまた違う、唐突な命の取り合い。

私が一歩も動けないでいる間に、幼少時以来の魔物との遭遇は終わっていた。

「っふう」

彼女の短い呼気を耳にして、ようやく身体《からだ》の硬直が解ける。

目線を下に向ければ、既にその身から穢《けが》れを漏れ出させている死体と目が合う。それに、胸に穴が開くような喪失感を覚える。

人の命が消える時に比べれば、幾分か小さいものではあったが……それでもそれは、目の前の魔物を一つの命として見た——見ることができた、証でもある。

あの夜の質問の意図は摑《つか》めないままだったが、魔物も生きているという彼女の言葉には、なぜかすんなりと得心がいった。

発生の経緯、向けられる敵意から、滅ぼすべき悪であるのは疑いないが……それは一つの命を奪う行為だという事実も、忘れてはいけない気が——

「リュイスちゃん？」

「はいっ？」

呼び掛けに意識を引き戻されると、アレニエさんが少し心配そうにこちらの顔を覗《のぞ》き込んでいた。

「大丈夫？　間近で死体見たのがショックだった？」

「いえ。少し、驚いただけです。それよりすみません。咄嗟《とっさ》に全然動けなくて……」

「これくらい全然いいよ。でもここから先は、リュイスちゃん自身にも身を護《まも》ってもらわないといけないかな」

「……はい。承知しています」

今さっき護られたばかりで説得力はないだろうが、これ以上の重荷にはなりたくない。

「なんて、相手が相手だから、わたしも人のことあんまり言えないんだけどね」

「……」

彼女が敗れる未来など否定したかったが、結局は何も口に出せなかった。

これから迎え撃つのは、勇者が神剣を十全に使いこなしてなお苦戦するという、最上位の魔族――魔将だ。アレニエさんとて、どうなるか分からない。

「まぁ、簡単に死ぬつもりはないし、ほんとに無理なら尻尾巻いて逃げるだけなんだけど……それでも、死ぬ時は死ぬからね。覚悟だけはしとこっか」

「……はい」

ここで命を落とす覚悟は、旅立つ前から固めていた。……つい、先日までは。

いや、私のそれは覚悟でもなんでもなく、ただ自暴自棄になっていただけなのだろう。

今は違う。

私の世界は、狭い神殿の中だけじゃない。旅を通じて、外の世界に触れることができた。

罪に囚われた過去だけじゃない。私みたいな人間も受け入れてくれる、アレニエさんという変わり者に出会えた。

それらは私に、未練を生んでいた。

まだ、死にたくない。この任務を成功させて無事に帰り、司祭さまにこれまでの感謝を伝えたい。

もっと旅をして、外の世界を見に行きたい。

……できるなら、隣を歩く彼女と共に。

それが難しいのも理解している。ここでどちらかが、あるいは二人共が、命を落としてしまうかもしれない。

だから、もしそうなるとしても、せめて――

せめて、彼女だけは、護ってみせる。

そのために相手の命を奪わなきゃいけないなら、衝動にだって耐えてみせる。護りたいものは間違えられない。

アレニエさんの言うそれとは違うかもしれないが、私は私なりに、覚悟を固めた。

# 27節　流れる視界に映るもの

「ここ……です」

私は少し震えた声で呟《つぶや》いた。

森の中にぽっかりと空いた、拓《ひら》けた空間。

ちょっとした広場ほどもありそうなそこは、高木どころか下草もまばらにしか生えておらず、地面の土がむき出しになっている。空を塞ぐ樹々《きぎ》がないため、陽光も届いていた。

ここが、勇者と魔将が遭遇し、そして……前者の命が潰《つい》える、元凶の場所になる。

実際の風景と〈流視《りゅうし》〉で見た記憶が重なり、脳裏に鮮明に思い起こされ、間近で失ったような喪失感を覚え、私は……

「――例の魔将は、まだいないみたいだね」

アレニエさんの冷静な声で、不意に現実に引き戻された。

「リュイスちゃんの目でも、いつ来るか、っていうのは分からないの？」

「その……大まかな道筋は見えるんですが、正確な時刻までは分からなくて……」

「そういうものなんだ？」

「はい……。ええと……以前、〈流視〉に映る光景は川の流れに似てる、と話したのは……」

「憶《おぼ》えてるよ。初めて会った時だね」

頷《うなず》き、肯定の意を示す。

「普段の〈流視〉を例えるなら、小川ぐらいの規模でしょうか。どんな形状で、この先いつ、どこを通過するのか。少し意識すれば全て把握できます。これは、私の目に映る範囲で完結する程度の情報量だからです」

「ふむふむ」

「けれど、私の意思と関わりなく見える大きな流れ――今回のような、勇者さまの命の流れなどは、普段とは比べ物にならない多くの情報が流れ込んできます。同じく川で例えるなら……先日目にしたペルセ川にも匹敵する、巨大な河川、になるでしょうか」

「……そんなに違うの？」

「はい。私が目にしたのは、勇者さまが〈選定の儀〉で選ばれてからこの森に辿《たど》り着くまでの短い期間になりますが……それでもそれは非常に膨大で、私では、印象的な光景を記憶に留《とど》めること、見えた道筋を辿ることくらいしかできなくて……」

「……情報の濁流に流されて溺れてる感じ？」

「あ、はは……間違ってない気がします。そんな状態ですから、流され始めた場所や、止まる地点は分かりやすいんですが、いつ、どこを流れて来たのかを正確に把握するのは難しくて……」

「なるほどね――……でも、とりあえずここに来るのは決まってるんだよね？」

「それは……はい。よほど大きく変えない限りは、本来の流れが継続するはずです」

元凶を取り除き、新しい流れを生み出す必要があるのは、そのためだ。

「じゃあ、一通り辺りを調べてから、どうするのか決めよっか。すぐに見つからないなら、入り口まで戻って野宿だね」

魔物がうろつく森の中で野営すると言い出さなくて、少しホっとした。往復する労力はかかるが、ここで一夜を過ごすより遥《はる》かにマシだろう。

……彼女なら、それくらい平然とやってしまいそうと思ったのは、内緒にしてください。

＊＊＊

「――見つけた」

樹上から周囲を見回していたアレニエさんからそんな呟きが聞こえてきたのは、方針を決めてからそう経過していない頃だった。

彼女は樹々を跳び渡り、あっという間にあそこまで登ってしまったのだけど、私はとても同じ真似《まね》はできないので、地上から地道に周囲を調べている最中で…………見つけた？　もう？

鎧《よろい》を纏《まと》っているのに音もなく平然と着地（音が響きにくい加工でもしているのかもしれない）した彼女は、すぐにこちらに答え合わせを求める。

「全身真っ黒の鎧着た魔族、だったよね？」

「……はい」

「なら、依頼の討伐対象で間違いないかな」

思った以上に接近されていた、のだろうか。本当に、時間の猶予はなかったのかもしれない。

「あと、その横にもう二人、人型のがいたよ。男と女で一人ずつ」

「……えっ？」

「肌が赤かったり青白かったりだから、多分その二人も魔族だね」

「いや……ちょっと、待っ……」

魔将だけでなく、別の魔族が随伴している……？

「そんな、はず……だって、今までは……」

「……リュイスちゃん？」

〈流視〉に見えた未来の流れは、その先の現実でも再現される。意図的に変えようと行動しない限り、見えた流れが変わることはない……少なくとも、今まではそのはずだった。

「リュイスちゃん。おーい、リュイスちゃんてば」

けれど今回、私はまだ何もしていない。元凶である魔将と接触すらしていない。なのに、この『目』で見た光景とズレが生じている――〝すでに流れが変わっている〟なんて……！

「リュ　イ　ス　ちゃーん。……ダメか、聞こえてない。……うん。仕方ない」

それに――それ以上に……これでは、勝ち目がない。

一体だけでも勇者一行を蹂躙《じゅうりん》してしまう最悪の敵。それが、さらに未知の魔族を二体も引き連れている？

元凶を討つ、どころじゃない。二人共に命を落とす未来しか見えない。いや、私の命なんてこの際どうでもいい。それより、このままじゃ彼女が……アレニエさんが、死――！

「えいや」

もにゅん。

「…………？」

焦燥感でざわめいていた胸に、突然外部から圧迫するような刺激が差し込まれた。

狼狽《うろた》え、俯《うつむ》いていた私の視界には、アレニエさんから伸びる両の手が私の胸を鷲摑《わしづか》み、持ち上げるように揉《も》みしだく様子が映し出され――

「――うひゃんっ⁉」

変な声出た。

「おお、結構な重量感」

「な……な……な……⁉」

彼女の手を振り払い後退し、抗議の叫びを上げる寸前で。

「あ……」

暴走していた頭と心が鎮まり、周囲の景色が目に入る。眼前の彼女の姿も。

そして、その声が聞こえないほど動揺していたことにも、ようやく気が付いた。わずかに遅れて、今の彼女の行為がなんのためだったのかも。

顔に熱が上っていくのを感じる。迷惑をかけた申し訳なさもあるけれど……

「……他の方法はなかったんでしょうか」

「落ち着いたでしょ？」

「確かに目は覚めましたけど、落ち着いたかと言われると……むしろ、その……」

「興奮した？」

「してません！」

なんてこと言うんだこの人。

「その調子なら、もう平気かな」

「…………若干釈然としませんが、はい、一応……。……急に取り乱して、すみませんでした」

「うん」

私を安心させるかのように、彼女はいつもの微笑《ほほえ》みを浮かべる。

「それで？　さっきの反応からすると、リュイスちゃんが『見た』時とは状況が違う、ってこと？」

……本当に、この人は察しがいい。

「はい。以前見えた時は、他の魔族の姿なんてありませんでしたから……」

「まぁ、知ってたら、依頼する時に言ってただろうしね」

理解して頂けると助かります……

「敵が増えたのは確かに問題だし、慌てるのも分かるよ。けど、今の取り乱しようはそれだけじゃなかった。流れが変わったから？　でも、そもそも変えるために動いてたんだよね？」

「……そう、ですね。その通りです。見えたのが不幸な結末だったとしても、原因を取り除きさえすれば流れは変えられる。……でも、逆に言えばそれは、変えようとする〝誰か〟が手を加えて、初めて生み出せるもの……そのはず、なんです。それが……」

「今回は、実際に何かする前に、変わってた？」

無言で、首肯する。

「……こんなこと、初めてで……」

取り乱した理由はもう一つあるのだけど……本人に告げるのは、さすがに恥ずかしい。

「なるほどね。でもまぁそういう理由なら、わたしに依頼した時点で手を加えたことになってたんじゃないかな」

「……助けるために、依頼したから……？」

間接的にでも介入したから、流れが変わった？　言われてみれば、そうなのかもしれない。

「あと思いつくのは、その『目』にリュイスちゃんの知らない条件があるとか。いっそ全然別のところに原因があるとか？」

「別の、条件……別の原因……」

……考えもしなかった。

けれど確かに私は、この瞳の全てを知っているとは言い難い。

それに彼女の言う通り、原因が他から来ていたとすれば……

「うん、例えば魔族のほうにも――って、ゆっくり話してる暇はなかったね。さて、どうしようか……」

確かに、もうあまり時間がない。魔将がこの広場に到達するまでに、方針を決める必要がある。

――依頼そのものの継続も含めて。

依頼の前提条件が崩れてしまった以上、彼女には破棄する権利がある。彼女自身、受諾する際に言っていたはずだ。手に負えなければ迷わず逃げる、と。

もちろん、今から代わりを探す時間などないし、できるなら継続してもらいたい。最後まで、彼女と共にありたい。

けれどそれ以上に……無為に彼女を死なせることだけは、したくない。

「……こんなことになってすみません。とにかく、今はこの場を離れましょう。エスクードまで、いえ、もっと先の街まで行けば、応援を見つけられるかも――」

「え?」

「……え?」

意外そうな声に驚き、思わず向けた視線の先で……彼女はなぜか、足元の小石を拾い集めていた。

「え、と……何してるんですか、アレニエさん」

「準備」

小石をポーチに忍ばせ、次いで彼女は他の装備や道具を簡単に検《あらた》める。

「……もしかして、このまま迎え撃つんですか？」

「だって時間ないでしょ？」

「それは……」

そうなのだけど……

「足止めはしたけど、それでも勇者がいつ来るか分からないし、街まで行っても腕の立つ人なんていないかもしれない。それなら、こっちが先に見つけて、しかも待ち構えられる今が、仕掛け時かなって。噂《うわさ》の〈暴風《ぼうふう》〉はともかく、横の二人は不意を討てばいけそうだしね」

……不意討ちなら、いけるんですか……？

そのあたりは彼女の観察眼を信じるしかないけれど……あの、本当に？

いや。彼女が、現状を理解したうえでこのまま戦うと、依頼を継続してくれると言っているのだ。

それなら――

「……手を引かれても、仕方がないと思っていました」

「途中で状況変わるのはそこまで珍しくないし、よっぽどじゃなければ手は引かないよ。それにこないだも言ったけど、わたしも、まだ勇者に死なれると困るから」

今はそれこそよっぽどの状況な気がするけど……いや、深くは考えないようにしよう。

「わかりました。……本当に、感謝します。アレニエさん」

「大げさ大げさ。一応なんとかなりそうだから継続するだけで、実際やって無理ならそれこそ逃げるよ、わたし。だからリュイスちゃんもそのつもりでね」

「はい……！」

決意を込めて返答する私とは対照的に、彼女はあくまで気負いがない。今はそれが、これ以上なく頼もしい。

「じゃあ、始めよっか」

彼女のその言葉を合図に、私たちは迎え撃つ準備を始めた。

# 28節　奇襲

下草をかき分け、土を踏みしめる音が。鎧《よろい》の擦れる金属音が。広場に複数近づいてくる。

同時に、物音の主である彼らが交わす会話も、徐々に耳に届いてくる。

「――……しかし、本当にここに現れるのでしょうか、勇者は」

「胡乱《うろん》な輩《やから》ではあるが、能力は確かだ。わざわざ我らに無駄足を踏ませはしないだろう」

「そりゃあ、勇者なんざさっさと殺しちまうに限るが……大将、実はあの女に便利に使われてるだけなんじゃねぇか？」

「『あの女』呼ばわりはやめなさい。仮にも魔将の一柱に」

「お前も『仮』って言ってるじゃねーか」

巨大な斧《おの》を片手で軽々と握る赤銅色の肌の男魔族。見るからに物静かな青白い肌の女魔族が並び歩き、その奥に、全身を漆黒の鎧で覆った魔将が控えている。

私は木陰と結界の内側に隠れ、仕掛ける機を窺《うかが》っていた。

――「リュイスちゃん、低位の法術なら使えるんだよね。あれ使えるかな。なんか魔力を抑えるやつ」

――「封の章の三節、ですか？　範囲内の魔力を遮断・沈静化させる法術。確かに使えますけど……私では、人一人分程度の範囲にしか広げられませんし、設置した場所に相手を誘い込む必要も……それに、魔将の魔力は抑えきれないのでは……」

――「いや、入るのはリュイスちゃん」

――「へ？」

――「中に入ればリュイスちゃんの魔力隠せるし、魔覚が鋭い魔族でも見つけづらいかなって」

という次第だった。

ここからでは姿が見えないが、アレニエさんもそう離れていない場所に潜んでいるはず。元から魔力のない彼女は、小細工を弄して隠す必要もない。

広場の入り口付近には、下草の陰からわずかに覗《のぞ》く程度に、先ほどの魔物の死体を置いてある。魔族たちが近づき、注意を傾けた瞬間、二人で奇襲をかける手筈《てはず》になっていた。

亡骸《なきがら》を囮《おとり》にするのは心情的に抵抗があったが、かといって私では他の手口も思いつけない。無事に生還できたらきちんと浄化し、埋葬しよう。

――ドク、ドク、ドク、ドク――

緊張と恐怖で、痛いほど心臓が暴れている。

この鼓動のせいで感づかれてしまうのではと思うほど、心音が体内に響き渡っていた。

少しも収まらない動悸《どうき》と、徐々に近づいてくる彼らの気配に、私の意識は引きずられていく。

そして、その時は訪れた。

「……なんだ？　向こうに、なんか……」

荒っぽい口調の男魔族が、前方の異物に気づき怪訝《けげん》な声を上げる。

「俺が見てくる。お前は大将とここで待ってろ」

そう言い置くと、男は単身で近づいてくる。

仲間からも特に異論はなかった。一行の中で、ある程度役割分担が決まっているのかもしれない。

やがて、途中で置かれているものの正体に気づいたのか、男は歩みを止めた。

「魔物の死体、か……そう前のもんでもないな。てことは……ヤったヤツがその辺にいる。いよいよ、勇者のお出ましか？」

こちらの挙動を見透かしているような台詞《せりふ》に、鼓動がさらに速くなる。

一体は引きつけられたが、魔将、及び女魔族のほうは、広場中央辺りで報告を待っている。

男魔族も警戒しているのか、思ったより死体に近づいてくれない。私の位置からは、まだ距離がある。

しかし、あまり時間を置けば結界が効力を失う。そうでなくとも、目視で気づかれればおしまいだ。

それなら、少し早くてもここで仕掛けるしかない。

焦りと決意が頂点に達し、いよいよ飛び出すべく足に力を込めた瞬間——

——カサっ
不意に聞こえた物音に、ビクリと身体を強張《こわば》らせる。

音は、魔物の死体と男魔族の中間の距離、その横方向にある茂みから聞こえてきた。

「あん？」

音のしたほうに、男が一瞬顔を向ける。それとほぼ同時に。

キン——っ
「——え？」

続けて聞こえてきたのは、金属が擦れるような音と、誰かの疑問の声。しかもそれは近づいてきた男のものではなく、女性の……

慌てて黒鎧《くろよろい》の側に目を向ければ、傍《そば》で控えていた青白い肌の女魔族の首が、わずかに間を置いて、胴体から離れるところだった。

「——え？」

何が起きたか理解できなかったのか、女魔族の頭部は先刻と同じ疑問の声を繰り返し、ゴトリと地面に落ちる。少し遅れて胴体が倒れ、青黒い液体がこぼれた。

その傍らには、剣を逆手に抜き放ち着地する、アレニエさんの姿——

（——そっち⁉）

思わず胸中で叫ぶ（実際に声を上げなかったのは僥倖《ぎょうこう》と言うほかない）。目にした首なし死体に少なからず衝動を感じるも、なんとかそれを抑え込む。

「——フンっ！」

黒鎧が剣を抜き放ち、アレニエさんに対して横薙《よこな》ぎに振るう。素早く、鋭い剣閃《けんせん》だったが、彼女はその一撃をかわし即座に離脱、再び木陰に消える。

「野郎っ！」

部下であろう男魔族が身を翻す。仲間をやられたからか、相当頭に血を上らせているのが見て取れた。内に滾《たぎ》る激情を眼前に集めるように手をかざし……

その手の平から、黒い燐光《りんこう》を放つ火球が生み出され、アレニエさんの背に向かって撃ち出される！詠唱を必要としないという魔族の魔術。アスタリアの炎にはありえない闇色の火球は、しかし彼女を捉えることなく、手前の木に遮られた。

瞬間。

黒炎は数秒も経《た》たず触れた対象を燃やし尽くし、轟音《ごうおん》を上げながらその場に巨大な火柱を突き立てた。

その威力に、戦慄する。当たれば、人間などひとたまりもないだろう。

外れたのを悟るや、男はすぐさま駆け出す。

「待ちやがれてめぇ！」

「待て！　深追いするな！」

魔将の制止は、我を忘れた部下の耳には届かなかった。

男はそのままアレニエさんを追って森に分け入り、辺りの薄暗さに覆い隠され見えなくなった。

# 29節　予感

上手《うま》く釣れてくれた。

赤銅色の肌の男魔族は、見た目通りに激しやすい性格らしい。

あの時、あの場の全員の注意が魔物の死体と、そこに近づく男に向いていた。

奇襲には絶好の、そして数少ない好機。

それにあそこで仕掛けなければ、もう少しでリュイスちゃんが見つかっていたかもしれない。迷う暇はなかった。

首尾よく女魔族を仕留められたのは幸運と言っていい。後に回したのが彼女なら、こちらを追わずにその場で警戒を深めていただろう。

人の姿に近いからか、魔族にとっての急所も人と同じ箇所であることが多い。頭や胸はもちろん、大抵は首を落とせば仕留められる。

（魔族には『魔力の核』があって、それを破壊するのが効果的、なんて話も聞いたことあるけど……）

少なくともわたしは、その核とやらを見たことがない。実際にあったとしても、多分、急所のどこかにあるんだろう。どちらにしろ殺せるならなんでもいい。

稀《まれ》に、首を斬るだけでは死なない不死者《アンデッド》なども存在するが。

魔将を直接狙わなかったのは、それに似た気配を感じたからだろうか。

不死者とはどこか違うが、なんとなく、首を落としただけでは――　核を一度破壊したくらいでは倒し切れない、そんな予感があった。

下手をすれば魔将を討ち漏らしたうえ、残りの魔族にも取り囲まれていたかもしれない。

そしてリュイスちゃんがわたしを助けようと飛び出し、二人仲良く殺される結末まで、容易に想像できた。


――


男魔族は力任せに斧《おの》を振るい、黒炎を放ちながら追ってくる。それを尻目に、わたしは蛇行しながら森を駆けていく。

樹々《きぎ》を遮蔽《しゃへい》に追っ手の視線を切らせ、眼前の木に向かって跳躍。それを足場にさらに隣の木に跳び渡り、樹上の枝葉に身を隠す。

あまり間を置かず、追跡者の荒々しい足音が近づいてくる。まだ標的を見失ったことに気づかず直進し、眼下を通過しようとしている。

その行く先に、懐から取り出した小石を――先ほどと同じように――放り投げる。

茂みを揺らし、葉音が響き、男の意識が一瞬引きずられる。身を硬くしたその背に向けて、わたしは跳んだ。

枝を蹴った反動と全身の力を『気』に換え、速さと体重を足先に加え、赤銅色の背を全力で蹴り抜く！

ダンンっ！

「ガっ……⁉︎」

蹴り倒したその背から腹部をわたしの右足が貫通し、地に縫い付ける。踏みしめた地面に、水面に落とした雫《しずく》のように『気』が伝い、魔族の身体《からだ》を再度打った。

「グぶっ……⁉　バ……っ⁉　てっ……！　め……⁉」

男は多量の血を吐きながらも、牙をむいて背後を睨《にら》む。

同時に、露出した上半身に描かれた紋様が淡く光り、身体の各所から黒炎が噴出する。

痛みで集中が削《そ》がれているのか、その炎は制御できずに拡散しているが、明確にこちらに向けられれば無事では済まないだろう。それを視界に入れながら。

「お互い、間が悪かったね」

ザゥっ！

手短な謝罪（？）と共に腰の剣を抜き放ち、男の首を背後から地面ごと撫《な》で斬った。

「カっ……⁉」

頭部が首から離れ、わずかに転がる。

「ア……ガ……なん……ク、ソ……が……ァ……。……」

しばらく不明瞭な声を漏らしていた頭部だが、少しするとそれも止《や》み、森の静けさと同化する。

その場を遠のき様子を見るが、首も胴体も動き出したりはせず、黒炎も消失する。傷口からは血と共に穢《けが》れが漏れ出し始めた。多分、止《とど》めを刺せたはず。

「……ふぅ」

出会うタイミングが違えば、お互い命を獲《と》り合う事態にはならなかったかもしれない。そう思うと少し……いや、魔族だし、出会ったらやっぱり襲ってきてたかな。結局こうなってたかも。

自己完結してすぐさま踵《きびす》を返し、来た道を逆に辿《たど》る。

リュイスちゃんの結界も長くは保《も》たないはず。彼女が見つかる前に戻らなきゃいけない。

（それに……）

黒鎧《くろよろい》の剣が思ったより鋭かったことも、気に掛かる。

前方に視線を遣《や》れば、樹々の隙間からこちら側を注視する魔将の姿。その場を動かず、わたしの動きを警戒していたらしい。

ということは、まだリュイスちゃんには気づいていない。不安が一つ消えた。

わたしは駆けながらユティル印の煙玉を取り出し、黒鎧の目の前に落ちるよう狙いをつけ、上方に放った。

球体はゆっくりと放物線を描いて飛んでいく。相手の視線は自然と吸い寄せられているはず。

弧を描いて落ちるそれに向けて——今度は真《ま》っ直《す》ぐ、横一直線に、ダガーを投擲《とうてき》した。

煙玉は狙い通り刃《やいば》に刺し貫かれ、その衝撃で起動。辺りを白煙で染め上げる。

投擲物で注意を奪い、煙で視界を覆っている間に、わたしは広場を駆け抜け、魔将の背後に回り込んで急襲する。

こちらの視界も遮られているが、煙の中心に相手はいる。目を凝らし、その先に薄っすらと見える人影に向かって剣を——

ゴァっ！

「っ⁉」

唐突に。影を中心に、煙が球状に広がっていく。——違う。風に追いやられてるんだ。徐々に広がり続けるその不自然な突風に、わたしは煙ごと吹き飛ばされた。

（視界を奪えたと思ったけど……見抜かれてた……⁉）

いや。ここまでの全てを見抜くような相手なら、こちらの動きを警戒する様子も、煙を吹き飛ばす必要もない。多分、視界の確保と不意討ちへの対処を同時に行ったんだ。

煙幕は晴らされたが、まだそれだけだ。声は押し殺したし、あの強風なら多少の物音は聞こえない。こちらの位置は把握できていないはず――

「……そこか！」

なのに魔将は正確にこちらを振り向き、淡く輝く漆黒の剣身を突き付けてくる。その周囲に風が集束していく。――ものすごく嫌な予感。

（ただの剣じゃない……魔具……？）

風は即座に膨れ上がり、人を丸ごと呑《の》み込んでも優に余るほどの竜巻――まるで、風で編まれた塔のような――が、こちらに向けて撃ち出される。

「――～～！」

咄嗟《とっさ》に、飛び退《の》く。回避したその横を、竜巻が轟音《ごうおん》を上げて通過していく。

ちらりと見えた後方で、『塔』が荒れ狂いながら地面を舐《な》め、抉《えぐ》り取っていく様子と、その先にある樹々を蹂躙《じゅうりん》し、森を開拓していく光景が、視界を過《よぎ》っていった。……馬鹿げている。

（貰《もら》ってたら、一発で挽肉《ひきにく》だったたね……）

ゾっとしながら受け身を取りつつ、左手でダガーを二本取り出し、一投で両方投げつける。それを追いかける形で、即座に駆け出した。

狙いは兜《かぶと》の視界を確保するためのスリットと、鎧の関節部分。

さすがに無視できなかったのか、魔将は手にした剣でダガーを防ぐ。風を使わないのは、魔力の消耗を嫌ってだろう。

煙を吹き飛ばした時のような風を常に張られていたら、投擲はおろか、接近すら叶《かな》わなかったかもしれないけど……

（魔将といえど、魔力は有限。しかも魔族は、魔力の消耗が命に直結する。無闇には使えないはず）

魔将となれば、一般の魔族より膨大な魔力が――命の総量自体が桁違いかもしれないが、それにもやはり限界はあり、消耗させ続ければ隙も生まれる。

わたしは黒鎧がダガーを弾《はじ》くのに合わせ、死角に潜るように回り込み、そこから急激に方向転換。低い姿勢で一気に距離を詰め、首を狙うべく踏み込んだ。

仮に首を落としても死なない怪物だったとしても、さすがに体勢は崩せるはず。最終的に死ぬまで斬り続ければいい。

また風で防ごうとするなら、それでもいい。その分の魔力は削れる。

しかし……

魔将は、そのどちらも選ばなかった。

標的――つまりわたしを見失うことなく、足さばきだけで体《たい》を入れ替え、こちらに向き直る。力まず自然体で腰を落とし、手にした剣を中段に構えた、お手本のような立ち姿。

――ゾクリとした。

それはもしかしたら、先刻の『塔』の時よりも強い、嫌な予感。

黒鎧はこちらの動きに合わせ、さらに身を沈めながら剣先をゆらりと揺らし……

「――フっ！」

前方を鋭く横薙《よこな》ぎに払う。――速い……！

前進の勢いを殺さず跳躍し、低空の斬撃を飛び越える。反応が遅れてたらまずかったかもしれない。

他の魔物や魔族のような、ただの力任せじゃない。

攻撃の気配を殺し、重心を利用し、刃筋を立てて斬る。それはまるで――

(剣術……)

予感の正体は、これか。

それは警戒もする。これ以上ない違和感だ。生まれ持った力で十分な魔族には、鍛錬も技術も必要ないのだから。

(なのに……よりにもよって魔将が……?)

『気』を操ってるかまでは分からない。が、元から彼らは人を超える膂力《りょりょく》を誇るのだ。わずかにでも動きの無駄を無くす、というだけで厄介極まりない。不安を覚えつつも、とりあえず空中で交差する際に一発蹴っておく。

「グっ⁉」

威力は大したことないが、蹴った反動でさらに距離を取り、着地しながら反転する。

すぐに追撃が来るものと身構えるが……なぜか相手はその場から動かず、武器を構えてすらいない。

若干怪訝《けげん》に思うわたしに改めて向けられたのは、しかし剣ではなかった。

# 30節　イフ

「……大したものだな。人間が、たった一人で」

剣の代わりにわたしに向けられたのは、兜《かぶと》の奥から響く声。威圧感と、わずかな感嘆を含んだ、低い男の声だった。

「しかも物音はおろか、魔力の感知すら叶《かな》わぬとはな。見事な隠蔽《いんぺい》だ」

別に魔力は隠してるわけじゃないんだけど。

「貴様は何者だ？　勇者ではないようだが」

む。そうはっきり違うって言われると、なんか癪《しゃく》に障る。

「なんでそう思うの？　勇者かもしれないでしょ？」

「神剣も持たずにか？」

ぐうの音も出ない。

「加えて……貴様は、腕が立ちすぎる。此度《こたび》の勇者は選ばれて間もなく、まだ未熟と聞いていたのだがな」

一瞬ごまかそうとはしてみたけど、やっぱりダメか。

とはいえ、狙う理由をわざわざ正直に告げて、情報源まで辿《たど》らせる必要もない。

「バレたならしょうがないけど、わたしはただの冒険者だよ。ここに来たのは偶然」

「偶然現れた冒険者が、わざわざ我らを待ち構え、我が部下を音もなく殺した、と？　面白い冗談だな」

ニコリともせず（そもそも顔が見えないが）、黒鎧《くろよろい》が呟《つぶや》く。

「貴様には迷いがなかった。機を窺《うかが》い、明確に、冷静に部下を狙い、始末した。我らが何者か、初めから貴様は知っていたのだろう。だが、だとすればどこで知った？　いや……どうやって、知った？」

魔将の口調は純粋な疑問というより、何かを確認するような響きだった。情報を得た方法に、思い当たるところがあるような――

――こちらと、同じように。

「わたしも気になってたんだけど……あなたたち、この森で勇者を待ち構えてたんだよね？　勇者がここに来るって、どうやって知ったのかな。……聞いたって、誰に？」

「フっ……お互い、立場は似たようなものらしいな」

魔将は、心なしか自嘲気味に笑った。


リュイスちゃんから依頼の概要を聞いた時から、少し引っかかっていたことがある。

目の前の魔将はどうして、的確にこの『森』で勇者を待ち構えられたのか。

だってここは、あくまで勇者が選ぶ〝かもしれない〟進入路の一つでしかない。現に、先代の勇者はここを通っていない。

魔物や魔族の上に立つ将軍が、わざわざ自分の足で闇雲に捜索しに来るとも考えづらい。かといって、配下がそれに代わって動いてる様子もない。

それに魔将が城を離れるのは稀《まれ》で、顔を見せたとしても例の『戦場』くらい、という話だったはず。

こんな場所まで足を延ばしてること自体がそもそもおかしいし、そうするからにはなんらかの確信があるのでは、と思うのだ。

……〝偶然〟この『森』に当たりをつけた魔将が、〝偶然〟勇者を発見して始末した？　それこそ冗談だろう。

それよりは、〝向こうもこちらと同じことをしている〟というほうが、納得できる。


「そうみたいだね。わたしは、『勇者を殺す魔族』を討伐する依頼を受けて、ここまで来た。あなたが、そうだよね？」

「ほう。そこまで把握しているのか。如何《いか》にも、我は魔将が一柱、〈暴風《ぼうふう》〉のイフ。貴様が言うところの『勇者を殺す』者だ」

黒い鎧の魔族――〈暴風〉のイフは、大儀そうに名乗りを上げる。

こちらからは言明せずに反応を見るつもりだったけど、ありがたいことに本人から申告してくれた。やっぱり、本当に本物みたいだ。

「……目にするのは初めてか？」

そう問われ、ついじろじろ見てしまっていたのに気づき、苦笑する。

「魔族は何度か会ったことあるけど、さすがに魔将はね。しかも剣術を使うなんて、なおさら珍しくて。……気に障った？」

「構わん。アスタリアの結界がある限り、貴様らの領土でそれほど自由には動けぬ。相対する機会は少なかろう」

「結界？　……おとぎ話の？」

「現実の話だ。……あぁ。貴様らは頻繁な世代交代で、度々知識が途切れる難儀な種族だったな」

そんな寿命が短いことを咎《とが》められても。

「まあいい。結界は、穢《けが》れ――アスティマの力を強く受け継いだ者ほど、反発されるものだ。我であれば、この森までだな。土地を穢し、アスティマの領土とすることでアスタリアの力は弱まり、結界は縮小する」

穢れが強いほど反発……土地を穢して……そんな仕組みがあったんだ。

じゃあ、パルティール周辺にあまり強い魔物がいないのは、その結界のおかげ……？

「それさえ無くば、勇者の死の匂いはこの森ではなく、アスタリアの膝元であったろうな」

「死の匂い……じゃあ、それが――」

――勇者を待ち構えることができた理由？

「〈不浄の運び手〉たる悪神、ネクロスの加護は、他者の死の匂いを嗅ぎ取ることができる。同輩に、この加護を授かった者がいる」

同輩……ってことは、他の魔将？

「ひょっとして、部下を連れてきたのも？」

「おそらくは、貴様を送り込んだ者と同様の思惑でな。匂いが薄れたため、念を入れると言っていたか」

つまりそのせいで、リュイスちゃんが見た時とは流れが変わってしまったのだろう。

「……というか、悪神？　悪魔じゃないの？　……そもそも悪魔ってほんとにいたの？」

「何を言っている。悪神――貴様らが悪魔と呼ぶものなど、どこにでも存在するだろう」

「へ？　どこにでも、って……この辺にも？」

適当な方向を指差して問うと、魔将は無言で首を縦に振る。まさかこれも肯定されるとは思わなかった。

「神々は〝何処《いずこ》にも在り、何処にも無い〟。世界を漂い、善と悪の対立を囁《ささや》きかける存在だ。どちらを選択するかは、囁かれた者次第だが」

だから善を選択するよう努力しなさい、というのが、神殿の教義だった気がする。

「我らも便宜上『悪神』『善神』と呼び分けてはいるが、実のところそれらに大きな違いなどない」

「違いが……ない？」

「どちらもただの神だ。過去の戦で肉体を失い、非物質の状態にされた者たち。奴《やつ》らは世界に触れる手を失い、同じく非物質である精神を通じねば、こちらに干渉することも叶わぬ。加護とは、その手段の一つだ。そも、アスティマとアスタリアからして、同時に存在した双子神で――」

「いや待って待って待って待って」

図らずも得た望んだ以上の情報量に、堪《たま》らず魔将の台詞《せりふ》を遮る。

「どうした？」

「いや、どうしたじゃないよ。いきなりそんないっぺんに言われても呑《の》み込めないから。……神と悪魔が同じ？　ひぶっしつが精神にかんしょーで、女神と邪神が……双子？」

どうしよう。何一つ分からない。

「というか、なんでそんな詳しく教えてくれるの？　意外におしゃべりでびっくりだよ。わたし、一応あなたを討伐しに来た身だし、さっき言ってた同輩とやらも場合によっては標的にするかもしれないんだけど」

「……ふむ」

魔将はしばし考え込むように顎に手を当てる。……え。自分でも分かってなかったの？

「そうだな。強いて言えば、貴様の目か」

「目？」

「アスタリアの眷属《けんぞく》共が我らに向けるのは、往々にして敵意だ。視線で。言葉で。行動で。雄弁にそれを突きつける。そこに、言葉を交わす余地などありはしない」

「……まぁ、そうだね。魔物に家族や故郷を奪われてる人も多いし、神殿は組織ぐるみで邪神の眷属を憎んでる。言葉は通じても、会話は通じないだろうね」

「然《しか》り。だが貴様からは、そうした敵意を全く感じられん。部下を殺したのも、あくまで目的までの障害を排除したに過ぎないのだろう。それればかりか貴様は、我に――魔将に、興味さえ抱いている。そんな者を目にする機会など多くはない。……こんなところか。口が滑った理由は」

「つまり……会話できる相手なんて珍しいから、舞い上がって口が軽くなった？」

「……そうまとめられるとこそばゆいが」

何この魔将。ちょっとかわいいな。

「そも、秘匿していたわけでもない。貴様らが失った知識に過ぎん。悪神の加護も同様だ。今の情報で貴様があの女に辿り着くならば、それもまた一興というもの」

女なんだ。というか、仲悪いんだろうか。

「わたしは教える気はないよ？」

「構わん。加護を持つ者は希少ではあるが、皆無ではない。我らの動きを事前に把握するとなれば、さて、シンヴォレオの『耳』か、カタロスの『目』か……」

向こうもやっぱり、ある程度の察しはついているみたいだ。まあ、リュイスちゃんだと特定されなければ別にいいか。

「いずれにせよ、いくら貴様が情報を得たとて、この場を生き延びねば意味は無い。理解しているな？」

「そりゃね」

「我としても見逃す気はない。こちらの動きを他の者に伝えられては些《いささ》か面倒だからな」

あー、なるほど。邪魔が入らないようにこっそりなのか。

「故に貴様は、手にしたその剣をもって我を斬り伏せるより道はない。全霊を賭して挑むがいい。そして」

「そして？」

「剣術は――――我の趣味だ」

…………

「…………はい？」

「我は長きに亘《わた》ってアスタリアの眷属と剣を交えてきた……そうして気づいた。数に任せるしかなかった貴様らの動きが、ある時期を境に明確に変わったことを。しかもそれは、年月を重ねるごとに強く、鋭く、多彩になっていった。風の噂《うわさ》では戦勝神の入れ知恵らしいな」

「え？　うん……うん？」

ごめん、待って。まだ趣味の衝撃から抜け出せない。

しかしイフの口調は次第に熱を帯び、早さを増していく。

「力で劣るにも拘《かか》わらず、時に我らを打ち負かすその技術。我はそれらをこの剣で、あるいはこの身で受けた。貴様らに敗れた配下の傷を調べ、その剣筋を想像した。知り得た知識を研究し実践することに、本能以上の愉悦を覚えた。そうした研鑽《けんさん》の日々こそがいつしか、我の中で最も重要な関心事となっていた……」

「……え～と……」

「だが解せぬのは、動作の再現だけでは足りぬ点があることだ。剣の術理には、いまだ我の知り得ぬなんらかの要素が存在して――」

熱弁する魔将の声を聞き流しながら、額に汗を垂らす。

てっきり、魔族に何か心境の変化があったとか、魔力の消耗抑える手段とかかと思ってたんだけど、そうじゃなくて……

（……単に、この人が剣術マニアの変わり者ってだけ？　しかも、自分で一から調べて独学で覚えたの？　……何それ、面白すぎる……！）

いや、実際にその剣を向けられてるのはわたしなんだから、面白がってる場合じゃないんだけど。

「……欲を言えば、音に聞く〈剣帝〉の技も目にしたかったものだがな。我が耳にした頃にはその類稀《たぐいまれ》な技量と、既に姿を消して久しいという噂が残るのみだった。直接に対峙《たいじ》する機会がなかったのは、残念でならん」

ピクリと、口元が反応してしまう。

あぁ……まただ。最近立て続けに耳にするその二つ名を、わたしは無視できない。

しかも、世間的には非難の対象になっているはずなのに、なぜかリュイスちゃんも、なんとかくんも、さらには目の前の魔将まで、好意的な意見ばかりなものだから……

「……残念がるのは、ちょっと早いかもしれないよ？」

「……どういう意味だ？」

わずかな嬉《うれ》しさ。戦いの高揚感。ふとした思いつき。

絡み合った気持ちが後押しして、普段は抑えている口を滑らせる。

「――わたしは、弟子だから。〈剣帝〉アイン・ウィスタリアの」

# 31節　その剣に断てぬもの無く

「……貴様が――」

（アレニエさんが――）

〈剣帝〉さまの……弟子？

遠巻きに戦況を見守るしかなかった私は、彼女の突然の告白に胸の内で驚愕《きょうがく》の声を上げる。

突拍子もないはずのその言葉は、けれどなぜか、私の胸にストンと着地した。

それは彼女の強さの理由に、あの時のジャイールさんの問いに、納得のいくものだと。そう思えたのだ。

ただ、アレニエさんは以前、〈剣の継承亭〉のマスターに剣を習ったと言っていた気が……元冒険者の、マスター、に……？

（……元冒険者で、アレニエさんの養父で、剣の師……？　えっと、確か、〈剣帝〉さまが失踪したのが――）


――住み始めたのは、十年くらい前かな――


十年前。

確かに、以前彼女に聞いた年数と、失踪した大まかな時期は符合する。

え、待ってください。あのマスターが――〈剣の継承亭〉で私と直接言葉まで交わした彼が、捜し求めていた〈剣帝〉アイン・ウィスタリア……？

でも、司祭さまから聞いた彼の名は、オルフラン・オルディネールさんと……

…………

……よく考えたら『ありふれた孤児』なんて名前、素性を隠すための偽名ですよね……子供に『孤児』とかつけませんよね……

（じゃあ、本当に……？）

本当に、オルフランさんが〈剣帝〉で、アレニエさんはその弟子で、司祭さまとは共に守護者として旅をした仲で…………同じ孤児院出身の二人が、その後、揃《そろ》って守護者に？

ダメだ、頭が追いつかない。魔将の語った情報だけでもいっぱいいっぱいだったのに。

「〈剣帝〉の弟子、か。噂《うわさ》でも、耳にした覚えはないが……」

「色々あって隠してるからね」

「失踪の理由に関わるというところか。まあいい。我にとって重要なのは、貴様の発言の真偽だ」

言いながら魔将は、再び剣を構える。

「……いや、違うな。偽りであっても構わん。先の言葉に見合う力を、貴様が示してくれるのならば」

アレニエさんも静かにそれに応じる。

ジャイールさんとの戦いと同じ、右手右足を後ろに置き、軽く腰を落とした、いつもの構え。けれど今の彼女は、あの時より格段に集中しているように見える。

「すぐに終わっても、文句言わないでね？」

「ますます期待させてくれる。ならば見せてみろ。〈剣帝〉の弟子の剣を――」

言い終わると同時、魔将が大地を蹴る。

力強い踏み込みは全身鎧《よろい》の重量を感じさせず、素早く、真《ま》っ直《す》ぐ、アレニエさんに向かって疾走する。突進の勢いも武器に乗せ、上段から一気に振り下ろす。

剣筋はいたってシンプル。まるでお手本のような軌跡を描くそれは、けれど並みの剣士よりも確実に速く、空を切り裂いてアレニエさんを襲う。

対する彼女は、逆手に握った柄にさらに左手を添え、頭上に掲げ――

シィイイッ――

静かに金属が滑る音だけを残して、魔将の一撃を側面に受け流す。

しかし防がれるのは予期していたのか、魔将に驚いた様子は見受けられなかった。それどころか流された反動をつけ、即座に横薙《よこな》ぎに斬り返そうとし――

ガンっ！

その斬り返す剣の根元、柄頭の部分を、アレニエさんは右足で蹴り止め、敵の追撃を出足で押さえていた。

「グっ……⁉」

そして彼女は、蹴り止めた柄をそのまま足場にし、動き出す。

「――ふっ！」

アレニエさんの鋭い呼気が聞こえた。

――その後の動きは見えなかった。

音もなく、気づいた時には彼女の剣は振り切られており……わずかに間を置いて、その切断面から夥《おびただ》しい血を噴き出しながら、魔将の首が、地面に落ちていた。

◆◆◆

魔族が詠唱無しで魔術を扱えるのは、肉体と精神と魔力の境界が薄く、距離が近い状態だから、らしい。

正直よく分からないが、互いの距離が近いため、影響を与えやすいのだとか。

理屈はともかく結果として、魔族は魔力の消耗が肉体に、命に直結する。

そして距離が近いからか、魔族は、本能や欲求に忠実だった。

剣術マニアの魔将に〈剣帝〉の弟子だとほのめかせば、十中八九自身の欲求を、興味を優先する。魔術を使わず、剣での勝負に拘《こだわ》る。秘密を明かしたのは、そんな理由からだった。浮かれて口が滑ったのも、ちょっとあるけど。

単純な接近戦なら――剣での勝負なら、とーさん以外には、負けない。

そのとーさんからわたしが教わった技は、大まかには二つだけ。

彼は一つの物事を突き詰める性質（不器用とも言う）だったので、剣士としての生涯のほとんどを、その二つに注ぎ込んだ。

内一つは、相手の攻撃を受け流す技術――『その剣に触れる事叶《かな》わず』。あの謳《うた》い文句は、誇張されたものではあるけれど。

リュイスちゃんの『目』ほどじゃないけど、動きの気配に気をつけて相手を見れば、続く攻撃も予測できる。予測できれば、あとはそれをほんの少し〝ずらす〟だけでいい。

直撃さえ防げば、少なくとも即死はしない。イフの剛剣を受け流したわたしは、続く剣撃を防ぐべく次の手を、いや、足を打ち、動きを封じた。


教わったもう一つは、隙に叩《たた》き込む全力の一撃――『その剣に断てぬもの無く』。

呼吸。動作。間合い。意識。

全てを十全に整えられれば、鋼鉄の鎧だろうと断ち切ることができる。

そしてそれを、どんな状況でも放てるよう、鍛錬を積んできた。

成果はまさに今発揮され、黒剣の柄を足場にわたしは動いた。

四肢を連動させ『気』を腕に、その先の剣にまで伝え……わたし自身が一本の剣になるイメージで、全身を振るう。

求めるのは速さより、無駄な動きを省くこと。全てを一呼吸でこなし、相手に動きの気配すら悟らせない。

幾度振るったか分からない、基本の斬撃。基本にして深奥の一閃《いっせん》は、魔将の身を護《まも》る漆黒の鎧ごと、内に隠された急所を切断した。

＊＊＊

――兜《かぶと》を被《かぶ》ったままの頭が地面を転がる。

先ほどと同じ姿勢を保ったまま、しかし首から上だけを失い、胴体は赤黒い噴水を噴き上げている。

ただの魔族なら、これで討伐は完了だ。先刻斬った部下のように。

(……本当に、これで終わってくれればいいんだけど)

胸中で呟《つぶや》きながら、しかし同時に理解もしていた。

わたしが対峙《たいじ》しているのはただの魔族ではなく、魔王直下の将軍、魔将だと。
グ、ググ……
柄を踏みつけていた右足からわずかな震えを感じ、わたしはすぐにその場を飛び退《の》いた。

するとそれを追うようにして、首の無い胴体がひとりでに動き、押さえられていた剣を力任せに一閃してくる。……警戒していて正解だった。

「――フ……ハハ、ハハハハ……!」

突如足元から響く男の哄笑《こうしょう》。今この状況でそんなのを発するものは、一つしかない。

(こっちの予感も、当たり、か)

仕掛ける前に感じた通り、魔将は首を落としても殺せない、不死の怪物だったようだ。

「ハハ、ハ……! 我の間を見切ったうえ、蹴り止めるとは……しかも、その後の一撃はなんだ? 防ぐどころか、目で追えぬほど鋭く、速く、容易《たやす》く我が鎧を切断せしめる……ハハ、ハ、ハハ……!」

生首は愉快そうに自身が受けた剣を分析していた。首を落とされたのに楽しそうですね。こっちは嫌な予感が的中したうえ、倒しきれるか不安になってきたっていうのに。

けど仕留めそこなったとはいえ、首と胴体が離れている今は、好機には違いない。

わたしは再び接近し、転がったままの頭部を狙うべく、低い姿勢から地面を擦るように斬り上げる。

しかしこれは力を乗せきる前に、間に入った胴体の剣で防がれてしまう。

「つれないな……！　折角の戦だ、今少し楽しんだらどうだ！」

「生憎《あいにく》、戦うのを楽しむ気も、いたぶる趣味もないからね！」

そっちは身体《からだ》だけでも元気かもしれないけど、こっちは体力に限りがあるんです。

即死はせずとも急所ではあるのだろう。頭部を直接狙うのは流石《さすが》に許してくれない。なら、胴体から攻めるしかない。

首を失ってバランスを欠いたのか、先ほどより少し大振りになった剣撃をかい潜《くぐ》り、至近距離から逆袈裟《ぎゃくけさ》に斬り上げる。

勢いを殺さず身体を回転させ、即座に斬り下げる二撃目。×の字を描く剣閃《けんせん》を、一息で振るう。

「グっ……!?　ハ、ハ……！　やはり先と同じ、剣撃でこの鎧を裂くか！　だが……！」

離れていても痛みは伝わるのか、地べたの頭部が呻《うめ》く。が。

「浅いぞ！」

言葉通り、相手の出血はわずか。動きが鈍るような様子もない。

こちらを振り払うかのように斬りつける、首無し鎧の斬撃。それを、わたしは一歩右足を退かせるだけでやり過ごす。

同時に、残した左足のブーツ、その火打金の箇所を擦らせ、火花を飛ばし……それを、再び前に出した右足で拾い上げる。

身体から足先に伝えた『気』が、火花を――火の『気』を増幅し、収束させ……

バキュッ！

半壊した鎧を蹴り足がさらに砕き、イフの裸身に届いた瞬間、収束した炎が刃《やいば》のように足先から撃ち出され、風の魔将の肉体に小さな風穴を開けた。

「グ、ブっ……!?」

すぐに足を引き抜き、間髪入れず突き立てる。左手で抜き放った――銀の短剣を。

「――っガアアァァァァア!?」

首を落とされても笑っていた魔将が、辺りに苦悶《くもん》の声を響かせた。

刺したのは、人間で言えば心臓のあたり。急所に刃を突き立てただけでも致命傷だが、そこへ魔を払う銀がさらなる痛みを焼きつける。

魔将にどれだけの効果があるか分からなかったが、どうやら十分に効いている。一本だけでも買えてよかった。

(首を斬って、火で焼いて、急所に銀まで叩き込んだ。並の魔族ならお釣りが出るほど殺してる、けど……)

その命にまで届いていないことは、不意に辺りに感じた風で否応なく分かった。

すぐに銀の短剣から手を離し、首の無い胴体から飛び退く。直後。

ズァっ!

イフの足元から、その身体を呑《の》み込むように風の渦が噴出し、土煙が魔将の姿を覆い隠し……

その向こうで、人の頭ほどの何かが浮かび上がる様子が、薄すら見えた。

# 32節　諦観

風の噴出はほんの数秒。土煙もすぐに晴れ、魔将も間を置かずその姿を現す。

しかし見えた姿は、先刻とわずかに異なっていた。落としたはずの首を胴体に乗せた状態――つまり、元の姿に。

どうやら、斬り落とされた程度なら平気で後から繋《つな》げられるらしい。無茶苦茶だ。

「グ、ヌっ……ガァっ……！」

イフは胸に突き立ったままの短剣を握ると、力づくでそれを引き抜く。

「ハァ……！　ハァ……！　この、臓腑《ぞうふ》を焼かれる感触……銀、か……！　そして、魔力も用いず、炎を操る技……これが、貴様らが『気』と呼ぶもの。いまだ我が会得できぬ……いや、これは……そうか、『アスタリアの火』――精霊か……！」

……アスタリアの火？　ただの炎とは違うの？　というかここで精霊って呼び名聞くとも思わなかったんだけど……これも、失った知識なんだろうか。

「ハ、ハハ……！　確かに、有効だ。相反する力を衝突させるのだからな。我が十全に扱えぬのも得心がいった。なるほど、動きを模倣するだけでは足りぬわけだ……」

「なんか色々よく分かんないけど……これだけやってその程度の反応って、ちょっとへこむなー……」

興奮しつつも冷静に分析する魔将の声には、依然、愉悦が滲《にじ》んでいた。

苦痛は感じても、その命には全く届いていないのだろうか。斬り落とした首は繋がり、胴体の傷もすでに修復が始まっていた。

部下の二人と違い、幾度急所を討っても止《とど》めを刺せない。例の、あるかも分からない魔力の核とやらを狙うか、その魔力を全て消耗させるしかないのかもしれない。

あるいは過去の討伐記録は、あくまで神剣を持った勇者だから為《な》せた可能性も――

「そうでもない……同程度の傷をあと幾度か受ければ、我は死ぬ」

明け透けだな。

それが本当なら、倒せないという懸念は払拭されるのだけど。

「神剣も持たず、単独で我をここまで追い込んだ者など、皆無だ。貴様は、〈剣帝〉の弟子を名乗るに値する」

「……それはどうも」

笑顔で、しかし内心苦々しく返礼する。

告白も。称賛も。それはやはり、いまだ余裕がある証拠のように思える。本人にその気がなかったとしても。

「だが、これ以上の消耗は本来の目的に障るのでな……我欲に流されるのは、ここまでだ」

明確な殺意にも等しいその宣言は、しかしなぜか、先ほどまでより闘志に欠ける印象だった。

いや、というよりなんだろう……どこか、残念がっているような……？　何を……？　……何かを、諦めた……？

訝《いぶか》るわたしをよそに、イフは騎士が儀礼の場でするように胸の前で剣を掲げた。黒剣が再三光を帯び、魔将の全身から緩やかに風が広がる。

正体は分からないが、これまで見せなかった魔術を使おうとしている。脳内に警鐘が鳴る。

今から止められるか？　と、確信の持てないまま投げたダガーは、イフが発する風に阻まれ、標的まで届かなかった。

反射的に身構えた次の瞬間……今いる広場を呑《の》み込むように、辺りを強風が吹き抜けた。

◇◇◇

広場に一瞬吹いた風は、離れた木陰で観察していた私の元にも、その余波を届かせていた。髪がわずかに揺れる感触がする。それが収まった後には……

ここから覗《のぞ》く限り、何かが変わったようには見えない。

けれど、拭えない違和感がある。違和感……危機感にも思えるような、嫌な感覚が魔覚に……それに、瞳にも……？

何をしているかは分からない。攻撃的な魔術にも見えない。

けれどとにかく、嫌な感覚、嫌な予感としか言えないものが、胸と目の奥に淀《よど》んで消えてくれない。

「……」

私は一度、目を閉じる。意識を、魔力を、閉じた瞳に集中させ……そして、再び開く。

左目に変化はない。閉じる前と同じ景色が映る。

けれど右目は違う。その視界は、淡く、青く、色づいていた。

外から見れば、今の私の右目には青い光が灯《とも》り、それが水のように不定形に揺らめいて見えるはずだ。

私は、私の予感がただの気のせいであってほしいと願いながら、青に染まった視界で戦いの行方《ゆくえ》に目を向けた。

◆◆◆

片目を瞑《つむ》り、腕で顔を覆って風を除ける。

突風はこちらの身体《からだ》を打ち、一瞬髪を逆立たせる。土煙を巻き上げ、周囲の樹々《きぎ》の枝葉を揺らす……が、それだけだった。

(攻撃、じゃないし、目くらましでもない。周囲に変わった様子も見えない。けど……)

嫌な予感が、消えてくれない。頭の中では警鐘が鳴り続けている。経験とは逆の、未知の違和感に対する警鐘が。

イフは先ほどの興奮から一転、静かに剣を構えて佇《たたず》んでいた。こちらから攻めるのを待っているようだ。

変化のない周囲の風景と、相手の静けさが、却《かえ》って不気味さを加速させる。

だからって、このままお見合いし続けていても埒《らち》が明かない。黙って待っているのも趣味じゃない。

一つ覚えのダガーを取り出して投げ放ち、わたしは飛び出した。

一本は兜《かぶと》の隙間に。もう一本は銀を喰《く》らわせたばかりの心臓に。

先刻の痛みが印象に残っていれば、無意識に優先して防ごうとするはず。魔術で防ぐなら魔力を消耗させられるし、剣で防いだならその瞬間死角に潜りこみ、攻勢に出るつもりだった。

しかし……

相手は上体をほとんど揺らさず、足さばきだけで飛来する刃物をかわしてしまう。

（……狙いを、読まれた？）

直前の攻撃と同じ箇所というのは、あからさますぎただろうか。

それに投擲《とうてき》からの接近も、すでに一度見せた動きだ。攻め急いだかもしれない。

わたしの胸中をよそに、魔将は中段に掲げた剣をこちらに突き付け、狙いを定める。漆黒の剣が再び光を帯び、風を纏《まと》っていく。

今度は、こちらがすでに見た動きだ。撃つのはおそらく先刻と同じ、竜巻の『塔』だろう。

あの威力は思い返しただけで馬鹿らしくなるものだったが、今のこの距離とタイミングなら、回避は難しくな――

ヒュガっ！

（え――）

その竜巻は、今まで見たものより小さかった。

けれど、今までより格段に速い――！

「――っあ……ぐ……！」

竜巻の規模は、騎士が馬上で使う突撃槍《やり》程度。鋭利に渦を巻くそれが、高速で至近距離を通過する。

『塔』とは異なる気配を直前で察し、かろうじて直撃は避《さ》けた。が……反応が遅れ、左の肩当てを持っていかれてしまう。衣服が破け、肩には裂傷が走る。――痛い――

「これもかわすか……感覚の鋭さは、人というより獣に近いな」

出血と灼熱感《しゃくねつかん》に顔をしかめながら、足を止めずに状態を確認する。痛みはあるが動かせないほどじゃない。

（でも、今までと同じ攻め方は危険だ）

直進は避け、気配を消しながら周囲の樹々に身を隠す。木から木へと飛び渡り、相手の視界に入らず間合いを詰めたところで……

先刻部下に対してしたように、小石を投擲。わざと物音を立て、再度木を蹴り急転換。樹上から滑空するかたちで、背後から奇襲をかける。

動きを捉えられていない自信はあるし、捉えていても簡単には対処できない。

現に、イフがこちらに気づいた様子はない。それどころか、わたしの姿を捜す様子も、ない……？

脳内の警鐘は鳴り止《や》まない。けれど空中で急にも止まれない。そのまま勢いと体重を剣に乗せ、わたしは振りかぶった。

イフは動かない。魔術を使おうともしない。ただ静かに、構えた剣の角度だけを変えた。――飛来するわたしに向けて、正確に。

「～～～～っっっ！」

黒塗りの刃と死の予感が高速で迫る。わたしは予感に反発するように、反射的に、突き出された黒剣に自身の剣を叩《たた》きつけ、それを起点に身体を捻《ひね》った。

ガィンっ！

「何……!?」

驚く魔将の身体の上を転げるようなかたちで、かろうじて串刺しを免れる。

けれど安堵《あんど》するのも束の間。着地したわたしの頭上に、剣を掲げる魔将の影が覆い被《かぶ》さる。

「今のをよく防いだ……だが、取ったぞ！」

致命の隙を見逃さず、魔将が大上段から剣を振り下ろす。それが到達するまでのわずかな間に、わたしの声がわたしの意識を駆け巡る。

まともに受ければ剣ごと両断され――

――とーさんに貰《もら》った剣、折られるのは嫌――

――この体勢じゃ、避けられな――籠手《こて》で――

声に従い、自分の感覚と身体が動くのに任せ、思考を放棄した。

その場で反時計回りに振り向き、左手の黒い籠手を、振り下ろされる剣の側面に当て、弾《はじ》く。

ギンンっ――――！

「――!?」

横面を叩かれ、黒剣の軌道が逸《そ》れる。

「いっ……ぎ……！」

同時に籠手越しに衝撃が伝わり、顔をしかめる。肩に――傷に――響っ――……！

けれど努めて痛みを無視し、振り払うように力を込める。刃はわたしの身体をかすめて地面に叩きつけられ、爆発するように土を巻き上げた。

目の端でそれを確認しながら、反動で反転する。逆手に握っていた剣を順手に持ち替え、片膝立ちになりながら横一線に薙《な》ぎ払う！

「クっ!?」

一瞬早く察知された斬撃は、鎧《よろい》の表面を浅く傷つけただけだった。しかし追撃を警戒してか、イフはそのまま距離を取り、再び静かに剣を構える。

「はぁ……はぁ……すぅーっ……ふぅー……」

こちらも警戒は解かないまま立ち上がり、乱れた呼吸を整えながら、剣を逆手に握り直す。

(……今、何回死にかけた……?)

わざわざ改まって宣言されずとも、魔将がこれまで本気を出していなかったのは承知している。目立つのを避けてか大規模な魔術は使わないし、興味を優先して剣での勝負にも乗ってきた。

そうして自分の得意な領域に引きずり込んだからこそ、わずかに優勢に立てもした。が……その優位が崩れれば、本来の実力差は浮き彫りになる。それは分かっている。

(だからって、こんな急に……?)

単純に力で圧倒されたなら、特に疑問も抱かなかったかもしれない。

けれど今のイフは、むしろそれまでより力を抑えて——というより、制御している。

さっきの『槍』がいい例だ。範囲こそ『塔』より狭いが、速さも狙いの正確さも段違いだし、破壊の密度はこちらのほうが上とさえ思える。初撃で使われていたら、そこで死んでいたかもしれない。

そのうえで魔将は、無駄なく、的確に行動してくる。ダガーの牽制《けんせい》も、背後からの奇襲もまるで問題にされず、最小限の動きで対処されてしまった。

動きを見極められている、と言えばそうなのかもしれないが……どうにも、それ以上の違和感が拭えない。こちらの技や思考、その後の行動まで、全て読まれているような気さえしている。

……実は、本当に読まれているんだろうか?

けれど、もしそんなことができるなら、わたしが攻撃をしのいだ時に驚く様子を見せるのも、苦し紛れの反撃が当たりそうになるのもおかしい。

あの時は死の予感を避けるのに必死だっただけだし、その後も流れでほとんど無意識に動いただけで、何も考えてな――

(――何も……考えて……?)

もしかして…………考えなかったから、読めなかった?

# 33節　風牢結界

思い至ってすぐ、わたしは前方の魔将に視線を向けた。

「……」

イフは先ほどと同じく剣を構えたまま動かず、こちらから攻めるのを待っている。相変わらず兜《かぶと》の奥の表情は読めないけれど……

どのみち、このままじゃ訳も分からずやられるだけだ。一つでも相手の手口をはっきりさせれば、打つ手が見つかるかもしれない。

再び駆け出す。

念のため『槍《やり》』を意識しつつ接近するが、イフは魔術を使う様子を見せなかった。わたしが何をしてくるか、無意識のうちに興味に流されていたのかもしれない。

互いの剣の間合いまで近づいたところで、首を狙って横薙《よこな》ぎに一閃《いっせん》。

対するイフは、わたしの斬撃が勢いに乗る前に抑えるべく、縦に構えた剣で迎撃する。

互いの武器が十字に交差し、激突する——その寸前で。わたしは剣を握った手首を外側に寝かせ、相手の剣を受け流し通過させつつ、そのまま右手を振り抜く。

防御をすり抜けながら相手を斬る、剣士殺しの必殺剣——《透過剣《とうかけん》》。

以前リュイスちゃんに話した通り、初めて見せた時は〈剣帝〉にも通じた実績のある、いわば初見限定のびっくりアタックだけど……来ると分かっていれば、防ぐのは難しくない技でもある。

果たして魔将は、わたしが脳裏に思い描いた通りに動いた。

迎撃の剣を引き戻し、こちらの剣を側面から押さえ込むことで、初見殺しの秘技を完全に防ぎ切ってみせる。

そのまま互いに武器を押しつけ合った姿勢で、わたしたちは視線を交わした。

「……まるで、わたしが何をするか分かってたみたいだね」

「……まさか、倒しきる前に気づかれるとはな」

それはおそらく、肯定の言葉なのだろう。

「《透過剣》、か……確かに、初見で防ぐことは叶《かな》わぬだろうな」

もはや隠す気はないのか、イフはわたしが声に出していないことにまで言及していた。


例えば、椅子に座っていたのに気づけば立って歩いていた、という人は少ないだろう。

椅子から立ち上がり、次に歩くこと。大抵はそれらを事前に意識してから行動するはずだ。

日常でもそうなのだ。まして、戦という異質な空間では、なおさら次の行動を意識せざるを得ない。

相手の力量。自分の対応。周囲の状況。

それら全てを頭に入れ、時々で最善の手段を考え模索するのは、生き残るために必要な技術なのだから。

つまるところ、そうした考えや意識を、目の前の魔将は読み取っているのだろう。そのための鍵がおそらく、先刻吹いた風だった。

距離を取って後の先に徹していたのは、わたしに攻め手を考えさせるため。

読んでいるのに度々対処できていなかったのは、こちらが何も考えず咄嗟《とっさ》に、反射的に動いていたから。

あるいは、至近距離では読めていても反応し切れなかったのかもしれない。

「……概《おおむ》ね、貴様の想像通りだ」

ご丁寧にも、魔将はわたしが頭に浮かべた推測まで肯定してくれた。

それにわずかな満足感を覚えるものの、同時につい思ってもしまう。……心読むとかズルくない？などという不満も筒抜けだったのだろう。剣を挟んで間近で顔を突き合わせる魔将が、兜の奥で笑みを漏らす。耳が痛い、というような自嘲の笑みを。

とはいえ、わたし自身も分かってはいる。取り決めも何もないただの殺し合いで、手段を選ぶ必要などないのだと。

「加えて言えば、我は生来、魔力の制御が不得手でな。この剣の能力と、結界に力を割くことで、ようやく自身の魔力を抑え込める有様だ」

そんな説明を付け足したのは、わずかに気が咎《とが》めたからかもしれない。

つまりそうやって抑え込んだ結果が、あの『槍』ということなんだろう。普段は力みすぎて狙いが定まらないわけだ。

さて、相手の手口を確かめると同時、近づくことにも成功はした。

距離があるとどうしても途中に思考が挟まってしまうけど、ここまで接近してしまえば、あとは頭空っぽの反射で攻め――

「フン！」

――ようとするわたしの機先を制するように、イフがこちらの腹部に向けて鋭く足を突き出す。

「――！」

かろうじて魔将の蹴りを、こちらも足を出して押さえつけ、防ぐが……

（やられた……！）

防ぐのではなく、避《よ》けるべきだった。後悔するが、既に遅い。

魔将の脚力に、わたしの体重は耐え切れない。こちらを引き剝がすのが狙いと分かっていながら、甘んじて受けることしかできない。相手の蹴り足に乗り、仕方なく自ら後方に跳ぶ。

ダメージはない。着地も問題ない。

けれど、あそこまで縮めた距離をみすみす広げられてしまった。もう、簡単には近づかせてくれないだろう。

（……どうする？　一旦下がる？　それともいっそ、ここで逃げ――）

「――させぬ！」

鋭く、魔将が叫ぶ。

こちらが受け身を取っている間に魔術を完成させていたのだろう。周囲を、左右に円を描くように、無数の風が走る。

見る間に辺りを覆っていく風は、次第に円から半球に変わり、わたしたちが対峙《たいじ》する広場を閉じ込める。

（これ、は……）

覆われたといっても、動き回るのに十分な広さはある。風の勢いも、『塔』や『槍』に比べれば劣っているように見えた。が。

視界の端に、巻き込まれた付近の樹々《きぎ》が中途からへし折られ、荒れ狂う風に吞《の》まれてその一部になる様子が映り込む。

　致命的でないというだけで、不用意に手を出して無事に済むとも思えない。退路を塞ぐかのようなこれは――

（風の……『牢』……？）

　思い至って即座に振り向き、背後の風を斬りつける。

　剣撃は『牢』の一部を切り裂き、束の間、通り道を開ける。が……走り続ける風が、すぐにそれを塞いでしまう。

　あるいはこの『牢』の対処だけに専念できれば、なんとかなったかもしれないけど……

　ガヒュっ！

「っ……」

　そうはさせてくれないのも、予想はついていた。

　敵前で背を向けるこちらを咎めるように撃たれた『槍』を、わたしはわずかな動きでかわす。

「……逃しはせん。先に述べた通り、これ以上の横槍《よこやり》は遠慮したいのでな」

　やっぱり、『牢』を壊すのを黙って待ってはくれない。

　戦う前は、手に負えない相手なら最悪逃げてしまえば、と思っていたけれど……肝心の逃げ道を、真っ先に封じられてしまった。

　知らず、左手の篭手《こて》に意識を向ける。

（〈クルィーク〉……あなたを起こせば、なんとかなる……？　でも――）

「……『牙』とは、その篭手の名称か？　この期に及んで、まだ隠している手が――……いや、待て。なぜ貴様が、我らの言葉を知っている？」

（――だから考え読まれてるんだってばわたし！）

逃げ腰になっていた気持ちを切り替える。

退路は潰された。生きて帰りたいなら、目の前の魔将の言う通り、本人を倒すしかない。

手にした剣を鞘《さや》に納め、身体から力を抜く。

静かに息を吐き、体内の『気』を循環させる。呼気と共に吐き出すイメージで、余計な思考を頭から追い出していく。

近づくまでに考えを読まれるのが問題なら……初めから、考えなければいい。

# 34節　本能の獣

「……ほう？」

こちらの心の声に、イフが興味を示したように声を漏らすのが聞こえた。けれどもう関係ない。後は何を思うでもなく、わたしは駆け出した。

走りながら残りのスローイングダガーを全て取り出し、両手に握る。ここを乗り切れなければ死ぬだけだ。出し惜しみはしない。

そして放り投げる。魔将に向けてではなく、その手前に落ちてくるように、空に。

このまま進めば、イフの元に到達する前に自分のダガーが自分に降り注ぐ。しかも適当に投げたので、どこに落ちるかは自分でも分からない。

「……!?」

なるべく考えないようにはしたが、こちらの大まかな意図は事前に読んだはずだ。それでも若干の戸惑いがイフから伝わってくる。空に舞う刃《やいば》と、わたし。どちらを優先するべきか。

結局イフは、わたし本人の迎撃を優先したらしい。黒剣に風が集まり、収束されていく。

が、思考を排除したことで却《かえ》って鋭敏になった感覚が、これから放たれるものを察知し、跳躍。

実際に撃ち出されるより早く、致命の一撃をかわしてみせる。わずかに遅れて、『槍《やり》』が通り過ぎる。

予測が的中した感慨にふけるでもなく、着地と同時に強く地面を蹴り、再び前進……し始めたあたりで。

放り投げたダガー（投げやすいよう先端に重心を取っている）の一本が、刃先を下にして投げた本人に落下してくる。傍《はた》から見れば間抜けな光景だろう。頭上に落ちてきたそれを勘だけで避《よ》けつつ、右手の篭手《こて》で前方に弾《はじ》く。

「グっ……⁉」

最初の賭けには勝ったらしい。魔将が呻《うめ》く声、黒剣がダガーを弾く金属音が聞こえてくる。防いだってことは、防ぐような場所に飛んでくれたってことだ。

さらに走りながら、落ちてくるダガーに無心で手足を伸ばす。篭手で弾き、あるいは直接手で摑《つか》み、あるいは足先で蹴り飛ばし、乱雑に撃ち返していく。

意識を追いやり進みながら、全て咄嗟《とっさ》の反応で魔将に刃を飛ばす。わたし自身どこに飛ぶか分からないんだから、相手だって読めない。

「ヌ……ムっ……！」

それでもこれまでの経験の賜物《たまもの》か、標的に向けて飛ばすことには成功している。続けざまに金属を弾く音が届き、それが徐々に近づき、やがて——ようやく——こちらの剣が届く間合いまで侵入する。

「フンっ！」

先に仕掛けたのは魔将。ダガーを弾いた黒剣をそのまま斬り返し、わたしから見て右から左に大きく薙《な》いでくる。

これまでの立場とは逆に、こちらの首を落とそうと迫る斬撃。その下を潜《くぐ》るように、わたしは首を傾ける。

同時に、まだ無事な右の肩当て、その球面部分で刃を受け、わずかに下方から押し上げ、逸《そ》らす。

肩当ての表面を削り、傾けた首の上を黒塗りの刃が通過する。空を切り裂く鋭い音に怖気を感じながらも、上げた右肩を――その手の先にある愛剣を、相手の攻撃に交差させるように外側から振るう。攻防一体の剣技、《交差剣》。

「グブっ……⁉」

一度落とした首の傷をなぞるように、兜《かぶと》と鎧《よろい》の継ぎ目に刃が吸い込まれる。

が、手応えが浅い。斬れたのは、首の半ば程度までか。

見れば魔将は、両手で握っていた剣から片手だけを離し、わずかにその身を反らしていた。そのせいで傷が浅くなったようだ。まだ抜け切らない思考を読まれたのかもしれない。

「グッ……！　ハ……ハハハ……――ハっ！」

苦痛を孕《はら》んだ哄笑《こうしょう》と共に、イフが右手一本で地面を擦るように斬り上げてくる。

今までと違い力任せに振るうそれは、けれど喰《く》らって平気で済むはずもない。一歩後ろに跳んでやり過ごすが、今度は追いかけるように上段から斬撃が落ちてくる。

普段なら接近しつつ受け流したかもしれない。が、身体《からだ》は危険を避けるほうを選んだ。叩《たた》きつけられた黒剣が土砂を巻き上げる。また少し距離が空く。

だけど、いける。やっぱり、考えなければ読まれない。さっきはまだ思考が残っていたからか仕留め切れなかった。もっと意識を放棄すれば、もっと……もっと――

「……ここに至りようやく気づいたが、どうやら貴様は隠していたのではなく、そも魔力が無いようだな」

薄れる土煙の向こうから届くのは低く響く声と、黒剣の淡い光。

すぐに『槍』が来るものと警戒するが、予想に反してそよ風一つ吹いてこない。武器を地面に突き刺す魔将の姿が現れるだけだった。

「そして魔力を持たぬ故か、魔覚も鈍い。残りの五感のみで魔術に対処する様は驚嘆すべきものだ。だが――」

イフはなおも何事か話しているが、思考を排除した頭には言葉の中身が入ってこない。意味を成さない音だけが通り過ぎて――

――駆け出す。『槍』の的を絞らせないよう、回り込みながら走り寄り――

――相手の剣――魔術――それが繰り出される前に感じる嫌な気配にだけ気をつけて――

ここで、イフは地面から剣を引き抜き、一歩後退した。

片隅に残っていた理性がそれに警戒の声を上げるが、次また遠ざけられれば今度こそ接近する手段がない。強引にでもここで決めるしかない。

――斬る。今度こそ、斬る。近づいたら、斬る。何も思わず、何も考えず、間合いに入ったら――

――斬る――きる――きるきるきるきるきるきるきるきるきるき――

そうして標的に接近し、最後の一歩を踏み込んだ瞬間――……足元から、爆発したように風が吹き荒れた。

「――!?」

――風圧――衝撃――見えない壁に殴られたような――

――全身丸めて急所は護《まも》――それでも身体ごと打ち上げられ――

――。

――。

――――――――――――――――いたい――

# 35節　わたしの番

――――。

――浮いている。

気づけばわたしの足は地面から離れ、宙に投げ出されていた。

広場を覆っていたはずの風の『牢《ろう》』は、いつの間にか解除されていた。逃げ場のない空中にわたしを留め置くためだろう。

全身に、痛みを感じる。体中に裂傷が刻まれていた。そもそも純粋な攻撃じゃなく、こうして吹き飛ばすための風でしかなかったのだろうが。

少し遅れて、意識を追いやっていた間の記憶が脳内を駆け巡る。それで現状は把握した。わたしが見え見えの罠《わな》にかかった間抜けだってことも。

考えることは生き抜くのに必要だが、時にはその思考が邪魔になる場合もある。だからそれを追いやる技法も、とーさんから学んでいた。ただ……

「この程度の見え透いた罠、貴様に意識があれば見抜いていただろう。あるいはそれでも魔覚さえ万全であれば、魔術の察知も容易《たやす》かったはずだ」

ただ、わたしはそれを、不完全にしか習得できなかった。思考を排除すると感覚が鋭敏になる反面、普段より視野が狭くなる。今回のように。

それに、魔覚や魔力が人並みにあった場合……

「……いや。それでは初めの奇襲が成り立たぬか。ままならぬものだな」

あぁ、もう。一々《いちいち》的確だなぁ。

何もかも眼下の魔将が言う通りだ。

魔覚の鋭い魔族相手に不意を突けたのが、魔力を持たないからこその恩恵なら、魔術に対する反応が鈍いのもその弊害でしかない。

読まれぬようにと思考の放棄を選択したのがわたしなら、追い込まれてこんな状況になったのもその選択の果てでしかない。

誰だって、今持っているものから選んで戦うことしかできない。もしもを言い出したらキリがないし、今さらなんの言い訳もできない——

「……貴様との戦は、実に有意義だった」

心なしか満足そうに息をつき、イフは剣先を真《ま》っ直《す》ぐこちらに突き付ける。逃げ場を失った獲物を、今度こそ仕留めるために。

「貴様は我が知る限り最も優れた剣士だ。この目に捉えた技の冴《さ》え。この身で受けた傷の鋭さ。全てが我が血肉となり、この先も生き続けるだろう」

反面、先ほどより距離が開いたのを差し引いても、その姿がどこか小さく見え、声からも熱が失われているのは、気のせいだろうか。

あるいは祭りの終わりのような寂しさを、向こうは感じているのかもしれない。それだって勝負の結果でしかなく、互いの選択の果てでしかない……

(……冗談じゃない)

身体は、動く。痛みはあるが動かせる。

けれど、手足が届く位置には何もない。拠《よ》って立てるものが何もない。

道具は？　使い切ったダガー以外に持っているのは……煙玉。爆弾。ロープ。……ロープを周りの木に巻きつければ――？

……ダメだ。ここは広場のほぼ中央で、空中で、直前の攻撃で体勢も崩れている。投げ渡す力を振り絞れないし、できたとしても樹々から離れすぎている。

今度こそ〈クルィーク〉を起こす？　いや、それでも防げる保証がない。それ以前に、おそらくこの子を目覚めさせるよりも、『槍《やり》』が到達するほうが早い。

他には？　今この状況でできることは？　何かない？　何か……まだ……

「さらばだ。〈剣帝〉の弟子よ」

……まだ、死ねない。諦めたくない。

けれど、そんなわたしの想《おも》いを置き去りに、螺旋《らせん》の大槍がこちらに狙いを定め……それが、とうとう撃ち出される瞬間、悟った。

（あ――……死ん、だ？）

わたしはあれを、避《よ》けることも、防ぐことも、できない。

数秒と経《た》たず破滅の暴風は到達し、あがくわたしの両腕ごと、胴を貫き、五体を引き裂き、空に血肉の花を咲かせる。

その未来を――間もなく訪れる現実を。何より身体が先に、理解してしまった。

（……そっか。わたし、ここまでなんだ……）

一度理解してしまうと、ついさっきまでは確かにあった抗《あらが》う気持ちも、もう湧いてきてくれなかった。

時間が泥のように重くなり、周囲の光景が緩慢に流れていく。

手足も鉛のようなのに、意識だけはそれらに逆行するように働いている。

歪《いびつ》な感覚の中、わたしは……わたしの生が終わりを迎えることを、静かに受け入れ、諦め……力なく、微笑《ほほえ》んでいた。


かーさんに護《まも》られ、とーさんに拾われた、わたしの命。

今までそれをなんとか護ろうと、それだけは譲るまいと、生きてきた。

必要なら相手の命を奪うことも、躊躇《ためら》ってこなかった。

だけど――だから――……いつか、自分が奪われる側になることも、ずっと前から、知っていた。


ごめんね、とーさん。気をつけるって言ったのに、約束、破っちゃった……。

ごめんね、かーさん。わたし、最後まで笑えてたかな……？

それから……


まだ出会って間もない、彼女を想う。

真面目で、素直で、世間知らずで、他の人ばかり助けようとする神官さん。

できればもう少し一緒にいたかったけど……ここで、お別れみたいだ。

（一人にしてごめんね。……じゃあね、リュ――）

「――アレニエさんっっっっ！！！」

それまで乖離《かいり》していた感覚は、不意に聞こえた叫び声で現実に引き戻された。

視界の端に見えたのは……木陰から飛び出し、こちらに差し出すように手を掲げる、今まさに思い描いていた、少女の姿。

（リュイスちゃん――？）

「《プロテクトバンカーっっっ――！》」

彼女が叫びと共に突き出した拳から、光で編まれた盾が撃ち出され、迫りくる『槍』とわたしとの間へ割り込むように、飛び込んでくる。

「――なんだと？」

魔将が、わずかに驚いた声を上げる。

ああ……見つかっちゃった。

せっかく、わたしだけで仕掛けたのに。そのまま隠れてくれていれば、逃げられたかもしれないのに。

それに、あれは彼女の盾じゃ防げない。巻き込まれて諸共《もろとも》に砕かれるだけだ。意味がない。彼女だって、それを分かって……

（……意味がない？）

――本当に？

疑問の答えを得る前に、彼女の叫びが再度、耳に届いた。

「跳んでっっっ!!」

「――っ！」

その叫びが聞こえる頃には、盾はもう目の前まで到達していて……わたしはそれに、反射的に足を伸ばした。

盾を蹴った反動で跳躍（というよりほとんど落下）し、かろうじてその場を離れる。直後――寸前までわたしが居た空間を『槍』が貫き、光の盾を易々と引き裂いていった。

先の想像と重ね合わせ、遅れて背筋がゾワリとする。が、そういうのは全部後回しだ。変化した状況に、自然と思考が切り替わる。

即座に煙玉を取り出し、地面に投げつけ、駆け出す。

見る間に煙が視界を奪うものの、イフの風ならすぐに吹き払ってしまえる。先刻一度実証済みだ。けれど。

今は、この場に彼女がいる。

「リュイスちゃん！」

その彼女がいるほうに向かい駆けながら、叫ぶ。

「〝煙を守って〟！」

「！　はい！」

呼びかけをすぐに理解してくれた彼女は、祈りと共に新たな法術を発動させる。

「《守の章、第二節。星の天蓋……ルミナスカーテン！》」

現れた半球状の光の天幕が、煙を覆い、包み込む。それが、獲物の姿を捉えるべく放った魔将の強風を遮る。天幕内部の煙が遮蔽《しゃへい》になり、逃げるこちらの姿を覆い隠してくれる。

法術が効果を失い、煙幕が風に散る頃には、わたしたちは樹々《きぎ》が林立する森の奥へと、無事にその身を隠していた。

# 36節　掠れた怒声

木陰に身を隠しながら何度も方向を変え、彼女の手を引きながら走り続ける。

やがて誰も追って来ないのを確認すると、わたしはそこでようやく足を止めた。

酷使した手足が、肺が、不満を訴えている。全身の細かな傷も、思い出したように主張を始めていた。

「はぁっ……はぁっ……さすがに……はぁっ……ちょっと……きつかったね……」

荒い息を吐きながら、手を握ったままのリュイスちゃんに顔を向けてみると。

「ぜーっ……ひゅーっ……ぜーっ……ひゅーっ……げほっ、げふごほっ……！」

彼女は手足や肺の不満どころか、全身が悲鳴を上げていた。

「あぁぁ、ごめん、リュイスちゃん、ずっと引っ張っちゃってたから……！」

「い……いいえ、大丈夫、で……えほっ、ごふっ……！」

「うん。どう見ても大丈夫じゃないね」

手を離すと、途端に彼女はへなへなと地面に崩れ落ち、肩で、というより全身で大きく息をし始める。しばらくは休ませる時間が必要だ。

それにわたしのほうも、あまり平気とは言えない。

疲労も負傷も蓄積されているし、何より……直前まで、死を間近に感じていたのだ。

今になってじわりと、全身に嫌な汗が浮かぶ。心身を落ち着かせる時間は、わたしにも必要だった。

念のため地面に手を置き、耳を澄まし、周辺を探ってみるが……

（……うん。追ってきてないし、他の魔物なんかもいないみたい）

ひとまず安心する。リュイスちゃんの様子を見つつ、乱れた呼吸を整えていく。

少し落ち着いてくると、頭が自然と逃げ出す際の光景を思い返し始める。

（さっきイフは、突然現れたリュイスちゃんに驚いてるように見えた。考えを読めるなら、彼女の思考も読んでいてもおかしくないのに）

つまり、少なくともそれまでは彼女の動きどころか、その存在にも気づいていなかったことになる。だとしたら……その理由は、どこにある？

例えば、距離が離れていたから、とか？　視界に対象を収めていないといけない、とか。

一度に大勢の思考は読みづらいのかもしれないし、そもそも読める対象は一人だけ、などの制限があるのかもしれない。

あとは、最初に吹いたあの風が、わたしの身体に目印をつけていた、なんて可能性も――

「かふっ……！　けほっ……はぁ……ふぅ……すみません。もう、大丈夫、です……」

そう言いながら、腕を支えになんとか立ち上がろうとする彼女だったが……どう見ても、まだ満足に動けるようには見えない。呼吸は依然荒く、手足にも力が入っていない。

無理をしないよう彼女を制し、その場に座り込む。

腰を落ち着けるわたしに困惑しながらも、彼女はひとまず制止に従い、こちらの様子を窺《うかが》うように視線を合わせる。

「さて、リュイスちゃん。ちょっとお話があります」

「……？」

「……ありがとね、助けてくれて。おかげで命拾いしたよ」

「あ……」

リュイスちゃんが来てくれなければ、わたしはあそこで確実に死んでいた。有り体に言えば命の恩人だ。言葉だけじゃない、本当に感謝している。

「でも……ダメだよ、あんな危ないところに出てきたら。リュイスちゃんは見つかってなかったんだから、わたしを置いて逃げても良かったんだよ？」

「……！」

わたし一人で仕掛けたのも、半分はそのためだ。隠し通せたなら、最悪、彼女一人は逃げられると――

「……さん、の……」

「……ん？」

彼女は俯《うつむ》き、小さく呟《つぶや》いていたが……内容はよく聞き取れなかった。

「……レニエ、さん……！」

呟いてるのは、わたしの名前……？　というかリュイスちゃん……なんか、怒ってる？

キっと顔を上げた彼女の瞳からは、いつの間にか涙がこぼれていた。

「――歯を、食いしばって、くださいっっっ‼」

ペチっ
「……？」

すぐには、状況を理解できなかった。今、わたしは――

――わたしは、彼女、リュイスちゃんに。頬を、引っぱたかれたのだ。

まだ力の入らない腕を無理やり振り上げただけの手の平。当然、全く痛くはないし、避《よ》けようと思えば簡単に避けられた。

けれど彼女の涙に、本気で怒るその表情に、目を奪われた。……避けては、いけない気がした。

「アレニエさんっっっ！」

「は、はい」

「さっき、本気で一度、生きるのを諦めたでしょう！」

「え」

なんでバレてるんだろう。

「それに今も！　私には、『『死んでも』は無し』なんて言っていたのに、どうしてそう言った本人が、自分を見捨てろなんて言うんですか！」

「え、や、その……わたしが死んでも、それはわたしの責任だし、リュイスちゃんは気にしないで逃げてくれればなぁ、って――」

「気にしないでいられるわけ、ないでしょう⁉　ここまで一緒に旅をして、何もかもを助けてもらって、そのうえ……私なんかを受け入れてくれた、恩人を……簡単に見捨てられるわけ、ないでしょう……！」

「いや、そんな大したことしてないし、別に恩とか感じなくても――」

「私にとっては大したことですし、恩を感じるのは私の勝手です！」

両の目に大粒の雫《しずく》を湛《たた》え、彼女は精一杯の怒りを叩《たた》きつけてくる。

「それにこれは、私が貴女《あなた》を巻き込んだ依頼です！　アレニエさんに何かあれば、その責任は全部私のものです！　犠牲が必要ならむしろ私がなります！」

「……リュイスちゃん、勢いに任せて無茶苦茶言ってない？」

「何か言いましたか⁉」

「いえ、何も」

涙目で睨《にら》まれ、わたしは口を噤《つぐ》んだ。


……正直、困惑していた。

だって今まで、こんなことを言い出す相手はいなかった。

これまで、他人と距離が縮まる機会もなくはなかったが、人嫌いのわたしは結局最後まで踏み込めず、相手もそれを察して離れていくばかりだった。

リュイスちゃんは見た目も中身も好みだからと他より贔屓《ひいき》したし、期待もしていたが……それでも、結末は大きく変わらないとも思っていた。

わたしの命一つで、こんなにも心を乱すなんて――乱してくれるなんて、思っていなかった。


「……だから、なんとか助けに入れないかと様子を窺っていたのに……なのに、この『目』でアレニエさんを見たら…………それを見て私が、どれだけ……！　どれだ、け……」

とうとう彼女は摑《つか》みかからんばかりにこちらに詰め寄り、わたしの手を取り、強く握りしめる。

そして今度は……ゆっくりと力なく俯き、呟く。

「……アレニエさんは、未熟な私を護《まも》ってくれているのでしょうが、私だって貴女を護りたいんです……今さら、他人扱いしないでください……」

項垂《うなだ》れたまま、けれど指先にだけは力を込めて、彼女はわたしの手を握り続ける。

ずっと、わたしが心配する側のつもりだったけど……

（……心配かけてたのは、わたしのほうか）

握られたままの手を引き、その先の彼女を抱き寄せる。密着したその耳元に、一言だけ、囁《ささや》いた。

「……ごめんね」

触れた部分から、震えが伝わる。

その震えが収まるまでの間。思っていた以上に華奢《きゃしゃ》で小さなその身体を、わたしは抱きしめ続けた。

＊＊＊

「──魔力が、留《とど》まってる？」

「はい。魔将を中心に、地面から半球状に──周囲を覆っていた風と同じように滞留していて……」

アレニエさんは、ずっとその中で戦っていたんです」

落ち着いたリュイスちゃんに治癒を（左肩の傷が思ったより深かったのだ）施してもらいながら、わたしは彼女の話に耳を傾けていた。

魔力は本来、空気のように辺りを漂い、流れ続けている……らしい。

らしいというのは、わたしは普段、それを感じ取れないからだ。

だから、仮に異常があったとしても知覚できない。わたしが核とやらを見たことがないのも多分そのせいなんだろう。

先刻魔将が吹かせた風に、まさに魔力の異常を、違和感を覚えた彼女は、〈流視《りゅうし》〉でそれを確かめようとし……同時に、わたしが殺される流れまで見てしまった。

その際、わたしが諦めた様子もはっきりくっきり映し出されていたので、全部バレて怒られた次第です。

「考えを読まれた、と言っていましたよね。魔将は私の動きに気づいていなかった、とも。おそらくは法術による結界と同じで、一定の範囲内にしか効果はないんじゃないでしょうか。私が使ったものとは、規模がまるで違いますが……」

「……ふむ」

そういえばイフ自身、あれを結界と呼んでいた気がする。

結界――つまり、内と外とを分けるものだ。

内側にいたから、わたしは思考を読まれた。対して、リュイスちゃんが読まれずに済んだのは……

（結界の外にいたから……）

色々考えたものの、正解は『距離が離れていたから』という単純な理由だったようだ。

内側にさえ入らなければ、あるいは結界そのものをなんとかできれば、魔将に対抗できる。相手の手の内が分かれば、方策を考えられる。

わたしは彼女の頭に、ぽんと手を乗せた。

「ありがと。リュイスちゃん」

そのまま、子供をあやすようによしよしと撫《な》でる。さっきのお礼と……謝罪も込めて。

「リュイスちゃんのおかげで、なんとかなりそうだよ」

「……本当、ですか？」

「うん。だからリュイスちゃんは、今度こそほんとに逃げて」

「え……」

「逃げて。できれば街まで。しばらく戻ってきちゃダメだよ」

「どうして……！　私だって、一緒に戦うつもりで…………まさかアレニエさん、まだ……！」

「違う違う！　さっきみたいに、見捨てろってことじゃないよ。そうじゃないけど……やっぱり、リュイスちゃんが魔将の前に出るのは、わたしは反対だよ」

「う……いや、でも……」

「イフは、あれでも力を抑えてるって言ってた。あんまり目立つと、わたし以外にも邪魔が入るかもしれないから、って。でも、いざとなったらそんなの忘れて、形振《なりふ》り構わなくなるかもしれない。そうなったら、いつリュイスちゃんが巻き添え食ってもおかしくない」

「……」

「それに……。……わたしも、〝荷物〟を抱えたままじゃ、満足に戦えない」

「……っ」

この言い方で、おそらく伝わったのだろう。

彼女は傍目《はため》にも傷つき、悔しさを表情に滲《にじ》ませる。が、それ以上反論しようとはしなかった。

その様子に、ほんの少し、胸がチクリとする。

先刻助けられたのが大きい、とは思う。今さっき叱られたことも。わたしの中で、彼女が占める部分が増している。

けど……いや、だからこそ。ここではっきり拒絶し、戦場から遠ざけておきたい。でなければ、彼女は意地でもついて来るだろう。

それに……できれば、この先は彼女に見せたくない。

「……〝荷物〟がなければ、気を取られずに済むんですね？」

「うん。傷つくと困るから、遠くに運んでほしいかな」

「そうすれば……勝てるん、ですよね……?」

「今度は、多分大丈夫」

「……分かり、ました」

彼女はゆっくりその場を立ち上がると、まだ少し雫の残る、それでも力の篭《こ》もった瞳で、精一杯に見つめてくる。

「でも、無事に、帰ってきてくださいね。……死んでしまったら、今度こそ許しませんから」

それに〝いつものように〟笑顔を返しながら、返答する。

「うん。なるべく頑張るよ」

「なるべくじゃなくて絶対ですよ!」

再度念を押すと、彼女はまだ躊躇《ちゅうちょ》しながらも踵《きびす》を返し、樹々《きぎ》の奥へと走り去っていった。

しばらくその背を見送り、姿が見えなくなったところでホっと息をつく。

意外と素直に言うこと聞いてくれて助かった。リュイスちゃん、変なとこで頑固だからなぁ。そんなところもかわいいんだけど。

「さて、と」

これで彼女の心配はいらないし、彼女の目も気にしなくていい。

わたしはその場を立ち上がる。そして左手の篭手《こて》に視線を向け、反対の手で軽く撫でてから、呟いた。

「それじゃ、行こっか」

# 37節　半分だけの牙①

魔将は足元に黒剣を突き立てた姿勢で、微動だにせず広場の中央に佇《たたず》んでいた。

奇襲への警戒だろう。あの位置では、どこから仕掛けてもある程度の距離がある。まあ、元からこそこそ隠れるタイプでもないだろうけど。わたしみたいに。

そのわたしが離れた物陰から様子を窺《うかが》っていることには、おそらく気づいていない。仮に例の結界を張りっぱなしだとしても、まだ範囲には入っていないはずだ。

(――今なら、不意を打てる、かな？)

結界の外から一気に接近すれば、心を読む暇もなく首の一本ぐらい落とせるかもしれない。

気配を殺しての奇襲は得意とするところだ。主にとーさんに一泡吹かせるために磨いた技術だけど。

ただ、それをするならもう少し距離を詰めたい。結界の範囲、そのギリギリまで近づいて――

「……来たか」

「――！」

数歩分足を進めたところで、イフは何かに気づいたように声を上げた。

まだこちらを視認してはいない。気配は可能な限り消していた。結界の範囲にも入っていない。

「いるのだろう。〈剣帝〉の弟子よ」

リュイスちゃんの情報が間違っていたとも思わない。

けれど、こちらに向けられたその声には確信があった。不意打ちは諦めるしかなさそうだ。

「……てっきり、追ってくると思ってたけど」

事前に聞いた範囲にはあくまで入らないよう距離を保ち、わたしは観念して姿を見せた。

「そうしても良かったのだがな。貴様が全力で逃走したなら、捜索は困難と判断した。だが……貴様は、戻って来ざるを得まい」

「……そうだね。余計なことも知られちゃったし。ここで、始末しておかないと」

演劇の悪役みたいだな、わたし。

「それ以上近づかぬということは、おおよその範囲を把握したようだな」

「さっき、あの子の考えは読めてなかったみたいだからね。このくらい離れてれば、大丈夫かと思って」

さも自分で気づいたかのようにわたしはごまかした。すでに彼女の姿は見られているが、だからといって余計に興味を惹《ひ》かせる必要もない。

「そういうあなたは、なんでこっちに気づいたの？　今の口ぶりだと、結界とやらの大きさは変わってないんでしょ？」

「気流を読んだだけだ。こちらのほうが、より遠くへ広げられる。知らぬ間に首を落とされていた、というのは遠慮したいのでな」

事も無げに口にしたけど……空気の流れで、何か来ても察知できるってこと？

ああ、そういえば最初に煙幕に紛れて奇襲した時も、風に煙を払われてから気づかれたような……

心を読む結界と風がどうにも繋《つな》がらなかったけど、もしかしてそれも風を――空気を経由させて読んでる、とか？　魔術の制御が苦手って言う割には……

「……存外器用だよね、あなたは」

「賛辞か？」

「罵倒です」

おかげでめんどくさいことこの上ないよ。

「クックッ……誹《そし》りを受けるのは構わんが、貴様に言われるのは心外だな、〈剣帝〉の弟子よ。研いだ『牙』をいまだ隠し持つ貴様には」

「……そう、だね。そうだよ。それを使ってでも、あなたの口を封じなきゃいけない。そのつもりで、戻ってきたんだから」

言葉を切り、息を吐き、左腕を前方に掲げる。

そして唱える。

「《――獣の檻《おり》の守り人。欠片《かけら》を喰《く》らう咢《あぎと》》」

わたしの声と、紡ぐ言葉が鍵になる。わたししか開けられない扉の鍵に。

「《黒白《こくびゃく》全て噛《か》み砕き、等しく血肉に変えるもの》」

鍵を差し込み、ゆっくり回す。胸の奥で、カチリと音が鳴る。と同時に……

左篭手《こて》から――篭手だったものから、メキメキと異音が響き始める。

「……起きて、〈クルィーク〉」

心臓が、一際大きな鼓動を鳴らす。

鼓動と共に溢《あふ》れ出した穢《けが》れ――アスティマの悪《あ》しき魔力が血液に混じり流れ込み、半身を変異させていく。

左肘から先が異音を上げながら肥大化し、それを覆うように〈クルィーク〉も形を変える。黒い篭手だったものと左腕が一体化し、硬質で禍々《まがまが》しい、巨大な鉤爪《かぎづめ》と化す。

両目共に黒だった瞳は左目だけが赤く染まり、淡く輝く。髪の一部、前髪の何房かも、同様に朱に染まった。

「……なんだ、その姿は」

その姿は、部分的にではあるけれど、まるで――

「貴様、まさか我らの――」

――まるで、魔族のように見えるはず。

「半分だけ、ね」

これまでとは少し違う姿で、これまでと同じようにわたしは微笑《ほほえ》んだ。


わたしは、人間と魔族が交わった際に生まれ落ちる、半魔と呼ばれるもの。

人間には忌み嫌われ恐れられ、魔族には下等な半端者と蔑まれる。どちらにもなれず、どちらにも受け入れられない、はみ出し者。

リュイスちゃんを遠ざけたのは、もちろん彼女の身を案じたのもある。が……この姿を見られたくないのが、最大の理由だった。

総本山の神官が、まさか半魔と――穢らわしいアスティマの眷属《けんぞく》と寝食を共にしていたなんて、醜聞どころの騒ぎじゃない。

何より……彼女がわたしを受け入れてくれる保証なんて……

「……些《いささ》か驚きはしたが、そうか……その篭手は、魔具か。穢れを抑制するための」

「そ。普段は眠りながら、わたしの魔力を食べてくれてる」

だから普段、わたしの魔力は常に空だ。この身から溢れる穢れも、身体が空気中から日々蓄えるはずの魔力も、〈クルィーク〉が全て食べてしまう。使わないから魔覚も鈍る、というより、ほとんど閉じている。

代わりに、食べられた魔力は随時わたしの体力や治癒力、病への耐性なんかに変換されている。人より傷の治りが早いのはそのおかげだ。

「だが……それ程の魔具、人間共に生み出せるものではあるまい。しかし魔族が半魔に提供するとも思えぬ……」

「……」

「……いや。確か、人間と通じていた咎《とが》で罪に問われた職人がいたな。始末に向かった者たちは職人共々、その後、消息が途絶えたと……。……貴様は……」

相変わらず察しがいいな。

「その魔族の職人が、わたしのかーさん。この子はかーさんがわたしに遺《のこ》してくれた、最後の魔具」

本来わたしは、かーさんから受け継いだ魔族の特徴を左半身に持って生まれてきた。つまり今見せているのが、元々のわたしの姿だ。

けれどそれを晒《さら》したままでは、どちらの側でも生きていけない。魔族の世界では人間の身体《からだ》が、人間の世界では魔族の半身が、互いに迫害の対象になる。

かーさんが〈クルィーク〉をくれたのは、わたしが人に交じって生きられるようにと――そのほうが、魔族の社会よりは生き延びやすいと――、そう考えたからだろう。今もこの子は、わたしが必要以上に呑《の》まれないよう、半魔の本能を抑えてくれている。もちろんそれにも限界はあるため、わたし自身も気をつける必要があるが。

「なるほど。これは、貴様にとっては仇討《あだうち》となるわけか」

「……言われてみれば、そうなるのかな。別に、あなた個人に恨みはないけど」

「む……いや。そうでもない」

「？」

訝《いぶか》しむわたしに、イフは手にした黒剣を見えるようにかざす。

「銘は〈ローク〉。我らの言葉で『角』を意味する。貴様も既に察しているだろうが、魔具だ。造り手が分かるか？」

「……まさか……」

この話の流れで分からないわけがない。あの黒剣は〈クルィーク〉と同じ、かーさんの……

「……それを、どこで手に入れたの？　かーさんは、領土を出てからほとんど魔具を造ってない。誰かに渡してもいなかった……」

「さて。今さらではあるが、我と貴様は敵同士だ。素直に答える必要もない。となれば、どうする？」

「……」

ただの挑発だ、と頭の冷静な部分は警告している。あれがかーさんの造った魔具という保証もない。けれどかーさんが死んでから、家には一度も戻っていない。子供だったわたしに物の細かい判別などつかないし、持ち出せる物にも限りがあった。

もし、かーさんの魔具がまだあの家に遺っていて、それを奪われたのだとしたら。本当に、かーさんの形見の一つだというなら……

「……あなたの首を落とす理由が、もう一つ増えたみたい」

「日に二度も落とされるのは、遠慮願いたいものだな」

冗談めかしながら満足げに頷《うなず》き、イフは〈ローク〉を中段に構える。その姿を睨《にら》み据え、こちらも静かに重心を下げる。

さっきは結局逃げることしかできなかった、魔将との再戦。けれど、さっきとは状況が違う。

「そうそう、言い忘れてたんだけど」

奪われたかもしれない形見。刺激された本能。それらに昂《たかぶ》る心を理性で抑え、わたしはわざとらしく言葉を付け足す。

「〈クルィーク〉が食べるのは、わたしの魔力だけじゃないよ」

## 38節　半分だけの牙②

「……何？」

わたしの言葉に、イフが怪訝《けげん》そうな声を上げる。

半魔の身を露《あら》わにしたのと共に、閉じていたわたしの魔覚も開いていた。これまでは感じ取れなかった魔将の膨大な魔力が肌を刺し、歩みを鈍らせる。

けれど同時に、イフの周囲を半球上に覆う件《くだん》の結界も、赤に染まった左目にほのかに映し出されていた。

歩を進め、掲げた左手を眼前の結界に触れさせる。すると……

ズ……。

手の平に触れた結界の一部が、吸い込まれるように消失する。〝魔力を喰《く》らった〟のだ。

消えた個所から連鎖するように、結界を構成していた魔力が霧散していく。内と外を分ける境界が綻び、効力を失う。

「――貴様……！」

何をされているか気づき、即座にイフが『槍《やり》』を放つ。

今までは見えなかったその魔力の動き、魔術の構造を知覚して、改めて実感する。

（……やっぱり、〝これ〟を正面から食べるのは無理だね）

あの時、仮に〈クルィーク〉を起こしていても、結果は変わらなかっただろう。おそらく魔力を喰らう暇もなく貫かれ、殺されていた。これは、凝縮された破壊そのものだ。

跳んでかわし、続けて前方を撫《な》でるように左腕を滑らせる。その軌跡に、魔力で生成された五本の短剣が現れる。

これは〈クルィーク〉のもう一つの力、『魔力の操作』。本来は魔術を行使するための媒介でしかない魔力だが、〈クルィーク〉は自身に触れた魔力それ自体を操ることができる。

もう一度、今度は払うように左腕を振るい、短剣を五本とも相手に撃ち出す。

わたしの意のままに動くそれを、三本を先行させ、残りの二本はわずかに遅らせて。そして例の如く追いかけるように、わたしも駆け出した。

緩やかに孤を描きながら高速で迫る魔力の短剣。一本を黒剣に弾《はじ》かれ、一本を風に阻まれるも、三本目は鎧《よろい》が砕けた腹部に吸い込まれ、遅れて四、五本目が上空から襲い掛かり、首の隙間を刺し貫く。

「グ、ガっ……⁉」

肉薄し、畳みかけるように右手の剣を一閃《いっせん》。

首を狙った斬撃は半ばまで刃《やいば》を食い込ませる。が、そこまでだった。相手が引き戻した黒剣に押し止《とど》められ、停止。切断までには至らない。

「ヌ、グ……ク、ハハ、ハ……！　まだ足りぬ……まだ、我の命には届かぬぞ……！」

魔将は哄笑《こうしょう》しながら、首に刺さったままの刃を左手で摑《つか》んで封じ、反対の手で反撃の剣を返してくる。

命の総量が多い魔将だからこそできる、捨て身の反撃。対してこちらは攻撃直後の不安定な姿勢で、武器も封じられている。摑まれた剣をなんとか引き抜くか、それを手放してでも離脱するしかな――

――何言ってるノ。平気でショ？　〝この手〟で受け止めればいいんだヨ――

――そう。そうだ。今は、この左腕がある。湧き上がる高揚感に身を任せ、身体を翻す。

こちらを斬り裂かんと迫る黒剣――それを握る魔将の腕を、〈クルィーク〉に覆われた左手で受け止める。

「ヌ……！」

一瞬だけ、魔将の動きが止まる。

もちろん、純粋な力比べで生粋の魔族に勝てるはずもない。こっちは左腕一本分、相手は全身だ。が。

クンっ――

元から力比べをする気はない。止めた一瞬でこちらの剣を引き抜き、次いで左腕で力の向きだけをずらし、体《たい》を入れ替えるように受け流す。

「……⁉」

そのまま圧《へ》し切る腹積もりだったのだろう。イフは前方にガクンと身体を傾け……しかし前に出した足で踏み止まり、転倒は避けてみせた。

隙を逃さず相手の右腕を掴み、捻《ひね》り上げる。半魔の腕で、暴力的に。

「グっ……⁉」

間接が軋《きし》み、筋線維が千切れる。

左手から伝わるその感触をわずかに味わってから、そのまま捻じ切ろうとさらに力を込め――

「舐《な》めるなっ！」

叫びと共にイフの右腕と、その手が握る〈ローク〉に大量の魔力が流れ込む。すぐに術は完成し、わたしは吹き荒れる暴風に引き剝がされるだろう。

「あはっ！」

――その魔将の魔力に、わたしは〈クルィーク〉で干渉した。

相手が集めた魔力をさらに一か所に誘導し、膨張させ、一気に破裂……爆発させる！

「な――ガァァァァァ⁉」

驚愕《きょうがく》の声が、身体《からだ》と共に遠ざかる。

吹き飛び、転がり、それでも魔将は倒れず、片膝立ちで正対するも……

「グ……ク……！」

右肘から先を失ったその身から、鮮血がこぼれ落ちる。

少し遅れて、腕と共に宙に弾き飛ばされた〈ローク〉が、回転しながらこちらに落下してくるのが見えた。

降ってきたそれを左腕で掴み取る。それをわずかに眺めてから……地面に突き刺した。

武器が増えた形にはなるし、本当にこれがかーさんの作なら、この手で使ってみたい気持ちもあるけど……

わたしの剣とは形状も重さも違うし、クセも何も分かっていない。慣れない武器を実戦でいきなり試すなんて命取りにしかならない。奪えただけで戦果としては十分だろう。

そう。十分な戦果だ。魔将から剣と右腕を奪い、さらには膝までつかせているのだから。その様を見られただけで、胸の内に充足感が――

「ク……クックッ……『戦を楽しむ気も、いたぶる趣味もない』、だったか」

「……？　……急に、どうしたの？」

「なるほど、自覚はないか……その姿を晒《さら》して以降、剣を交えるたび、我の身に傷を刻むたびに……〝嗤《わら》って〟いるぞ、貴様」

「――！」

「カァっ――！」

制御できているつもりが、いつの間にか本能に呑《の》まれていた。それに動揺するわたし目掛け、この日何度目かのイフの暴風が、失った右腕の先から渦を巻いて吹き荒れた。

けれど、消耗し、要である〈ローク〉も持たず放った魔術は抑え切れず、初めに見た『塔』と同じように膨れ上がっている。狙いも明らかに定まっていないそれは、魔術に疎いわたしから見ても不完全なものだった。

当然、この身に受ければ無事に済まないのは変わらない。その場を飛び退《の》き、難なく安全圏には逃れられたが……だからこそ、魔将の意図が分からない。

らしくないと思う。いや、出会ってからまだいくらも経《た》ってないけれど、武器と腕の一本を奪った程度で取り乱したり、中途半端に攻め急いだりする相手じゃ……

と、そこでようやく気が付いた。イフが突き出した腕の、先にあるものに。

# 39節　暴風

（……狙いは、最初から剣のほう……？）

地面に突き立てたままの黒剣〈ローク〉。その場所まで風が到達したところで……異変が起こった。

いや、〝治まった〟。それまで失っていた魔術の制御が安定し、魔将と黒剣とを風が繋《つな》げる。

次いで、剣に触れた風の先端部分が枝分かれし、『槍《やり》』よりさらに小さな五本の竜巻が生まれる。

まるで手指のようにも見えるそれらが……実際に手のように蠢《うごめ》き、黒剣の柄を摑《つか》み取り、地面から引き抜いた。

「──は？」

思わず間の抜けた声を漏らすわたしを尻目に、風が──風で編まれた『腕』が、握りしめた黒剣をイフの元に引き寄せ……そのまま本物の腕かの如く、その身に収まる。

わずかな間、イフは自身の新たな右腕に目を向けていたが……やがて静かにそれを、そして〈ローク〉を、頭上に掲げた。

先にそれに警戒を示したのは、身体のほうだった。予想外の光景に停止していた頭も、一瞬遅れて働き出す。

（──落ち着いて。剣を取り戻したなら、また『槍』が来るかもだけど、魔覚が開いてる今なら魔力に動きがあった時点で撃つのに気づける。それに……）

それに魔術を放つ際は、おそらく狙いを定めるためか、黒剣をこちらに突き付けるはず。今見せている構えはむしろ、上段から斬り掛かる剣術のそれだ。だから撃てないとは限らないが、やはりそうして虚を突く相手とも思えない。

（……というか、なんでその位置で構えたの？　まだ距離はだいぶ離れて……いや……でも、なんか……離れてる、のに……？）

ぞわりとする。黒剣の間合いには全く届いていないのに、その内側にいるような錯覚を、身体が感じ取っている。内心、まさかと思いつつ反射的に身構え──

「──ハアァァアっ！」

動き出しは、足元。両足の捻りで生まれた力が──魔力が、魔将の身体《からだ》を駆け上る。

身体の各所を経由してさらに増幅されたそれが『腕』の風を膨張させ、伸長させ、鞭《むち》のようにしならせながら、上空から真《ま》っ直《す》ぐに〝落ちて〟くる──！

ギャリィイイ！

「な、ん……⁉」

イフはその場を動いていない。しかし黒剣はわたしを頭から断ち切らんと、その切っ先を届かせていた。

愛剣を掲げ、かろうじて軌道を逸《そ》らし、防ぐのには成功する。が、内心では、相当に混乱していた。

（風を──風で作った腕を、撃ち出した……いや、伸ばした、の……⁉）

逸らした黒剣は地面を打ち、衝撃で土砂を撒《ま》き散らす。飛来する泥土に耐え、目を細めて黒剣と『腕』の行方《ゆくえ》を探るが……

「オオォォオア！」

既に魔将の手元に戻っていたそれらが再び振るわれる。するとやはり風の腕が長さを増し、遠間から横薙《よこな》ぎの一閃《いっせん》を届かせてくる。

が、目測を（あるいは力加減を）誤ったのか、黒剣はわたしを通り過ぎ、後方にその切っ先を伸ばしていた。ゆえに剣ではなく、それを握る『腕』自体が殴りつけてくる形になる。

左手に魔力を凝固させ、盾を造り、受け止める。が……

（……止ま、らない――！）

足を地面から無理やり引き剝がされる。浮遊感が襲う。

その間も『腕』は（側面で殴りつけただけだというのに――！）盾を徐々に削ってゆく。

砕かれ、しかし次は〈クルィーク〉で摑み止め、魔力を喰《く》らおうと試みる。が、圧縮された暴風は表面をいくら食べても奥まで届かず……直撃は免れたものの、そのまま広場から弾き出されてしまう。

空中で身体を捻《ひね》り、足から着地。それでも勢いを殺せず後退させられる。そこへ。

「シっ！」

魔将の鋭い呼気から一拍遅れて、遥《はる》か頭上から袈裟《けさ》切りに振るわれる黒剣と風の腕が、立ち並ぶ樹々《きぎ》を薙ぎ倒しながら迫る。

「……っ！」

剣閃《けんせん》の下方を潜《くぐ》り、かわす……つもりだったけど。

切っ先はそもそもこちらまで届いておらず、視界を斜めに両断した後、地面を激しく打ちつけ、爆発させる。飛び散った細かい土砂が、辺り一面に舞い落ちる。

「――……」

これまでの『塔』や『槍』のような、通常の魔術の形式――魔力を充填《じゅうてん》させ、制御し、狙いを定めて放出する形じゃない。

それらの段階を全て飛ばし、『既に発動している魔術』へ身体動作によって魔力を送り込み、武器まで届かせている。というより、おそらく黒剣まで伝える過程で、通り道である『腕』にも魔力が流れ込んでいるのだろう。

（つまり、〝身体の動き〟で、一時的に魔力を増幅させてる……それって……）

「……加減が、難しいな」

湿った土が降り注ぐ中、男の低い声が響く。

「思い至ったのがつい先刻。当然だが、可能と体得では大きく開きがある。だが……」

その声に、再び熱が灯《とも》る。

「やはりそうか……！　貴様らの技は、精霊を――アスタリアの火を武器とするもの。ならば我らは、それをアスティマの穢《けが》れに――悪霊にこそ、求めるべきだったのだ！　内に巡る力を動作により集め、増幅させる。それこそが『気』の術理――剣技の骨子！　我はまた一つ解き明かした！　礼を言うぞ、〈剣帝〉の弟子よ！」

興奮し、まくし立てる風の魔将。その返礼は、地面を薙ぎ払うように切り裂き迫る、黒剣の一閃だった。

「っ！」

振るわれた刃を、咄嗟《とっさ》に跳び越える。

しかし跳び上がったわたしを即座に追って、今度は掬《すく》い上げるような斬撃が下方から襲い来る！

ギィンっ！

「く、ぅ……！」

剣と左腕の両方で受け、直撃は防いだものの……魔族の膂力《りょりょく》は風で編まれた腕でも健在らしく、わたしの身体は容易に空高くまで運ばれてしまう。この状況は……

「判断を誤ったな……！　先刻のような助けは望めぬぞ！」

付近に何者も存在しないのは、気流感知で確認済みなのだろう。イフは今度こそ勝利を確信し、声を張り上げた。

そう。この状況は、さっき死にかけた時とよく似ている。わたしは逃げ場のない空中に留め置かれ、相手はそこに必殺の一撃を突き付けている。

けれど、似ているだけで、同じじゃない。あの時とは違い、既に〈クルィーク〉は目を覚ましている。それに――

「今一度……さらばだ、〈剣帝〉の弟子よ――！」

魔将は力を溜《た》めるように身を捻ると、すぐさまその反動を活《い》かし、全力の突きを放つ。動作で伝えられた魔力が風の腕を後押しし、黒剣と共に『槍』のように射出される。

ここまでの斬撃と同様、『気』の身体操作を真似《まね》て放たれたその片手突きは、手にする黒剣〈ロ－ク〉にも破壊の暴風を纏《まと》わせ、その名が示す通りの尖角《せんかく》となって空を穿《うが》つ。わたしの身体など、容易に串刺しにしてしまうだろう。

だからそうなる前に……わたしは自身の足元の魔力を固め――空を、蹴った。

「な……！」

さっき、リュイスちゃんに助けられたのがヒントになった。

あの時、彼女は法術の盾を足場とすることで、わたしを死の窮地から救ってくれた。同じことが、〈クルィーク〉ならできるのではないか、と。

唸《うな》りを上げる暴風の腕とすれ違いながら、さらに魔力の足場を蹴って空中を跳び渡る。相手は突きを繰り出した姿勢からまだ戻れていない。そして……

キン――！

全力で放った斬撃が、再度、魔将の首を落とす。

ゴトリ……と、兜《かぶと》に包まれたイフの頭部が落下する。胴体は突き終えた体勢から微動だにしない。

跳躍の勢いに押されながら着地し、その背から数歩分離れたところで――

「――まだだっ！」

# 40節　決着

地面の頭部が鋭く叫ぶ。

同時に、胴体が振り向きざまに斬り付けてくる。

驚きはしないし、予想もしていた。これでも、まだ足りないと。

だからわたしは呼応するように振り向き、魔将の振るう黒剣を掻《か》い潜《くぐ》りながら踏み込む。最小の動きで愛剣を振るう。

間合い。刃筋。力の伝達。断ち切る意志。

それら全てを理想的に満たせたなら……この剣に、断てないものなんてない――！

「「――……」」

少しの間、静寂が辺りを支配する。

手応えはほとんど無かった。必要を完璧に満たした一閃《いっせん》は、だからこそ遮るものなど何も感じない時がある。

けれど、今度こそ確信があった。最悪の魔将――〈暴風《ぼうふう》〉のイフ。その命に、届いた実感が。

ズル……

と、今になって斬られたことを思い出したかのように胴体がずり落ち、次いで下半身もグラリと揺れ、倒れた。風の腕も霧散し、入れ替わるように傷口から穢《けが》れが漏れ出す。握られていた黒剣がガランと音を立て、地面に転がった。

「……ク、クク、ハ、ハ……我が、神剣も持たぬ者に敗れる、か。……あぁ、愉快な、充実した戦だった。叶《かな》うなら、今少し貴様と斬り合いたいところだったが……これ以上は、身体《からだ》が保たぬようだな」

胴と離れ、地面に転がる頭部。それが発する声には悔しさと、それを上回る充足感が滲《にじ》んでいた。

「見事だ、〈剣帝〉の弟子よ。その名に恥じぬ技の冴《さ》えだった」

「ん、や……まぁ、〈剣帝〉とは似ても似つかない、邪道の剣だけどね」

あまりに真《ま》っ直《す》ぐな称賛に照れくさくなってしまった。純粋に剣一本で戦い抜いたとーさんと違い、わたしは小細工も弄さなければ生き残れないから、その引け目もあったかもしれない。

「戦に正道も邪道もあるまい。貴様の剣は本物だ。胸を張り、誇れ」

「……褒めすぎじゃない？　あなたが初めから全力だったら、その剣を交える機会もなかったはずだよ」

「そうか？　貴様ならばそれすら対処し、抵抗していたと思うがな」

「…………褒めすぎだってば」

褒められ慣れてないのでムズムズします。

どうもこの人調子狂う。というか、いやにわたしへの評価が高い気がする。半魔を蔑視する様子もないし。

「実際、なんで最初から使わなかったの、あの結界？　そうすれば……」

まぁ、使われていたら、多分あっさり殺されていたんだけど。

返答は、簡潔だった。

「好かぬからだ」

「……好き嫌いの問題なの？」

「問題だとも。我らは、おそらくは貴様らの想像以上に、本能や欲求に縛られている。望まぬ行動を強いられる苦痛は、肉体の痛みすら伴いかねん」

境界が近いとかいう例の特性は、魔術以外にも制限があるらしい。

「貴様の言葉を借りるなら、他者の思考を覗《のぞ》き見る趣味など、我にはない。加えて、それに頼ること自体が剣での勝負に敗れた証ともなる。しかもこれは、刃を交わす興奮も、術理を解き明かす愉悦も、容易に喪失させてしまう力だ。陛下の守護という第一義が無くば、我も最期まで使いはしなかっただろう」

「あぁ……それでどこか諦めた感じだったんだ」

動機が子供みたいで、やっぱりちょっとかわいいかもしれない。

「あと、そこに転がってる、あなたの剣なんだけど……」

「〈ローク〉か。先刻は明言を避けたが、貴様の母である職人が製作したもので間違いない。以前――数百年ほど前だったか。わずかばかりでも制御の足しになればと、我が命じて造らせたものだ」

てことはこの人、もしかしてかーさんの顧客？　普通に発注したものなの？　……疑ってたの、ちょっと悪い気がしてきた。

「望むなら、持っていくがいい」

「え？　でも……」

あなた用に造ったものなんじゃ……

「職人の娘であり、我を討ち倒した貴様には、手にする権利がある。肝心の使い手はこの通り、持ちたくとも持てぬ有様だからな」

「……ん。じゃあ、貰《もら》っておこうかな」

持ち主がそう言うなら、遠慮する必要もないか。

「さて、この身が滅ぶ前に、こちらからも問いたい」

「何を？」

「貴様の名を」

「……わたしの名前？」

そういえばまだ名乗ってはなかったけど……半魔の名前聞きたがるなんて、やっぱり変わってる。

それこそ他の魔族相手なら、名前が広まるのを嫌うところなんだけど……

「……まぁ、最期くらい、いいか。わたしはアレニエ。アレニエ・リエス」

「リエス……『森』か。なるほど、貴様の母である職人は、他者の寄り付かぬ森に隠遁《いんとん》していたな。人間のように姓とやらを名乗る魔族。確かに、変わり者だったようだ。……アレニエ、とは？」

「『蜘蛛《くも》』って意味。かーさんが好きだったんだって」

「アレニエ・リエス――『森の蜘蛛』、か。その名、憶《おぼ》えておく。いずれまた、相対する機会もあるだろう」

「へ？」

「敗れはしたが、得るものの多い戦だった……いつになるかは分からぬが、貴様と再び剣を交える日を心待ちに、今は眠りにつくとしよう」

「あの」

「では、さらばだ、アレニエ・リエス。〈剣帝〉の弟子よ」

存外あっさりしたその言葉を最後に、イフの頭部と胴体が急速に風化し、穢れとなり、すぐに霧散してしまう。

後に残されたのは、彼が纏《まと》っていた兜《かぶと》と鎧《よろい》。地面に転がったままの黒剣〈ローク〉。そして呆然《ぼうぜん》とするわたし……

（……そういえば、『魔王と同じく不死』なんて噂《うわさ》もあったっけ？　今までも、勇者に倒されては復活してたってこと？　……え、また来るの？）

「はぁぁぁ～……」

思わず大きく息をつく。先行きに不安は残るものの、ようやく終わったという安堵《あんど》と疲労が大きかった。

魔王に次ぐ存在。最も名の知られた魔将、〈暴風《ぼうふう》〉のイフ。

噂に聞く彼の実態は、あらゆる意味で想像以上で……なんというか、物腰は静かなのに嵐みたいな人だった。唐突に来訪し、暴れ狂い、去っていく……

彼の言葉が本当なら、この先また会うことになるのかもしれない。が、本人の言葉から察するに、おそらくその機会はかなり遠い未来になるんだろう。なってほしい。あんなとんでもないのが頻繁に来られても困る。

ともあれ、依頼はこれ以上なく達成できたはずだ。

あとはリュイスちゃんと合流して王都に帰るだけ、なんだけど……

（急に、使いすぎた、かな……）

左腕に熱を感じる。

普段は〈クルィーク〉に抑えてもらっている魔族の半身。

日頃の抑圧の反動か、解放させたそれが今、わたしの人間としての心身を蝕《むしば》んでいる。形ある物を壊し、生物を傷つけ、その命を奪いたい……欲求が、渇望が、沸々と湧いてくる。

魔将の命だけでは足りなかったらしいその衝動は、今も捌《は》け口《ぐち》を求めて身体を駆け巡り、心を傾かせようと暴れている。

このままじゃまずい。どうにか発散してからじゃないと人里には戻れないし、〈クルィーク〉も休眠させられない――

――ガサ

背後から響く草を踏む音は、今この状況では福音の調べにも思えた。

野良の獣か、魔物か。なんでもいいし、ちょうどいい。左手があなたを求めてる。悪いけど、少しの間つき合って――

「……アレニエ、さん……？」

「――⁉」

獲物を捉えるべく振り向いたわたしの目に映ったのは……ここから逃がしたはずの神官の少女が困惑し、立ちすくむ姿だった。

# 41節　理性と本能

（――なんで、なんでリュイスちゃんがここに……！）

厳しめに遠ざけたし、てっきり素直に街まで戻ってくれたものと……素直に……

……今思えば、心配性のリュイスちゃんが素直に退いた時点で、もう少し念を押すべきだったのかもしれない。彼女は最初から、一度引き返してから様子を見に来るつもりだったのだろう。でも――

「アレニエさん、ですよ、ね……？　でも、その姿は……」

――まずい。まずいまずいまずい。よりにもよって、こんなタイミングで戻ってこなくても……

衝動は限界が近い。解消しようとしてた矢先なのもあって、爆発寸前だ。目の前にいるのがリュイスちゃんだと知りながら、堪《こら》えきれそうにない。いや、それよりも――

（見られた……！）

今のわたしを見られた――半魔の姿を見られた！

動揺が、心を乱す。左腕の熱が、さらに上がる。

彼女になら、いずれこの姿を見せる機会もあるかもしれない。そう思っていた。けれど、それはもっと様子を見ながら、ずっと後のつもりであって、こんな形で知られたいわけじゃなかった。……まだ、見られたくなかった。

顔を上げられない。彼女が、わたしを見る目を確かめるのが、怖い。

だから遠ざけたのに。だから、待っていてほしかったのに……どうして――

「――どうしテ？」

「え……」

「どうして、戻ってきたノ？」

こちらが一方的に頼んだだけで、約束したわけでもない。頭でそう理解しながら、気づけば勝手に口が動いている。

「その、私、やっぱりアレニエさんのことが心配で……」

「わたシ、逃げてって言ったよネ。戻らないで、っテ」

左の視界が赤い。左腕はさらに熱を帯び、目の前の獲物に爪を突き立てる時を、今か今かと待ち構えている。

滾《たぎ》る欲望は半身に留《とど》まらず、この身の全てを穢《けが》そうと暴れ狂う。意識までが、赤く、紅《あか》く、染まっていく――

「……言いつけを破ったことは、謝ります。でも、私……！」

「言うこと聞いてくれないなんて、リュイスちゃんは悪い子だネ。だから……おしおきしなきゃいけない、よネ？」

「……本当に、アレニエさんなんですか……？」

顔を上げ、わたしは笑う。――わたシが嗤《わら》ウ。

「アレニエさんは、人間じゃないんですか？　……魔族、だったんですか？」

「ふふ、どっちだと思ウ？」

怯《おび》えた様子を見せながらも気丈に振る舞うリュイスちゃン。ああ、かわいイ。やっぱりリュイスちゃんはかわいイ。

「実を言うと、どっちでもないんだけどネ。半魔、って知ってル？」

「……人と、魔族の、両方の血を持った……アレニエさんが……」

「そ。どっちにも受け入れらないはみ出しモノ。どっちにもなれない半端モノ」

初めて会った時から惹《ひ》かれてタ。すごく好みの子だと思っタ。

それは多分、最初から気づいていたんダ。わたシの嗅覚ガ。本能ガ。――獲物の匂いヲ。

「この姿じゃないと勝てそうになかったから、リュイスちゃんには離れてもらったのニ。見られたく、なかったのニ」

「アレニエ、さん……」

「これは、知られちゃいけない秘密なんだヨ。誰かにバレたら、また居場所が無くなっちゃウ。だから、そうならないようニ――」

嗤いながら、歩を進めル。

彼女はビクリと身体を震わせるが、逃げる素振りはなかっタ。

かわいイ……かわいいなぁ、リュイスちゃン。それにとても……美味《おい》しそウ……。ああ、もうだメ。我慢できなイ――

無造作に駆け出し、左手を振りかぶル。

「っ！　《プロテクション！》」

警戒していたんだろウ。彼女は咄嗟《とっさ》に光の盾を張ル。よく見れば、右の瞳にはいつの間にか青い光が灯《とも》っていタ。あれが、以前彼女に聞いた〈流視《りゅうし》〉というやつだろウ。

その目でわたシの動きの流れを読んだ彼女は、盾を利用して攻撃の軌道を逸《そ》らそうと動ク。が、魔力を喰《く》らう鉤爪《かぎづめ》は光の盾を容易《たやす》く引き裂き、篭手《こて》を填《は》めた彼女の腕を直接打ツ。

「あ……うっ……！」

吹き飛び、彼女は背中から地面に落ちル。その押し殺した悲鳴までかわいイ。興奮が収まらなイ。

一歩、また一歩と近づく度に、少女の甘い香りと汗の匂いが鼻腔《びこう》を刺激すル。抵抗する小柄な獲物の様子に、嗜虐心《しぎゃくしん》を掻《か》き立てられル。

こちらから目線を離さず後ずさっていたその背は、やがて樹々《きぎ》の一本に遮られタ。それ以上は動く気力もなかったのか、彼女はそのまま幹に背中を預けル。

再び、異形の手を振り上げル。それを、怯えを含んだ上目遣いで、身体を強張《こわば》らせながら、けれどもまだ足掻《あが》こうとするその姿……

あぁ、堪《たま》らなイ。そんな目で見られたら、わたシ、本当に我慢できないよリュイスちゃン。

もう、いいよネ？　いいよネ？　あのかわいい顔を、綺麗《きれい》な身体《からだ》を、押し倒して、引き裂いて、美味《おい》しくいただいちゃっても――

――……い、わけ……――

――ン……？

「――……いいわけ、ないでしょうがぁああああああ!!」

「……!?」

本能に盛大に呑《の》まれてる場合じゃないでしょわたし！

胸中で理性を叱咤《しった》し、彼女に突き立てられようとしていた自分の左腕に、振り上げた右膝を思い切り叩《たた》き込む！

ガイン――！

鈍い音と衝撃が、〈クルィーク〉を通して左手に伝わる。

しかし無理な体勢だったせいか、わずかしか逸らすことができない。鉤爪はそのまま彼女を引き裂こうと迫り――

ガシュっ！

――その頭上を掠《かす》め、背後の木に突き刺さる。

「はぁっ……はぁっ……！」

呆然《ぼうぜん》とこちらを見上げる彼女に、わたしは荒い息をつきながら精一杯の笑顔を振り絞る。

「……怖い思いさせてごめんね、リュイスちゃん」

「アレニエ、さん……」

「もう少し一緒にいたかったけど……ここまで、だね。今のうちに、逃げて」

「え……あ……」

「今度こそ、ちゃんと逃げて。ちょっと、すぐには戻れなさそう、だから……それで、できればわたしのことは秘密にしてくれると、嬉《うれ》しい、かな……」

「でも、そうしたらアレニエさんは……」

「わたしは、大丈夫……しばらくすれば、治まる、はずだから」

こんな時でもわたしの心配をする彼女に、こんな時だからこそ笑みがこぼれてしまう。

……本当はこうやって抑え込むより、目撃した彼女の口を封じてしまうべきなのかもしれない。

わたしの生活を、わたしの命を守るためには、それが最も確実な手段だ。だけど……

(そうしたくない。殺したくないと、そう思ってしまった。それが、わたしの今後を守るより勝ってしまったんだから、しょうがない)

だから、できるならこのまま逃げてほしいし、たとえ誰かに報告されたとしても恨まないと思う。

心残りはとーさんのことと、結局、勇者に会えなかったこと、かな。後者は、わたしという半魔の噂《うわさ》が広まったりすれば、向こうから討伐に来るかもしれないが。

そんな自虐を頭に過《よぎ》らせたのが原因だろうか。左腕が力を強めるのを感じる。

「う……あ……リュイス、ちゃん……そろそろ、ほんとに、逃げて……」

いよいよ抑えつけるのが難しくなってきた。このままじゃ、本当にリュイスちゃんを手にかけてしまうかもしれない。

しかし、当の彼女からは一向に逃げる気配が見受けられない。唇を引き結び、地面に置いた手を固く握り、こちらを見据えている。

やがて彼女は手を前方に掲げ、祈りを唱え、叫ぶ。

「《封の章、第二節。縛鎖の光条……セイクリッドチェーン！》」

彼女の声に応じ、宙空から現れた光の鎖がわたしの身体を絡め取り、両腕を頭上に持ち上げた状態で拘束する。

「……え、と……リュイスちゃん？　何してるの？」

こんな状況で緊縛プレイはおねーさん困っちゃうな。

しかしそれには応えず、彼女はその場を動かぬまま、再び祈り始める。どうも、逃げる時間を稼ぐため、ではなさそうだ。

（……もしかして、自分の手で始末をつけようとしてる、とか？）

わたしの正体を知っても、すぐにそういう決断をする子じゃないと思ってたんだけど……

（……やっぱり、嫌われちゃったかな。半魔は怖い、かな。怖いよね）

今みたいな状況は、これが初めてというわけじゃない。

でも、正体を誰かに知られるのは、いまだに怖い。

恐怖、嫌悪、憎悪、侮蔑……負の感情が混じり合ったような、あの視線。あれを向けられることを、わたしは今でも恐れていた。

リュイスちゃんにも、もしかしたらあの目で見られているかもしれない……そう思うと、彼女の顔をまともに見られない。

その弱気を見逃さず、左腕が鎖を引き千切ろうと、さらに勢いを増すのを感じる。拘束から解き放たれれば、今度こそ彼女の身を喰らうべく、その牙を突き立てるだろう。

そして、少なくともそうなる前には、リュイスちゃんの法術も完成する。

成功すればわたしが死に、失敗すれば彼女が死ぬ。殺人も厭《いと》わず生きてきたわたしは、おそらく『橋』を渡れずアスティマの元へ。悔恨を抱え、それでも曲がらず生きてきた彼女はアスタリアの元に迎えられる。どちらにしろ……ここで、さよならだ。

（最後がこんな形でごめんね、リュイスちゃん――）

「《……の章……節…………！》」

再び意識が赤く染まり、理性が呑み込まれていく。

かすかに聞こえる少女の叫びを境に、わたしの意識はそこで途絶えた。

# 回想1　平穏と崩壊

「――勇者は無事にみんなの元に帰り、大層感謝されました。そして一緒に国を創り、最初の王様になった勇者は、その後も人々を見守りながら平和に暮らしたのでした――」


幼いわたしの耳に、いつものように絵本を読み聞かせてくれるかーさんの声が聞こえる。

わたしと同じく毛先が跳ねた癖毛に、けれどわたしとは違う緋色《ひいろ》の長髪。絵本に向けた穏やかな瞳は、髪と同じ緋色に輝いている。

これは多分、死ぬ前にわたしが見ている夢。わたしが〈剣帝〉に拾われる何年も前の、かーさんと二人で暮らしていた頃の記憶だ。

……ずいぶん昔を思い出してるなぁ、わたし。


リメース・リエス。

ルスト・フェル・ゼルトナー。

それが、わたしの両親の名前だった。

リメース――かーさんは、魔具を作成する魔族の職人。その手が生み出す魔具は、人間やドワーフが造る物より高い品質で、他の魔族はもちろん、実際に被害に遭う人間たちにも噂《うわさ》が広がっていた。

噂を聞きつけたのが、ルスト――わたしの本当のとーさん。魔具の入手を目的に、魔物領に単身潜入した人間だった。なんか当時はトレジャーハンターとか名乗ってたらしい。

しかし、他の魔族に侵入の痕跡を発見・追跡されたとーさんは、逃走の末、求めていた当の職人の工房に、そうとは知らず身を隠す。

工房には工房主、つまりかーさんがいた。内と外を魔族に挟まれ、進退窮まったとーさんは、それでも最後まで足掻《あが》こうと、目の前の女魔族に刃《やいば》を向けた――

かーさんは、生まれつき『本能が極めて薄い』という、変わり者の魔族だった。

同族間に居場所を見出《みいだ》せず、領土の僻地《へきち》で一人、気まぐれに魔具を造るだけの日々を送っていたという。

だからだろうか。自宅に侵入し、今まさに襲い掛からんとしていたとーさんを見ても、かーさんは敵意一つ抱かず歓迎し、むしろ追っ手から匿《かくま》った。

退屈だった日常の中に突然、話で聞いたことしかなかった人間が現れた。かーさんの胸に溢《あふ》れたのは希薄だったはずの魔族の本能……ではなく、抑えがたい知的好奇心だった。

生態、思想、社会、文化等々。思いついた疑問を欲求の赴くままとーさんに尋ね、隅々まで調べたと、かーさんは楽しそうに語っていた。今思うと意味深だ。

ちなみに『リエス』という姓は、とーさんの名を聞いたかーさんが興味を持ち、二人で相談してつけたものだそうだ。

(――「ルストフェルゼルトナ？　長い名前だねー」

――「違う。名前はルストだ」

――「？　じゃあ、後ろのは何？」)

魔族は基本的に名前だけで、姓という概念がないらしい。

とーさんも、人間に敵意を抱かない奇妙な魔族と争う気になれず、助けられた恩も無視できず、なし崩し的にかーさんと行動を共にするようになり、その末に結婚した。

と言ってもとーさんは、わたしが物心つく前に、かーさんと――つまり魔族と通じてたとかいう理由で、同族であるはずの人間に罪人として処刑されたらしいが。

だからわたしは、本当のとーさんについてほとんど何も知らない。知っているのはかーさんから聞いた話と、わたしの髪と瞳の色がとーさん譲りということくらいだ。

その後わたしたちは、とーさんの故郷の村、その外れに建てられた小さな小屋（もしもの時は頼るようにと準備してくれていたらしい）に居を移し、二人で生活していた。


――わぁぁ……すごいねぇ、ゆうしゃ。

「ふふ。アレニエは本当にこの話が好きだよね。もう何回読んだか分かんないよ」

――うん！　だってすごいもん、ゆうしゃ。わたしも、おっきくなったらゆうしゃになりたい！

「あー、それ無理なんだよね」

――えぇ！　なんで!?

「だって、アレニエは半分魔族だもの。魔族は、勇者になれないよ」

――そんなぁ……ダメなの？

「うん、ダメ。それに勇者になったら、下手したらわたしのことも倒さなきゃいけなくなるよ？」

――なんで……？　かーさん、なにもわるいことしてないよ？

「そうだけど、そういうものなの。わたしとルストはどっちも変わり者だったから良かったけど、魔族と人間は普通仲良くなれないからね。……それでも、なりたい？」

――……かーさんをいじめるくらいなら、ならなくていい……

「～～あぁ、もう！　アレニエは可愛《かわい》いなぁ！」

この後、揉《も》みくちゃにされてキスされまくった。

かーさんはとーさんと結婚するまで、口づけという行為を知らなかった。姓と同じく、魔族にはそういう文化がなかったらしい。

だから恋仲になった当時、今まさに自分に口づけようとしていた相手にかーさんは、あろうことか正面から疑問をぶつけた。

「なんで口と口をつけるの？」

――「～～てめぇに〝好きだ〟って分からせるためだこの野郎！」）

（――顔を真っ赤にしながらとーさんが教えたそれを（そして恥ずかしがるとーさんの姿を）、かーさんはいたく気に入ったらしく、わたしに対しても事あるごとにしてくれる。

後に、村の友達のユーニちゃんに、「普通は大人の男女でするもの」と言われて驚いた覚えがあるが。けれど、いつもそうやって好きを伝えてくれるかーさんが、わたしは大好きだった。

狭い村の、さらに外れで、人目を避けながら暮らしていても、この頃のわたしは、確かに幸せだった。

＊＊＊

「――……そんなに、泣かないで、アレニエ……わたし、これでも十分、楽しかったんだ、だから……」

これは…………かーさんが、死んだ日の記憶だ。

魔族でありながら敵対する人間と添い遂げ、失踪したかーさんは、同じ魔族から裏切り者として追われていた。

かーさんの造る魔具が人間側に流出するという危惧も、執拗《しつよう》に狙われる要因だったのだろう。

そしてとうとう、追っ手に発見された。

彼らにとっては唾棄すべき人間混じり。しかも戦う力もないわたしは、真っ先に標的にされたが……

魔族としては力の弱いかーさんは、それでも自身で造り出した魔具を駆使し、わたしを護《まも》りながら追っ手を全滅させた。

——かーさんの命と、引き換えに。

「……ずっと、ずっと、つまらないまま生きてきたわたしが、ルストに会って、人間のこと勉強して、結婚して、アレニエみたいな、可愛い子供まで生まれて……しかも最期に、そのアレニエを護って、死ねるんだから……すごく、すごく、楽しかった。ルストが言ってた幸せって、こういう感じ、なのかな……」

——かー、さん……やだ、よ……死なない、で……

「……あー、でも……アレニエはこれから、もっと、もっと、成長するんだよね。それを見られないのは、ちょっと、残念、かな……」

――そう、そうだよ……わたし、もっと……これから、おっきく……だから……

「……これから、アレニエ一人で生きていくのは、大変、だと思う。多分、魔族も、人間も、半魔のアレニエを助けて、くれない……でも、アレニエには、〈クルィーク〉がついてる。それに中には、わたしやルストみたいな、変わり者、はみ出し者も、いるかもしれない……」

――かー……さん……

「アレニエが、そんな誰かに出会えることを、願ってる。……笑って生きていけることを、願ってる」

＊＊＊

埋葬を済ませ、護身用の短剣だけ持ち出したわたしは、村に助けを求めた。一人では、どう生きていけばいいのかも分からなかった。けれど……

そこでわたしに向けられたものは、恐怖、嫌悪、憎悪、侮蔑……様々な負の感情が混濁した住人たちの冷たい視線と、拒絶の言葉だけだった。

村の誰かが、かーさんと追っ手の戦いを目撃していたらしい。

かーさんが魔族であること、そして娘のわたしが半魔であることまで、すでに村中に知れ渡っていた。

その目が、怖かった。

浴びせられる視線に身がすくんだ。

気持ち悪さに吐き気を催した。

そしてわたしは、自身に突き刺さる視線の雨の中に、つい先日にも遊んだばかりの友達が交じっているのを、見つけてしまう。

——……！　ユーニちゃん……！

（びくっ……）

——ユーニ、ちゃん……？

「……」

——……なんで……なんでユーニちゃんまで、わたしをそんな目で見るの……？　……！

わたしは耐えきれなくなり、そのまま村を飛び出した。

……今思えば、仕方がなかったのかもしれない。

おそらく彼女は周囲の大人に、わたしが穢《けが》らわしい半魔だと、もう関わらないようにと、厳しく言い含められたのだろう。

幼い彼女が混乱し、怯《おび》えた瞳を向けてきたこと。それを責めるのは、筋違いかもしれない。

けれどその時のわたしにとって、彼女からの拒絶は…………端的に言えば、絶望、だった。

同時に、思い知らされた。この世界で、半魔として生きることの現実を。

たとえどれだけ表面を取り繕っても、一度でも正体を知られてしまえば、途端にあの目を向けられる。

魔族はもちろん、人間にも隠さなきゃいけない。

誰も信用できない。誰にも心を許せない。

＊＊＊

なんの知識も技術も持たず一人で生き延びられたのは〈クルィーク〉のおかげだった。

半身から湧き出す穢れを常に食べ、それを体力や治癒力に換えてくれるため、少ない食事でも動き回ることができ、傷の治りは早く、病気に罹《かか》ることもなかった。

彷徨《さまよ》い、村から離れた森に辿《たど》り着いたわたしは、そこで生活を始めた。草や木の実を食べ、獣を狩り、木の洞で夜露をしのいだ。

初めの頃は獣や魔物を警戒して眠ることもできなかったが、少しずつ、周囲に気を配りながら浅い眠りにつけるようになり、そのうちに眠りながらでも反射的に身体が動くようになった。この癖は今でも続いている。

森での生活に慣れ、徐々に行動範囲を広げたわたしは、街道に足を延ばし、道行く旅人から持ち物を奪うことを覚えた。特に馬車は実入りが良かった。

どうせみんな、わたしを助けてくれない。

頼んだって、譲ってもらえない。

——なら、力尽くで奪うしかない。

# 回想2　勇者遭遇

その日もわたしは、訪れた旅人の一団に襲い掛かろうとしていた。

現れたのは、わたしの噂《うわさ》が近隣に知れ渡ったため解決に乗り出した冒険者たちで……それが、よりにもよって当時の勇者一行だった。

当然、今まで襲ってきた相手とは訳が違う。容易に荷を奪わせないのはもちろん、全員が全員、わたしでは勝ち目のない実力者揃《ぞろ》いだった。

追い詰められ、〈クルィーク〉を起こし、半魔の姿を露《あら》わにしたわたしは……憧れていた勇者が突如激昂《げっこう》し、豹変《ひょうへん》する様を目の当たりにする。


「お前……お前はっ！　魔族かっっっ!!」


正確には半魔だが、我を忘れた男にそんな区別がつくはずもない。

それまでわたしが子供だからか躊躇《ちゅうちょ》していた勇者は、別人と見紛《みまが》うほどに様相を変え、明確な殺意と共にこちらに襲い掛かってきた。

先代の勇者は、住んでいた村を、家族を、全て魔物に奪われた青年だった。

憎しみを糧に己を鍛えた彼は、神剣に選ばれ、勇者となる。

そして誓った。——魔に連なるものを、全て滅ぼし尽くすと。

彼が魔王の居城へ向かう進路に『戦場』を選んだのも、そこが、最も多くの魔物を屠《ほふ》れる処刑場だったからだ。

見渡す限りに憎しみの的が立ち並ぶ光景は、彼にとってどのように見えていただろう。

わたしを殺すために全力で剣を振るいながら浮かべる憤怒の形相は、あるいはそこで見せていたものと同じだったのかもしれない。

それは、わたしの幼い憧れを粉々にするのに、十分すぎる恐怖だった。

心のどこかで、「本物の勇者ならわたしのことも助けてくれるのではないか」。そんな風に思っていたのかもしれない。

けれど、絵本の勇者は、どこにもいなかった。

いたのはわたしを——半魔を殺そうと神の剣を振りかざす、復讐《ふくしゅう》に我を失った一人の青年だけだった。

＊＊＊

目を覚まし、真っ先に視界に入ったのは焚《た》き火《び》の明るさと、それに追いやられた夜の暗さ。

パチパチと音を鳴らして爆《は》ぜる火をぼんやり眺め、やがてその向こうに誰かが座り込んでいるのに気が付く。

その姿は、気を失う前にも目にしていた。

剣士だ。勇者の仲間だったはずの——

――……どうして、助けてくれたの……？

「……オレは、子供は斬れん」

――……

「……」

――…………それだけ？


後のとーさん――〈剣帝〉が口下手なのは、この頃から変わらなかった。

彼はわたしを勇者の凶刃から庇《かば》い、その後、仲間たちと決別したという。

〈剣帝〉アイン・ウィスタリアは、『戦場』近くに建つウィスタリア孤児院に生まれ育った、戦災孤児だった。

彼が初めて剣を握ったのは幼少の頃。孤児院が野盗に襲われた際、自分より幼い子供たちを守るため剣を取り……そして、からくも撃退してみせた。

偶然が重なった結果だと本人は言うが、ともかくもそれ以降、彼は独力で剣術を模索し始める。

孤児院を卒業し、独り立ちしてからも、それは変わらなかった。

やがて〈剣帝〉という二つ名で呼ばれるまでになり、守護者に選ばれてもなお、彼はただ強さだけを求めた。手段だったものが、いつしか目的になっていた。

けれど先刻、目の前でわたしが――〝子供〟が斬られそうになった時。

自分がどうして剣を握り、なんのために腕を磨いていたのか。それを、思い出したらしい。

〈剣帝〉は、わたしが半魔であると知ったうえで保護を申し出てきた。彼にとっては種族云々《うんぬん》より、目の前の子供を放っておけないことのほうが重要だったらしい。

戸惑い、警戒しながらも共に生活を始めたわたしは、そのまま彼に引き取られ、養子となった。

＊＊＊

引き取られたわたしは、彼に剣の教えを請うた。

彼は初め、「他人に教えた経験がない」と難色を示したが、こちらの執拗《しつよう》な訴えに最後には渋々折れてくれた。

〈剣帝〉から直接指導を受けるという、今考えれば世の剣士から妬まれておかしくない環境だったが……当事者のわたしたちは、お互いそれどころじゃなかった。

何しろ、教える側も教わる側も初めてで、加減が全く分からない。

得物は木剣だったが、それ以外はほとんど実戦と変わらない稽古に、何度死にかけたか憶《おぼ》えていない。

そしてその度に〈クルィーク〉の治癒力が、通常あり得ない早さでわたしの傷を癒していく。ついては消える傷を見ながら、稽古ってこういうものなんだな、と、まだ幼いわたしは漠然と納得していた。そうじゃないと気づいたのは、街の剣術道場をたまたま覗《のぞ》き見た時だったが。

日々繰り返される生死の往復は、おそらく通常よりずっと短い期間で、わたしに戦う力を与えてくれた。

＊＊＊

とーさんとの生活にも少し慣れた頃、「なぜ、そこまでする？」と、稽古後、唐突に問いかけられた。

今と変わらず、色々足りていないその言葉を汲《く》み取ると――

わたしが毎日ボロボロになりながら稽古を続ける理由（ボロボロにしている本人に聞かれるのは納得いかなかったが）。

そうして身につけた力を何に活《い》かすのか。今後の目的は。そういった諸々《もろもろ》を聞こうと……まあ、要は心配してくれていたらしい。

……わたしは、その問いにすぐには返答できなかった。そして、気が付いた。

わたしが生きるために必死だったのは、かーさんに護《まも》られた命を無駄にしたくないから。かーさんに生きてほしいと望まれたからであって、わたし自身に理由がないことに。

必死で稽古を繰り返すのは、また一人になったとしても生き延びられるように。目的、目標は生きることそのもので、それ以外は何もないのだと。

あるいはあの勇者のように、復讐に狂う道もあったのかもしれない。そのほうが、ある意味ではずっと楽だっただろう。

人間は、わたしの本当のとーさんの。魔族は、かーさんの仇《かたき》だ。それだけで理由は十分だし、どちらがどうなろうと知ったことじゃない。

けれど、かーさんの直接の仇は、かーさん自身が道連れにしてしまった。とーさんの仇は、どこの誰かも全く知らない。

そもそも、当事者以外は無関係だ。手当たり次第に八つ当たりしてもしょうがないし、キリがない。

少なくともそう判断する程度には、わたしは理性を失えていなかった。

問いに答えられず、その場で困り果てたわたしだったが、問いかけた本人も困っていた。子供心に罪悪感を覚えた。

なんでもいい。とりあえずでいい。目標をわたしの中から探そう。さしあたっては「生きる」以外の目的を。かーさん、あの時他にも何か言ってなかったっけ……？

――「アレニエが、そんな誰かに出会えることを、願ってる。……笑って生きていけることを、願ってる」――……


今はまだ一人だけだけど、かーさんが望む〝誰か〟には出会えた。

半魔だと知ったうえで養子に迎えてくれる……そんな変わり者に助けられて、わたしは今も生きている。なら、あとは――

（そういえば……あれから、全然笑ってない……）

一人になってからの日々はもちろん、とーさんに拾われてからも歯を食いしばってばかりの毎日。もう、どんな顔で笑っていたかも忘れてしまった。

だから、当面の目標は決まった。とーさんにそれを伝えると、まだ少し心配そうにしていたものの、黙って頭を撫《な》でてくれた。

わたしは笑顔の仮面を被《かぶ》る。

初めはぎこちなくてもいい。剣と同じように練習すればいい。

笑顔は相手の警戒心を和らげると聞いたこともある。人間に交じって暮らすのにも役立つだろう。

表面上でも演じられれば少なくとも、あの目で見られることはないはずだ。

とーさん以外を信用するのはまだ無理だが、もしかすれば、いずれ同じような変わり者に、わたしのようなはみ出し者に、出会う機会もあるかもしれない。あるいはわたし自身に、また別の目標が見つかるかもしれない。かーさんが最後に望んだように、心の底から笑って生きていける明日を、迎えることも……

そうしてわたしが、剣と共に笑顔も練習し始めてしばらく経《た》った頃——……あの勇者が魔物の領土から帰還し、それから間もなく命を落としたと、噂で知った。

＊＊＊

今回、神剣と魔王の眠りが十年という短い期間だった理由は、単純だ。

先代の勇者は、失敗したのだ。

いや、より正確に言えば不十分だったのだろう。

彼は生まれつき膨大な魔力を有し、神の加護による無尽蔵の体力を備え、鍛錬により剣技をも磨き抜いた、当代最高の英雄だった。

しかし強さに驕《おご》らず、誰とでも分け隔てなく接し、苦しむ人々をその身を削って救う義心にも溢《あふ》れていたという。

とーさんにとっても、鉄面皮で口下手な自分にも気さくに接し、剣の腕でも切磋琢磨《せっさたくま》し合える、親友と呼べる間柄だったらしい。

当時、神剣を握るに相応《ふさわ》しい者は彼をおいて他に居なかった。理想的な使い手だった。

――ただ一点、魔物に対する過剰な憎悪を除いて。

そして、その一点が致命的だった。

なぜなら、神剣の力を最も引き出せるのは、それを生み出した最善の女神に属する心、善思の持ち主であり……

憎悪は、女神とは対極の最悪の邪神に属する、悪思なのだから。


あるいは〈剣帝〉が隣にいれば、また違った結末だったかもしれない。

『戦場』を正面から踏破し、魔王が待ち受ける居城に辿《たど》り着くまでに、勇者は無数の魔物、魔族と戦い続けた。無傷で辿《たど》り着くなどできなかったはずだ。

戦力的に、そして精神的にも、〈剣帝〉の抜けた穴は大きかった。

友との別れ。肉体の酷使。それでも憎しみを支えに振るい続けられた神の剣は、けれどもその真価を発揮できず。

魔王を一時的にでも死に至らしめるはずの切っ先は……その命に届き切らなかった。

不完全な魔王の討伐が、本来の十分の一の年月で、世界に新たな戦を引き起こした要因だった。

共に討伐に赴いたクラルテ・ウィスタリアは帰還後、名を変え、下層に隠れ住んでいた〈剣帝〉を執念で捜し出し、それらの経緯を語った。勇者を支え切れなかったのは自分たちの責任だとも悔いていた。

それも、彼女の本心ではあるかもしれない。

けれど、もう一つの思いも消せなかったはずだ。

勇者の死の原因、その一端は、世間で噂されている通り職務を放棄した〈剣帝〉に…………ではなく、そのきっかけになった、わたしにある、と。

あの時わたしに出会わなければ、〈剣帝〉は居なくならなかったかもしれない。

魔王を討ち損じ、勇者が命を落とすこともなかったかもしれない。

孤児院で幼い頃から共に過ごしてきた彼女と別れることも……

同時に、それらをわたしだけのせいにするのも、彼女は否定している。幼い子供に全ての責を負わせるのは間違っている、と。

だから彼女がわたしを見る目は、いつも複雑な心境が滲《にじ》み出たものになっていた。隠すのも下手なので、子供のわたしから見ても明白だった。


実際、現状の責の全てをわたしに求められても困る。わたしは生きるため必死だっただけだし、今さらわたし一人が何かしたところで、何も変えられやしない。

あるいは死で償えと？　絶対にお断りだ。かーさんとと一さんに救われた命を、そんな理由で無駄にするなんて。

そもそも人類や魔族が、延《ひ》いては世界がどうなろうが、わたしの知ったことじゃない。積極的に復讐する気はなくとも、だから同族意識が芽生えるというわけでもないのだ。どうなろうと構うものか。

……ただ……

全く気にならない、というのも、おそらく嘘《うそ》になってしまうのだろう。

胸の奥に少し、ほんの少しだけ、棘《とげ》のように刺さったまま……結局、自分で思うほどには、割り切れていなかったのかもしれない。

＊＊＊

別に、責任を取るために今回の依頼を受けたわけじゃない。引き受けた理由は、以前リュイスちゃんに語った通り、勇者の存在だ。

先代の勇者は、わたしにとってはただの恐怖の象徴だった。

なら、今回の勇者は？

どんな外見で、どんな性格で、どんな思いで旅をしている？

何に喜び、何に怒り、なんのために神剣を握る？

先代のように、魔物と見れば躊躇なく斬り捨てる殺戮者《さつりくしゃ》だろうか？

わたしのように穢《けが》れた血を引く存在には、やはりその切っ先を向けてくるだろうか？

あの絵本の勇者は……現実には、どこにもいないのだろうか？

どうやって確かめるか、なんて考えていなかった。とにかく実際に会って、その人となりを知りたかった。

結局それは叶《かな》わないままリュイスちゃんの依頼は終わり……彼女との旅も終わった。

# 42節　気持ちの伝え方

夢の終わりを感じた。

目を閉じたままなのにそれが分かったのはなぜか、自分でもよく分からない。

（……色々、思い出しちゃったな）

十年も人間のフリをして暮らしてきたけれど、結局わたしは誰をも信用できず、あの目を向けられることも恐れ続けていた。

「外見より内面を見ろ」なんて言葉も聞くけど、わたしにとっては人間の内面こそ信用できない。

とーさん以外は、みんな一緒だ。

だったらせめて、外見だけでも好みの相手を選びたい。それで中身も良ければなお良い。そこに、男女の別もない。

我ながら、ろくでもない基準の人付き合い。

それでも時々、もしかして、と思う相手に出会うこともある。リュイスちゃんは、今までで一番そう思える子だった。

好みの容姿に、好感の持てる人柄。

境遇には共感を覚えたし、同じような傷も抱えていた。

何より彼女は、「魔物も生きている」というわたしの戯言《たわごと》に、迷う素振りを見せてくれた。魔物を憎むべき神官でありながら。

いつになく期待した。

もしかしたら、全てを打ち明けたうえでなお、彼女なら受け入れてくれるのではないか、と。

（まぁ、それもこれも、全部終わっちゃったんだけどね……）

正体を知られた以上、もう彼女に会う機会はないだろう。わたしの始末に成功したにしろ失敗したにしろ。

ん？　というかわたし、今こうやって考える意識はあるみたいだけど、どういう状態？

そういえばさっき夢を見てたよね。じゃあ、生きてる？　それとも、死んだ後でも夢って見られるのかな。

疑問がきっかけになったように、ふわりと浮き上がっていくような感覚に包まれる。

そして――

＊＊＊

最初に感じたのは、音。風に揺られる樹々《きぎ》の音が、静かに耳に入り込んでくる。

それから、匂い。土や草の匂いに混じって、花のような甘い香りと、少しの汗の匂い。

まぶた越しではあるけど、わずかに光も感じる。まだ明るい時間らしい。

身体の感覚もある。手足は動きそうだし、他の箇所も異常はない。少し、背中側がひんやりする。

けれどそれは首から下だけで、頭部は何か柔らかく、温かいものに乗せられていた。とても心地いい感触。

なんだろう、これ。ポンポン、と手で触って確かめてみる。

「んっ……」

何かを押し殺すような声が聞こえた。すごく聞き覚えのある声。具体的には意識を失う直前まで聞いていたような。

確かめるために目を開きかけると、閉じていた視界いっぱいに光が入ってくる。

しばらく、眩《まぶ》しさに目を細める。それが収まって見えてきたのは……逆さまにわたしを見下ろす、リュイスちゃんの笑顔。

「おはようございます、アレニエさん」

「リュイス……ちゃん？」

「はい」

寝起きで不意に合った瞳に浮かぶのは、恐れていたあの目……ではなかった。彼女は今までと変わらない優しい眼差《まなざ》しでこちらを見下ろし、静かに微笑《ほほえ》んでいる。

わたしは地面に仰向《あおむ》けに寝かされていた。ひんやりするのはそのせいらしい。

でも、頭の周りはほんのりと温かいし柔らかい。もっかい触ってみる。むにむに。

「あの、それ私の足で……くすぐったいです……」

あ、これリュイスちゃんの足なんだ。むにむに。つまりこれは……

（リュイスちゃんの、膝枕……？）

膝枕なんて話に聞いたことがあるだけで、かーさんにもやってもらったことないよ。そもそもかーさん膝枕知らなかったと思うけど。

そっか、膝枕か。じゃあこのほんのり香る匂いもリュイスちゃんのか。どうりでいい匂い……じゃなくて。

「……どう、して？」

どうしてまだここにいるのか。なぜ逃げなかったのか。

それを聞いたつもりだったのだけど、彼女は違う意味に捉えたらしい。

「アレニエさんの魔力を、一時的に封印しました」

そう言われ、ちらりと左手に視線を遣《や》ると、普段と変わらない篭手《こて》の形状――休眠状態の〈クルィーク〉がそこにいた。左半身の魔族化も治まっている。

「……どうやって？」

あれだけ興奮していた半身を鎮めるには、解消させる対象か、落ち着く時間か、どちらかが必要だったはずだけど……

周囲や彼女の様子を見れば、わたしが意識を失ってからそこまで時間が経《た》ったわけでも、その間に暴れたわけでもなさそうなのが窺《うかが》える。

「魔将を待ち伏せるために使った結界、憶《おぼ》えてますか？」

「え？　と……魔力を、沈静化させる、ってやつ？」

「はい。先ほどの〈流視《りゅうし》〉で、アレニエさんの身体に流れ込む魔力、その元になっている箇所が、左肩と心臓の間くらいにあるのが見えたんです」

「それが……わたしの魔力の、核……？」

「おそらく、そうです。だから、範囲を狭め、強度を限界まで上げた結界でその一点を封印して、魔力の流れを堰《せ》き止《と》めたんです。術の制御なら、少しだけ得意ですから。あとは――」

「〈クルィーク〉が余分な魔力を食べて、魔族化を解除してくれた……」

リュイスちゃんが小さく頷《うなず》く。

「……そっか。リュイスちゃんのその『目』と技術があったから、わたしは……」

そもそも、リュイスちゃんを殺したくないと思ったから、わたしも堪《こら》えられた部分もある。様々な要素が絡み合った結果ではあるが、この封印は彼女だからこそ為《な》しえたものなのだろう。とりあえずそこまでは分かった。

「でも……」

分からないのは、わたしの正体を知ったうえ、あんな目に遭わされたリュイスちゃんが、まだここにいること。しかも、今までと変わらない眼差しで。

「……どうして、逃げなかったの？」

「どうして、そんなことを聞くんですか？」

彼女はあくまで穏やかに微笑む。

「だって、あんな目に遭わせたのに……もう少しで、死ぬところだったんだよ？」

「私は、生きてますよ。アレニエさんが抑え込んでくれたおかげで」

「……あれは、ギリギリで間に合っただけ、だよ。それに……わたし、半魔なんだよ？　ずっと、隠してた。だから……」

だから、てっきり嫌われたと。リュイスちゃんにも、あの目で見られると。そう、思っていたのに……

「それを言ったら、私なんて故郷の村を滅ぼしてますよ。隠し事はお互い様ですし」

「いや、それはリュイスちゃんのせいじゃ――」

「――なら、半魔だからって、アレニエさんが悪いわけじゃ、ないですよね？」

――……！

「さっき襲われたのだって、私が言いつけを破ったからです。アレニエさんは、私を遠ざけようとしてくれていたのに」

あれ……なんだろう、なんか……

「それに、半魔は確かに疎まれているし、場合によっては危険かもしれませんが……アレニエさんは、大丈夫です」

なんか、胸のあたりが、きゅーってする……

「ここまでの旅路はわずかでしたが、アレニエさんの人となりは把握できたつもりです。何より、私はあの時、貴女《あなた》のなんの気ない――だからこそ偽りのない一言に、救われたんです。感謝してもしきれません」

それに、視界が歪《ゆが》んでる……こんなの、もう何年も憶えがなかったのに……

「人間でも。半魔でも。たとえ、魔族だったとしても。私は、アレニエさんのことが好きです。逃げたりしません。だから――」

ああ、こぼれてきた……リュイスちゃんの服が濡《ぬ》れちゃう……

「――だから、泣かないでください。アレニエさん」

そう言うと、リュイスちゃんはわたしの目元を優しく拭う。

――ここで、わたしの理性は職務を放棄したらしい。

腹筋だけで上体を起こしたわたしは、同時に伸ばした両腕で彼女の頭を抱え込み、そして……口づけた。

お互いの顔が逆さまのまま、わたしと彼女の唇が重なる。

「……？　――っ⁉　むーっ⁉　むーっ⁉」

リュイスちゃんのくぐもった悲鳴が聞こえる。構わずわたしは彼女を抱きしめ、その悲鳴を抑え込んで、柔らかい唇を堪能する。

しばらくして。

「……ぷはっ」

満足し、彼女を解放する。

空気を求めて大きく呼吸し、再び彼女の膝枕のお世話になる。身体起こしっぱなしでちょっとお腹《なか》痛い。

「ア、ア、ア、アレニエさん……⁉　ななな、何をして……！」

「ごめん、我慢できなくて」

嬉《うれ》しさとか愛《いと》おしさとかが溢《あふ》れすぎてもう気持ちを抑え切れませんでした。さっきまで本能全開だったし、そのせいってことで一つ。

「我慢できなくて、って……だだ、だって、私たち、女同士で……！」

「え？　何か問題ある？」

「あるでしょう⁉」

「神官は、結構そういう人多いって聞いたけど」

「う、あ……それは、その……」

彼女は耳まで真っ赤にして狼狽《ろうばい》している。やっぱりかわいい。

「そんなに嫌がられると傷つくなぁ」

「えっ……い、嫌ってわけじゃ……で、でも、女性同士の関係は、あくまで男女の婚姻という本分を疎かにしないことが前提であって……」

「わたしのこと、好きって言ってくれたのになぁ」

「それは、言いました、けど……そっちの意味では、ないような……その……」

慌ててはいるが、はっきりと拒絶はしないリュイスちゃん。

わたしのことを全部知ったうえで受け入れてくれた、二人目の人。そして、半魔のわたしを封じられる、おそらくは唯一の人。彼女が愛おしくて堪《たま》らない。

「わたしは好きだよ、リュイスちゃん。普通の意味でも、そっちの意味でも」

だからわたしは言葉にする。彼女と視線を交わしながら、笑顔で。

「…………アレニエさんは、ずるいです……そんな風に言われたら……あんなに、気持ちを伝えられたら……嫌いに、なれないじゃないですか」

リュイスちゃんのその言葉に、わたしは……いつぶりか分からない、心の底からの笑顔を返すのだった。

# 幕間9　ある勇者の決意

パルティール王国王都の上層は、歓声に沸いていた。

『勇者一行が王国内に潜んでいた魔族を討伐し、凱旋《がいせん》した』という報《しら》せが、街中に広まっていたのだ。

実際にはアニエスのお師匠さんが心配で戻ってきただけだけど、なんの成果もなく帰還したと知られれば民の不安を煽《あお》る可能性があるため、政治的な意図が働いたのだとシエラは推測を語っていた。

アニエスは、お師匠さんが投獄されている屋敷（身分の高い人が罪を犯した場合、多くは監視つきの自室軟禁らしい）に一人で向かった。真相を聞き出してくるのだと。

残されたぼくらも、別の神官から事情を聴くべく、総本山に向かっていた。アニエスとはそこで合流予定だ。

人々の歓声を浴びながら、総本山までの道のりを歩いていく。けれど、ぼくの心に浮かんでくるのは称賛される高揚ではなく……虚《むな》しさ、無力感だ。

（……今回、ぼくは何もできなかった。道中はみんなに頼り切りだったし、実際に魔族を討伐したのはあの男の人たちだ。『森』にも結局辿《たど》り着けなかった……）

その『森』への旅路は、とことん運が悪かった。いや、その一言で済ませるには不可解な点が多かったとも言える。ぼくらの滞在場所でたまたま魔族の潜入事件が発覚し、最短ルートである橋はちょうど嵐で寸断され、さらにはそこでアニエスのお師匠さんが捕縛されたという報せが届けられた。今思えば、まるでぼくらが『森』へ向かうのを誰かが妨害していたようにすら……なんていうのは、懐疑的すぎるだろうか。

（誰か、って、誰がそんなことするっていうの）

自分の言葉を自分で否定する。誰かの画策だとして、それでなんの得があるというのだろう。それに、そもそもの疑念がある。もし、無事に『森』に辿り着けていても……

（ぼくは結局、何もできなかったんじゃ――）

「アルム」

呼び掛けられて、ハッとする。隣を歩くシエラが、ぼくにだけ聞こえるように囁《ささや》いていた。

「不安を感じるのは分かりますが、表には出さないよう気をつけてください。特にこの王都では、貴女《あなた》の言動は影響がありますから」

不安の種類については勘違いしてそうだけど、彼女の言いたいことは理解できる。

「……そうだね。ぼくは勇者で、みんなの希望なんだから。俯《うつむ》いてちゃダメだよね」

顔を上げ、無理やり笑顔を浮かべて前を向く。人々の声援に応える。いつか、この声を本当の意味で受け止められるくらいに――

（――強くならなくちゃ）

胸の内に決意を秘めて、ぼくは歓声に沸く通りを歩き続けた。

# エピローグ　二人の旅

あれから。

わたしたちは、魔物やイフの部下の亡骸《なきがら》をリュイスちゃんの法術で焼いてもらい、それぞれに埋葬した。イフの墓には中身はないが、一応遺品だけでも。

墓標になりそうな石が手近になかったので、代わりに兜《かぶと》を置いといた。

〈ローク〉はイフの遺言（？）通り、戦利品として持っていくことにした。かーさんの形見として手元に置いておきたい気持ちもあったし、この機に使える武器を増やしておくのも悪くない。

黄昏《たそがれ》の森を後にしてからは、立ち寄ったエスクードの街で馬を返してもらい、元来た道を辿《たど》って帰路につく……のは、わたしが橋を壊したから無理なので。南下し、その先の港町まで足を延ばした。上手《うま》く交易船の出航と重なれば、スムーズに王都に帰れるかもしれない。

港までの道中で、わたしの過去はリュイスちゃんに全部話した。もう隠す気もなかったし、むしろ彼女には知っておいてもらいたかった。

「……それで、アレニエさんはこの依頼を引き受けてくださったんですね」

「まぁ、結局勇者に会う機会はなかったけどね」

その勇者だけど、交易船に乗ってクランの街まで辿り着いたところで、妙な噂《うわさ》を聞いた。なんでも、アクエルド大橋を渡れず立ち往生していたところでさらに何事かあったらしく、そこからパルティールの王都まで戻ったというのだ。

わたしとリュイスちゃんは顔を見合わせて互いに疑問を呈する。とはいえ、こんなところで悩んでもいても真相は分からないため、とっとと帰るに限るのだけど。

クランまでくれば、王都までは目と鼻の先だ。

行きと違い、なんの妨げもなく下層に帰り着いたわたしたちは、真っ先にうちに向かった。扉を開け、来客の鐘を鳴らし、とーさんに無事な顔を見せ――

「――リュイスっ！」

「え――し、司祭さまっ？」

――る前に。

それまで座っていた椅子を立ち上がった勢いで蹴倒し、あの人――私服姿のクラルテ・ウィスタリアが、一目散にリュイスちゃんに駆け寄り、その身を抱きしめていた。

「司祭さま、どうしてここに……」

「色々ありすぎてアイ……オルフランのやつに愚痴ってたのよ！　貴女《あなた》の依頼の件だけでも心配だったのに、お勤めやら司教選挙やら勢力争いやらで忙しすぎるし、そのうえあの女が貴女を狙ってたって聞いて……！」

「……すみません、ご心配をおかけして……けれど、アレニエさんのおかげで、こうして無事に帰ってこられましたから。……だからその、司祭さま？　少しお力を緩めてくださると……」

「本当に、無事で良かった！　良かった……！」

「あ、あの、しさい、さま……くる、し…………きゅう」

あ、落ちた。

「離してやれ。無事じゃなくなってるぞ」

とーさんのその指摘で、ようやく目の前の少女がぐったりしているのに彼女も気づいたらしい。

「え？　……あぁ!?　リュイス!?　一体誰がこんなことを!?」

「お前だ、酔っ払い」

「酔ってないわよ！」

酔ってるなぁ。

彼女は泣きながらリュイスちゃんをガクガク揺さぶっている。心配で堪《たま》らなかったんだろうけど……あの人酔うとめんどくさいんだよなぁ。

まぁ、向こうは一旦放っておいて……

「――ただいま」

「……ああ」

改めて、とーさんに無事に帰れたことを伝える。

とーさんは相変わらず無表情だったけど、わたしの顔を見てわずかに表情が和らいでいた。やっぱり心配してくれてたみたいだ。まぁ、それが済んだらすぐに仕事に戻ってしまったけれど。

「やっと帰ってきやがったか、〈黒腕《こくわん》〉」

「ん？」

続けて声のしたほうに顔を向けてみれば、普段は見ない顔ぶれがテーブルの一角を陣取っていた。

「誰だっけ？」

「てめぇ、こないだ会ったばっかかだろうが！」

「もう忘れたのか鳥頭！」

「うそうそ、ちゃんと憶《おぼ》えてるよ。わたしとリュイスちゃんに性的に乱暴しようとしてた野盗の皆さんでしょ？」

「その呼び方はやめろ……！」

「人聞き悪ぃだろ……！」

周りの目を気にしてか、気持ち声を潜めつつ抗議してくる例の襲撃者たち。人聞き悪いことした自覚はあったんだ。

そんな風に仲間がギャーギャー騒ぎ立てる中、気にせず酒杯を傾けているのが二人。意外にも、一番激昂《げっこう》してきそうなあのなんとかくんと、こちらは意外でもなんでもない、フードの彼だった。

「どうやら、無事に依頼は達成できたようだな」

「まぁ、なんとかね。ちょっと死ぬかと思ったけど」

「ほう？　君がそう言う程の手練《てだ》れがいたと？」

「手練れ……うん、そうだね。かなり手強《てごわ》くて面倒なのが、ね」

思い出してちょっと頭が痛くなる。もう一回やり合うのは遠慮したい。

「お前がそうまで言う相手なら、俺も手合わせしてみたかったがな。ヤっちまったのか？」

「あー……うん。もう首落としちゃった」

「そいつは残念だ」

相変わらず血の気の多い大男の彼に苦笑する。

嘘《うそ》はついてない。確かに首は落とした。それでもまた後日来るらしいのが問題なんだけど。

「そういえば、そっちはそっちで色々あったんだって？　なんかパルティールに魔族が出たなんて噂も聞いたけど」

「そうだ聞いてくれよ〈黒腕〉！　お前の依頼受けて街に行ったらよぉ！」

「魔物が衛兵で！」

「魔族が領主だったんだ！」

「何言ってるの、この人たち」

なんだか要領を得ない彼らの言は置いておき、一番話の通じそうなフードの男に視線を向ける。

「実際、こちらも色々とあったのさ。いや、簡潔に語るなら、今言った通りのことでしかないんだが、さらにそこに勇者まで現れてな。オレとジャイールは面白そうだからと顔を拝みに行ったんだが」

聞き捨てならない台詞《せりふ》に、わたしは反射的になんとかくんに尋ねていた。

「勇者に……会えたの？」

「ああ。なかなか面白いやつだったぜ」

「……そう……」

どう面白かったのか、ここで根掘り葉掘り聞くこともできた。が、やはり自身の目で確かめなければ納得は得られまいと、そこで口を噤《つぐ》む。

「さて。それよりそろそろ報酬を頂きたいところなのだがな、アレニエ嬢」

「ん？　あぁ、そうだね。ちゃんと足止めしてくれたみたいだし、わたしたちも無事に帰れたしね。とーさーん。この人たちに、わたしの報酬から分けてあげて――……」

「「「……ひゃっほぉぉぉう！」」」

そうして報酬を受け取った彼らはその場で宴会を始め、うちの売り上げに貢献してくれる。

無事に目を覚ましたリュイスちゃんとわたしも、依頼を無事に終えられた記念ということで便乗し、その宴会に参加する。

普段あんまり飲まないけど、こういう時にたまに飲むのは好き。あまり酔う体質じゃないので、雰囲気を楽しむ程度だけど。

加えて、一緒に飲んでいたリュイスちゃんも、少し飲んだらもう酔いが回って眠ってしまったので、わたしは彼女を連れて早々に宴を離れることにした。

酔いつぶれた彼女をわたしの部屋まで運び、初めて会った時と同じようにベッドに寝かせる。

あ、別に変なことはしてないよ？　彼女のベッドに潜り込んだ以外は。

実際、特別に何かしたいわけじゃない。ただ彼女の傍《そば》で、彼女の体温を感じて、一緒に寝たかっただけ。抱きしめたかっただけ。自分の部屋で、しかも心を許した相手なら、例の癖で腕を折ることもない。

願い叶《かな》ってわたしは幸せな一晩を送り、翌朝、寝起きの彼女に怒られた。そんなやり取りすら初めての経験で、なんだか嬉《うれ》しい。

そうして楽しかった一晩は終わりを告げ、彼女が帰る時間がやって来る。

神殿にも事の次第を報告しなければならないし、そもそも、わたしたちそれぞれに自身の生活がある。できれば、ずっと一緒にいたいけど。

「じゃあ、ここでお別れだね」

「はい……お世話になりました」

「こっちこそ、色々ありがとね」

出会ってまだ少ししか経《た》っていないのに、離れるのが寂しい。けれど、わたしも彼女もこうして生きている。

その気になればいつでも会えると自分を納得させ、彼女を見送る。

「また、いつでも遊びに来てね。依頼なんてなくてもいいから」

「……はい。また来ます。絶対」

リュイスちゃんの境遇からすれば、今回のような特殊な事情以外では気軽に外出することもできないはずだ。それでも彼女は「また来る」と言ってくれた。その気持ちが、今は何より嬉しい。

彼女が背を向ける。それぞれの生活に戻っていく。わたしたちの旅は、とりあえずの終わりを告げた。

――はず、だったんだけど。

＊＊＊

リュイスちゃんが神殿に戻った翌日。

急な依頼もなく、かといって自分で探しに行く気にもなれないわたしは、いつもの席でぐでっと日向《ひなた》ぼっこしていた。窓越しに差す陽《ひ》の光が暖かくて気持ちいい。

他の冒険者は出払っており、店内にはわたしとおやっさんしかいない。昼寝には最適だ。

しかし昼間からゴロゴロしているのを見かねてか、掃除していたおやっさんが声を掛けてくる。

「暇ならこっちを手伝え」

「やだよー……眠いし……」

「なら、外に出たらどうだ。噂じゃ、勇者が戻ってきてるらしいぞ」

そう。その話があった。勇者と、リュイスちゃんを狙った例の司祭の顛末《てんまつ》だ。

わたしからの言伝《ことづて》を受け取ったおやっさんは、すぐさまユティルを経由してあの人――クラルテ・ウィスタリアに連絡を取った。そしてその情報を元に件《くだん》の司祭を追及、リュイスちゃん謀殺の容疑で捕縛した。悪事と自覚していたからか、存外素直に縛についたという。

さらに、勇者と共に旅立った守護者の一人、神官の少女が、そのヴィオレという司祭の弟子だった（そういえばそんな話を聞いた気もする）らしく、師の現状を聞いて慌てて王都まで戻ってきたのだとか。弟子にとっても、今回の件は寝耳に水だったらしい。

なので、少女に同行して勇者も、今は同じ王都に戻って来ていた。とはいえ……

「どうせ王都の中じゃ下層民は近づけないでしょ……別にいいよ……」

多分、掃除の邪魔だから追い出したいんだろうけど、わたしはここから動く気はないよ。眠いし。リュイスちゃんが来たりしたら考えるけど。

と、本格的に夢の世界に旅立とうとしていたわたしの耳に、入り口の扉が勢いよく開け放たれる音が聞こえてきた。同時に、けたたましい来客ベルの音。

「アレニエさん！　いますか⁉」

そして、今思い浮かべていた当の本人の声が、人気のない店内に響いた。

「……あれ、リュイスちゃん？　もう遊びに来てくれたの？」

彼女は店内を見回し、わたしを見つけるなり急ぎ足で真《ま》っ直《す》ぐ向かってくる。そして手を取り、階段に向かう。

「すみません、ちょっとアレニエさんお借りします！」

借りられた。どうも遊びに来たわけじゃなさそう。

彼女はそのままわたしの部屋まで向かい、中に入り扉を閉める。勝手知ったるわたしの部屋。

「どしたの？　リュイスちゃん」

「その……今、王都に勇者さまが帰ってきてるんですが……」

「そうらしいね。噂には聞いてるけど」

「実は、勇者さまが総本山に立ち寄った際に、私も一目見たんですが、そうしたら……」

あ、なんかピンときた。

「もしかして……」

「……はい、そのもしかして、なんです……。先日の依頼からすぐにこんなお願い、本当に申し訳ないと思っているんですが……」

わたしの顔を真っ直ぐに見つめてくる彼女の瞳。わたしもそれを真っ直ぐに、期待を込めながら見つめ返す。

「……私と一緒に、勇者さまを助けてください！」

初めて会った時と同じ彼女の言葉に、わたしは笑顔を返す。

勇者の旅の裏側で、わたしたちの旅も、まだまだ続いていくみたいだ。

＊＊＊

——子供のころ、好きだった絵本がある。

題名はもう忘れたけれど、内容は、勇者が仲間と共に旅をして魔王を倒しに行く、というありふれたものだった。

強くて優しい勇者は、弱い人や困っている人の味方。

神さまが造ったというすごい剣を手にし、仲間と一緒に旅をしながら、立ち寄った村や街の困り

ごとを解決していく。

みんなを襲う魔物を。人に似た姿の魔族を。黒い鎧姿《よろい》で風を操る魔将を。最後には、一番悪い魔王も倒して、たくさんの人を助ける勇者。

そんな、どこにでもあるようなそのお話が、わたしは好きだった。

うちに一冊だけあったその絵本を、擦り切れるくらいに何度も、何度も、読み返した。

時には、夢の中でその続きを見ることさえあった。

ずっとずっと、勇者に憧れていた。

結局、先日の旅で勇者に直接会うことはできなかったけれど。

——今わたしは、憧れていた勇者を裏側から助ける仕事をしている。

# あとがき

多くの方は初めまして。WEB版をお読み下さっていた方はお久しぶりです。八月森《はちがつもり》と申します。読みは見たまま「はちがつもり」です。

この度は『勇者《ゆうしゃ》の旅《たび》の裏側《うらがわ》で』1巻を手に取っていただきありがとうございます。人生初の書籍化なのでドキドキしてます。感無量です。

この本は、小説投稿サイト（複数サイト）に掲載していた同名タイトルの小説1章を、大幅に削った後に加筆修正したものになります。

ええ、削ったんです。なにしろ書籍一冊の目安が10万文字ぐらいなのに、1章の文字数が24万字を超えていたもので。まさか書籍化させてもらえるなんて書いてる時には思いもよらず、思いついた話を好きに書いていたんですよね……おかげで泣く泣くエピソードを削ることになりました。主にジャイールとヴィドの凸凹コンビの活躍とか。

代わりに勇者一行の描写が増えました。増えたというか、本来1章では（世界観的に存在はしているけれど）姿が見えない予定でした。それが書籍化の際に各所に現れることに。加筆した部分は主にここです。なのでWEB版とは結構読み味が違うのではないかと思います。興味がおありの方はWEB版も併せてお読みいただければと思います。

元々この話は、作者が妄想で既存キャラを色んな世界観に放り込んで遊ばせてる中の一つでした。テレビゲームのRPGが好きだったので、ファンタジー世界に行かせてたんですね。選択肢によるルート分岐で英雄になったり、逆に人類を裏切るダークヒーローになったり、といった妄想を。作中でアレニエが悪人ぶるのはこの名残りだったりします。

そのうちに、勇者を陰から助ける話はどうだろう。RPGのお約束（敵が弱い順に出てきたり、マップ中で見えてるのに通れない場所があったり）に作中で理由をつけるのはどうか？　ヒロイン（リュイス）にはピンポイントバリアパンチを使わせよう。などが悪魔合体し、それらの妄想を実際に書いてみたくなった結果、本作が生まれました。初稿は目を覆いたくなる出来だったので、その後に年単位をかけて改稿したりしてましたが、それはまた別の話……

そして紆余曲折《うよきょくせつ》を経て、こうして皆さんにお届けできることになったのが、勇者を裏側から助ける二人の少女の物語になります。裏方にもそれぞれの人生があるし、重い背景があるんだという気持ちも込めて書きました。読んでいただいた方の中に少しでも残るものがあれば幸いです。

さて、最後に謝辞を。

イラストを担当していただいたNat.《なっ》さん。本当にありがとうございます。おかげで脳内で妄想していただけのアレニエたちに素晴らしいクオリティで姿を与えてもらいました。

担当してくださった藤原《ふじわら》さん。作者が何も分からない中、一から教えていただいてありがとうございました。色々お手数おかけしてすみません。

そして本書の製作に携わって下さった全ての方、何より読んで下さった読者の皆さん、本当にありがとうございました。また次巻でお会いできればと思います。それでは。

DRE NOVELS

# 勇者の旅の裏側で

2024年11月10日　初版第一刷発行

著者　八月森

発行者　宮崎誠司

発行所　株式会社ドリコム
〒141-6019　東京都品川区大崎2-1-1
TEL　050-3101-9968

発売元　株式会社星雲社（共同出版社・流通責任出版社）
〒112-0005　東京都文京区水道1-3-30
TEL　03-3868-3275

担当編集　藤原大樹

装丁　AFTERGLOW

印刷所　TOPPANクロレ株式会社


ISBN978-4-434-34610-1

ファンレター、作品のご感想をお待ちしております。

右の二次元コードから専用フォームにアクセスし、作品と宛先を入力の上、コメントをお寄せ下さい。
※アクセスの際に発生する通信費等はご負担ください。

# 第2回ドリコムメディア大賞《銀賞》

## 私が帰りたい場所は
## ～居場所をなくした令嬢が『溶けない氷像』と噂される領主さまのもとで幸せになるまで～

もーりんもも
［イラスト］whimhalooo

　父亡き後、義母達に虐げられていたクラウディア。領地の仕事も取り上げられ、彼女はある日、濡れ衣で平民に落とされ、南の果てのグラーツ領へ追放されてしまう。自分が幸せになることはない…そう思っていたのに、用意されていたのは温かい食事に綺麗な服、領主ユリウスの不器用ながら優しい言葉だった。

「そなたは幸せになりたいと願わなければならないんだ」

　昔の姿を取り戻しつつもトラウマに縛り付けられた彼女に、ユリウスは濡れ衣を晴らそうと持ちかけるが――

　これは傷ついた少女が、公爵のもとで愛と居場所を再び取り戻す物語。

DRE NOVELS

# エリスの聖杯 1
## 運命の邂逅

常盤くじら
［イラスト］夕薙

「お前のこれからの人生をかけて、私の復讐を成功させなさい!」
　地味で平凡な子爵令嬢のコニーは、意地悪な令嬢の嫌がらせによる窮地から、突然現れた美女の亡霊によって救われる。亡霊の名はスカーレット・カスティエル。彼女は十年前に処刑された公爵令嬢で、希代の悪女として有名な人物だった！　助けてもらった代償に、スカーレットを処刑台に送り込んだ犯人を捜す羽目になるコニーだが、潜入捜査や偽装婚約、果ては大貴族との対決までもやらかすうち、予想外に巨大な陰謀が見え始め――!?　最高の悪女と貴族社会の闇に挑む、令嬢サスペンス・ファンタジーの決定版、装いも新たに再始動！

DRE NOVELS